Une surprise de Noël peut en cacher une autre

DU MÊME AUTEUR

Aux Éditions Héloïse d'Ormesson

Le Temps des cerises, 2022. Le Livre de Poche, 2023.

Menu d'amour, 2020. Le Livre de Poche, 2021.

Trente-trois fois mon amour, 2019. Le Livre de Poche, 2020.

Le Café des petits miracles, 2018. Le Livre de Poche, 2019.

Un soir à Paris, 2017. Le Livre de Poche, 2018.

La Vie en Rosalie, 2016. Le Livre de Poche, 2017.

Tu me trouveras au bout du monde, 2015. Le Livre de Poche, 2016.

Le Sourire des femmes, 2014. Le Livre de Poche, 2015.

Nicolas Barreau

Une surprise de Noël peut en cacher une autre

Roman *traduit de l'allemand par Sabine Wyckaert-Fetick*

Éditions Héloïse d'Ormesson

Titre original :
Tausend Lichter über der Seine

ISBN 978-2-35087-869-0

Éditions Héloïse d'Ormesson
92 avenue de France, 75013 Paris
www.editions-heloisedormesson.com

Pour plus d'information :
www.lisez.com
Imprimé sur du papier issu de forêts gérées durablement.

Pour Ruth.

1

Novembre a la réputation d'être un mois morose, durant lequel il ne se passe en général pas grand-chose. Rien de bien réjouissant, en tout cas. Il pleut tout le temps, un vent désagréable balaie la façade des immeubles, les ponts et les boulevards, les parapluies se retournent, on finit avec les pieds mouillés et on attrape souvent froid. Les gens assis dans le métro ont l'air fatigués, et il paraît qu'on y meurt plus que les autres mois – il en va de même à Paris que dans les autres villes. On s'efforce de tenir le coup, de sauter d'une journée sombre à une autre, jusqu'à l'approche du mois de décembre – et, avec lui, l'attente de Noël, cette merveilleuse fête de l'amour et des lumières, qui métamorphose tout Paris en un conte de fées rempli de barbes à papa et de paillettes argentées.

J'ai longtemps aimé Noël. Notre sapin, que papa décorait chaque année derrière la porte fermée du salon, n'était jamais assez grand à mes yeux et, dès le courant du mois de novembre, j'arpentais la ville éclairée de guirlandes, les rues et les magasins en habits de fête, déjà en quête de cadeaux.

Seulement, depuis trois ans, la célébration de toutes les célébrations, ce paisible terminus de l'année vers lequel tout semble tendre, qui rassemble les familles et réconcilie les gens brouillés, me paraît moins belle, moins riche de promesses. Pour être honnête, je n'aime plus Noël, et j'ai mes raisons.

Or, cette année, au mois de novembre, il se produisit quelque chose qui donna à ma vie – littéralement – une nouvelle direction.

Je reçus deux lettres. L'une renfermait une mauvaise nouvelle, l'autre une triste nouvelle. Et pourtant, grâce aux chemins curieusement tortueux qu'emprunte parfois la vie, ces deux courriers devaient m'offrir en fin de compte, et de façon totalement inattendue, mon plus beau Noël.

★

Je me rappelle parfaitement ce lundi matin pluvieux où, frissonnante, je descendis en courant les quatre étages vers ma boîte aux lettres, comme tous les jours vers dix heures du matin. Un petit rituel, une interruption bienvenue dans mon travail solitaire – comme préparer le premier café ou regarder la nuit par la fenêtre de mon appartement mansardé situé sur la place Sainte-Marthe, un endroit idyllique non loin du canal Saint-Martin.

Dès que le temps se réchauffe, cette petite place un peu à l'écart se réveille. Le restaurant à la façade bleu pigeon, Le Galopin, se remplit. On installe des tables et des chaises colorées devant La Sardine, et Le Sainte-Marthe, reconnaissable à son store rouge, est investi par des jeunes gens qui bavardent dehors jusque tard dans la nuit. Le brouhaha, auquel se mêlent parfois des éclats de rire, monte jusqu'au quatrième étage où je travaille fenêtre ouverte, installée à mon bureau. Cela ne me dérange pas. Au contraire. C'est un agréable bruit de fond, qui m'apaise et me donne le sentiment de me trouver au cœur de la vie, tandis que, telle une Raiponce tout en haut de sa tour, je me concentre sur ma traduction et cherche les mots et les phrases qui rendront justice au texte original.

Durant la saison froide, quand le calme s'installe et que la place avec ses vieux lampadaires, ses bancs et sa colonne Morris solitaire s'enfoncent peu à peu dans un sommeil hivernal, regarder dehors la nuit me porte à la rêverie. Les arbres sous ma fenêtre bruissent doucement, un dernier passant emprunte les pavés qu'une lumière dorée rend flous, le bruit de ses pas se perd au loin, puis la petite place m'appartient tout entière.

Mon vieil ami Cédric Bonnieux – un chroniqueur qui habite avec son compagnon Augustin au bord du canal Saint-Martin et qui raconte à qui veut l'entendre que, depuis son appartement quai de Valmy, il peut apercevoir le pont d'Amélie Poulain – prétend que la place Sainte-Marthe, « pas du tout chic », est « terriiiiblement démodée ». Ce faisant, il me lance toujours un regard quelque peu réprobateur, comme pour dire : « Mais comment peux-tu vivre ici ? », puis il rajuste son écharpe Etro au motif coloré.

Il a sans doute raison. La place Sainte-Marthe constitue un univers en soi. Située à un quart d'heure seulement du canal – qui, avec ses ponts en fer pittoresques et ses nombreux cafés et bistrots, est depuis longtemps un coin branché où les gens aiment sortir tard et s'asseoir au bord de l'eau –, cette petite place se cache derrière le jardin du vieil hôpital Saint-Louis, comme sortie d'un rêve. Le soir en particulier, quand la nuit tombe doucement sur la ville et que les réverbères s'allument, cette place devient pour moi l'une des plus belles de Paris. Elle me correspond, car je suis moi-même un peu démodée, et pas très chic. Sinon, j'aurais probablement choisi un métier plus glamour. Une de ces professions de premier rang, sous les projecteurs. Parce qu'enfin, qui pense à la traductrice en lisant un roman étranger ? Qui songe au défi que cela représente de s'approprier les mots d'une autre langue, puis de les abriter dans sa propre langue ? De trouver de nouvelles images qui finiront, dans le meilleur des cas, par véhiculer précisément ce que l'auteur veut dire, et tout cela sans que le lecteur réalise le moins du monde qu'il découvre en réalité un livre anglais, espagnol, ou même finlandais. Parce que les mots sonnent comme s'ils avaient été écrits dans sa langue.

Comme la danse classique, la traduction est un art. Nous donnons l'impression de voler sans peine à travers les airs avec nos créations linguistiques, nous tournoyons en souriant sur la pointe des pieds, pour atterrir en douceur et sans bruit sur la phrase suivante. « Une traduction réussie ne transpire pas l'effort », m'avait un jour confié le vieux M. Lassalle, fondateur des éditions Lassalle, une petite maison sise à Saint-Germain, l'unique ou presque pour laquelle je traduis des romans étrangers, et je ne peux qu'abonder dans son sens. Car seule cette légèreté, ce subtil pas de deux, permet à un livre étranger de devenir un plaisir de lecture. Nous autres traducteurs, nous créons des passerelles entre les langues, nous évoluons entre deux mondes. Et la fierté et le bonheur m'envahissent chaque fois que j'y parviens. Quand je rends une traduction, il s'y niche toujours une partie de moi. Même si personne ne le remarque, en général.

Parfois, devant une œuvre littéraire d'une certaine importance, il arrive qu'un journaliste de la rubrique Culture se donne la peine de mentionner que la traduction est en tous points remarquable, et la traductrice tout aussi géniale. Mais dans la plupart des cas, nos noms sont simplement indiqués au début du livre, sous le titre, et la page se tourne vite : « Traduit du finnois par Joséphine Beauregard. »

Joséphine, c'est moi, et je dois mon prénom quelque peu grandiloquent à ma mère, une fervente admiratrice de Napoléon Bonaparte qui rêve encore de l'époque somptueuse de la Grande Nation. Ancienne dentiste, elle a non seulement veillé sur les dents de ses filles (grâce à des bains de bouche quotidiens et aux appareils que nous avons dû porter pendant l'enfance, notre dentition est en effet impeccable), mais nous a aussi donné à toutes le prénom d'une héroïne de la période napoléonienne. Seulement, tandis que mes deux sœurs aînées font honneur à leurs illustres prénoms – Eugénie est une chirurgienne cardiaque de renom, continuellement invitée à je ne sais quels congrès de médecine importants, et Pauline, que je soupçonne de porter son collier de perles même la nuit, marche depuis ses études de droit sur les traces de papa, dont elle reprendra un jour le cabinet d'avocat florissant –, je suis sans doute, avec mon boulot de traductrice mal payé, la ratée de notre famille.

Le jour où j'annonçai à maman que je voulais étudier les langues pour traduire des livres, elle me fixa avec perplexité.

– Professionnellement ? demanda-t-elle avec effroi. Tu ne vas quand même pas en faire ton métier ?

– Bien sûr que si, répliquai-je, agacée. Quoi d'autre, sinon ?

– Mais on ne peut pas en vivre, ma fille ! Pourquoi ne pas étudier quelque chose de sensé, comme tes sœurs ? Tu pourrais au moins devenir pharmacienne. Ou alors, choisir la diplomatie. Tu sais que papa a de bonnes relations au ministère. Avec tes notes, tu pourrais faire ce que tu veux.

– Justement, déclarai-je, butée, avant de quitter le salon.

Plus tard, je l'entendis se plaindre auprès de papa, dans leur chambre.

– Traductrice ! gémissait-elle. Tu ne pourrais pas lui parler, Antoine ?

– Ma foi, c'est sa décision, Isabelle, avança-t-il prudemment. En fin de compte.

Papa avait beau se montrer brillant au tribunal, à la maison, il cherchait principalement à éviter les conflits.

– Bien sûr que j'aurais préféré la voir au cabinet elle aussi, reprit-il d'une voix déçue. Mais notre petite est différente d'Eugénie ou de Pauline. Pas aussi affirmée. C'est une rêveuse.

– Je ne te le fais pas dire. Il importe d'autant plus qu'elle fasse quelque chose de sensé.

– Mais puisque c'est son souhait…

– Tu parles d'un souhait ! Je t'en prie, chéri ! Traduire est une voie de garage. Tout le monde le sait…

– Elle aime la littérature…

– Franchement, Antoine. Nous aimons tous la littérature. Nos étagères débordent de littérature. Est-ce une raison pour en faire son métier ? Qu'elle aille tout de suite se produire au cirque comme trapéziste, tant qu'on y est !

Je pouvais l'imaginer secouant avec désapprobation ses cheveux blonds, qu'elle aimait porter comme Catherine Deneuve. À la différence de papa, originaire de Bourgogne, maman était née à Paris, ce qui la dotait d'un certain ego. Et évidemment, elle savait toujours tout sur tout.

– Là tu exagères, Isabelle.

– Pas du tout, Antoine. Je veux juste le meilleur pour ma fille, et tu le devrais aussi. Pourquoi ne pas choisir un métier respectable ? Je me fais du souci. Que va-t-elle devenir ? Ah, Joséphine était déjà tellement têtue, enfant…

La discussion se poursuivit ainsi pendant un moment. Derrière la porte, les joues brûlantes, j'écoutais ce que mes parents disaient de moi, consternée de constater le peu de confiance qu'ils m'accordaient. En tant que benjamine, j'avais toujours été « la petite » et le resterais probablement jusqu'à la fin des temps.

– Enfin, espérons qu'elle se trouve au moins un mari raisonnable, qui puisse financer son « souhait », entendis-je finalement maman soupirer. Elle est assez jolie pour ça. Même s'il est urgent qu'elle change de style vestimentaire.

Eh bien… Je devais décevoir profondément les attentes de maman au niveau de mon style vestimentaire, mais aussi en matière d'hommes. Contrairement à mes deux sœurs, si élégantes et si accomplies, je n'avais, à l'âge de trente et un ans, toujours aucun époux respectable en vue. Après quelques relations nouées avec de prétendus intellectuels déguenillés, qui se distinguaient surtout par un excès de tabac, de café et de fanfaronnades, il n'y avait plus, depuis quelques années, de petit ami attitré à mes côtés – ce qui remplissait ma famille d'une inquiétude croissante. Je remarquais les regards qu'ils se lançaient, chaque fois que je me pointais seule à une réunion de famille. Ces regards qui disaient : « La petite n'arrive à rien. » Je me mis peu à peu à haïr ces rassemblements familiaux.

– Pourquoi tante Joséphine n'a pas de mari, maman ? avait demandé Camille au repas de Noël de l'année dernière, avec sa voix claire d'enfant, avant de poser sur moi de grands yeux bleus perplexes.

C'était l'adorable fille d'Eugénie et de Guy, âgée de cinq ans (et un peu fatigante à mon goût). Guy, spécialiste en chirurgie esthétique, était la garantie que sa femme aurait toujours l'air aussi fabuleuse dans cent ans. Son cabinet était situé dans une immense villa à Neuilly, où ils vivaient d'ailleurs. Voici deux ans, ils avaient agrandi la famille en mettant au monde un autre ange aux boucles blondes – le petit César, qui barbouillait tout ce qu'il touchait de ses menottes, ignorant certainement l'impériale connotation de son prénom.

À le voir paisible et bien nourri, assis dans sa chaise haute, on aurait plutôt dit un petit Brutus grassouillet. Camille, elle, avait été dès sa naissance ou presque une enfant éveillée, dont la soif de savoir paraissait inépuisable.

Après sa question, le silence avait régné un moment autour de la table. Reposant mes couverts en argent sur le bord de l'assiette, j'avais senti le rouge me monter aux joues. Je commençais à me sentir comme cette pauvre parente qu'on peine à caser dans les romans de Jane Austen. Sauf que, malheureusement, aucun Mr Darcy ne perçait à l'horizon.

– Mais enfin, Camille, était intervenue Eugénie, reprenant gentiment sa fille. Il ne faut pas parler comme ça, mon ange. Tu mets la pauvre Joséphine dans l'embarras.

– Pourquoi Joséphine devrait-elle être gênée? avait demandé Pauline en jouant avec son inévitable collier de perles. Peut-être qu'elle préfère vivre seule, tout simplement. Sans homme, je veux dire.

– Bien vu, avais-je commenté, avant de boire une gorgée de vin rouge et de lever mon verre à la cantonade. Bienvenue dans le vingt et unième siècle, au fait.

Pauline avait haussé les sourcils d'un air éloquent, sans pour autant perdre son sourire, et maman avait semblé un brin méfiante. Comme s'il lui était soudain venu une pensée inquiétante, peu conciliable avec sa conception bourgeoise de la famille.

– Mais si elle n'a pas de mari, elle n'aura pas d'enfants non plus, en avait déduit avec justesse Camille, en petite fille futée. Et moi, je veux une cousine.

– Je voudrais, Camille. On dit je voudrais, l'avait corrigée Eugénie en ramenant sa crinière blonde en arrière, légèrement agacée. Peut-être que tante Joséphine ne souhaite pas avoir d'enfants.

– Dans ce cas, il te faudra plutôt négocier avec ta tante Pauline, ma chérie, était intervenu papa devant le ton quelque peu mordant d'Eugénie, soucieux comme toujours d'arrondir les angles et de maintenir la paix.

Il avait souri gentiment en regardant sa fille cadette, assise en face de lui.

– Qu'en penses-tu, Pauline ? Tu vas donner une cousine à Camille ?

– Je vais voir ce qu'on peut faire, avait répondu Pauline avant de couler un regard amusé en direction de Bertrand.

Comme moi, Pauline avait hérité de la chevelure et des yeux sombres de papa. Mais alors que mes cheveux tombant jusqu'aux épaules avaient toujours l'air mal peignés, ma sœur portait un carré classique qui oscillait de façon charmante, quoique légèrement menaçante dans sa perfection, à chaque mouvement de sa tête.

Bertrand était le mari de ma sœur Pauline. Il avait un peu l'apparence d'un étudiant avec ses petites lunettes à monture dorée et ses cheveux un chouia trop longs, mais, pour la plus grande joie de mes parents, ce n'était pas un « intello » qui traîne toute la journée dans les cafés et qui tire le diable par la queue, comme on avait coutume de le dire dans la famille. Bertrand était professeur de géophysique à la Sorbonne et, depuis peu, il conseillait aussi le ministère de l'Environnement, si bien que je devais faire doublement attention. Il y avait toujours des connexions entre les uns et les autres, et on parlait aussi dans les ministères. À la maison par contre, Bertrand ne faisait guère entendre sa voix. Ma sœur était un magnolia en acier, qui supervisait tout. Mais mon beau-frère semblait bien s'en accommoder.

Le voilà qui passait maintenant un bras autour des épaules de Pauline, et déclarait avec un sourire conciliant :

– Eh bien… Je n'aurais rien contre. Mais c'est la patronne qui décide.

– C'est réglé, alors, avait conclu papa.

Tout le monde avait ri. Même maman, qui paraissait s'être ressaisie à la perspective d'un nouveau petit-enfant.

Puis nous nous étions remis à manger.

Formidable, tout le monde s'entendait à la perfection autour de moi. J'étais la marginale ici, très clairement. Et j'avais beau me rappeler avec obstination que les héros de tous les romans intéressants vivaient en général à la marge, ce n'était pas vraiment une consolation.

Morose, je farfouillais machinalement dans mon confit de canard. Tandis que les autres discutaient et s'amusaient, je réalisais soudain que l'appétit m'avait quittée. Ce n'était pas que je ne voulais pas de mari. Ni que je préférais vivre seule. Et je ne détestais pas non plus les enfants. Si je devais en avoir un jour, je ne les détesterais jamais, m'étais-je convaincue ce jour-là.

Mais voilà, je ne pouvais absolument pas parler de Luc à ma famille. Notre relation devait encore rester secrète, pour diverses raisons. C'était déjà le cas un an plus tôt, alors que je souffrais le martyre durant ce repas de Noël. Mais tout cela allait changer, enfin. Luc me l'avait promis.

– Cette année, à Noël, je serai à tes côtés, m'avait-il assuré à la fin de l'été. Très officiellement.

Il me contemplait de ses yeux incroyables ; pas simplement bleus, ils semblaient réunir quantité de nuances. Les yeux de Luc étaient magiques. Magnétiques.

– Crois-moi, avait-il ajouté. J'attends juste le bon moment.

Et je l'avais cru. Une fois de plus. Mais après son départ, les doutes avaient de nouveau étendu leurs griffes, et penser à Noël m'avait remplie, comme chaque année, d'un sombre malaise.

Maman avait eu tort sur un point, en tout cas. On pouvait naturellement vivre de la traduction. Peut-être pas dans un

250 mètres carrés de la rue de Bourgogne, où mes parents résidaient tout à fait royalement depuis de nombreuses années. Mais cela suffisait tout de même pour un charmant appartement mansardé dans le dixième arrondissement, où, l'hiver, le chauffage vétuste ne fonctionnait pas toujours correctement.

– Mon Dieu, on se croirait chez une étudiante! s'était exclamée maman, catastrophée, voici quelques années – la seule et unique fois où elle m'avait rendu visite.

À cet instant, j'avais vu mon petit chez-moi sous les toits avec ses yeux. Comme si un projecteur à la lumière crue était brusquement venu enlaidir tout ce qu'il contenait: les vieux meubles pas vraiment assortis, le boutis indien bigarré sur le lit, qui faisait aussi office de canapé avec tous ses coussins, le bureau en bois naturel devant la fenêtre, le coin cuisine sous la pente du toit (où le frigo bourdonnait parfois si bruyamment que je devais le débrancher la nuit), le fauteuil en osier dans le coin, un peu bancal. Et soudain, je m'étais sentie minable. Comme si j'avais raté ma vie. Peut-être était-ce le cas, peut-être me mentais-je à moi-même, refusant de voir la réalité. Mais après que maman fut repartie, refermant la porte derrière elle, je m'étais tout de suite sentie mieux.

Je m'étais préparé un thé, j'avais sorti de l'étagère au-dessus de l'évier le grand mug Iittala rouge avec les renards et les chouettes – un souvenir de mon année d'études à Helsinki, où les hivers étaient si sombres et pourtant si riches de lumières, les étés infinis et d'une grande clarté –, avant de m'installer dans le fauteuil en osier et de contempler mon petit royaume.

En fait, j'adorais mon appartement. Mon quartier avec ses ruelles et ses petits commerces. Mes vêtements achetés en friperie et mes foulards de toutes les couleurs. Et même si je ne gagnais pas autant que mes formidables sœurs, loin de là, je parvenais à m'en sortir. Mon travail me procurait de la joie, on appréciait mes traductions et mon planning était rempli de commandes qui s'étendaient largement sur l'année prochaine.

Ce fameux lundi, qui avait débuté comme une journée de novembre parfaitement ordinaire, j'avais d'ailleurs travaillé jusque tard dans la nuit à une traduction que je voulais rendre pour la fin de la semaine.

Tout était comme d'habitude, et tandis qu'encore un peu ensommeillée, je descendais lourdement l'escalier puis ouvrais ma boîte aux lettres, je n'avais pas la moindre idée de ce que le destin avait imaginé pour moi. Même lorsque je découvris les deux enveloppes entre les habituels prospectus et les pris avec curiosité, je ne soupçonnai pas que ma vie allait changer de fond en comble. Dans la pénombre de l'entrée de l'immeuble, où la lumière s'éteignait toujours après quelques minutes, je retournai les enveloppes et déchiffrai le nom des expéditeurs.

La première lettre venait des éditions Lassalle. Probablement un relevé de droits d'auteur. L'autre, une enveloppe légèrement plus grande, en papier vergé, avec mon adresse imprimée en fins caractères gris dessus, avait été envoyée par un cabinet que je ne connaissais pas.

Berger & Fils.

De quoi pouvait-il bien s'agir ?

Tout en remontant l'escalier, je sentis un malaise m'envahir. Bien que fille d'avocat, j'éprouvais toujours une petite frayeur lorsque je recevais un document officiel. Avais-je manqué une facture ? Payé mes impôts en retard ? Avais-je quelque chose à me reprocher ?

Ne sois pas stupide, Joséphine, me tançai-je arrivée en haut, tandis que j'ouvrais la porte. Je m'assis dans mon fauteuil en secouant la tête, posai la lettre du cabinet Berger sur la petite table en marbre rouge et décidai de consulter d'abord le courrier de la maison d'édition.

J'ouvris l'enveloppe et pris connaissance de son contenu, sous lequel figurait la signature de l'éditeur en personne. C'était une bonne chose que je sois assise, car dès les premières lignes, je me sentis sur le point de défaillir.

Très chère mademoiselle Beauregard,

Il ne m'est pas aisé de vous écrire ce mot. Voilà un bon nombre d'années que vous fournissez un excellent travail, et nous avons toujours grandement apprécié vos admirables traductions.

Je suis d'autant plus peiné de devoir vous informer que j'ai décidé, le cœur lourd et après mûre réflexion...

Le cœur battant la chamade, je parcourus le reste de la feuille que je lâchai ensuite, comme étourdie.

Robert Lassalle renoncerait à sa maison d'édition à la fin de l'année. Sa santé laissait à désirer, écrivait-il, et il était de plus en plus difficile d'imposer sur le marché français des niches telles que la littérature finnoise, qui avait toujours été son cheval de bataille. Abstraction faite de rares succès comme Arto Paasilinna. L'éditeur avait jusqu'à présent compensé les pertes en injectant une partie de ses fonds propres, mais la petite maison se trouvait désormais tellement dans le rouge qu'on ne pouvait plus la sauver. Un administrateur judiciaire, déjà nommé, s'occuperait de toutes les démarches. Bien entendu, la traduction à laquelle je travaillais actuellement me serait rémunérée. Malheureusement, les autres commandes étaient annulées.

Je suis réellement navré d'avoir de si mauvaises nouvelles. J'ai toujours espéré que ce jour ne viendrait jamais, mais le voilà arrivé. Il faut savoir reconnaître lorsque c'est la fin.

J'espère cependant de tout cœur, et j'en suis persuadé, chère mademoiselle Beauregard, qu'une traductrice de talent telle que vous décrochera rapidement de nouvelles commandes.

Permettez-moi de vous confier encore ceci, au risque de me répéter : nous avons tous peur, et c'est bien naturel, lorsque quelque chose s'achève. Mais au fond, rien ne prend véritablement fin. Les choses changent, c'est tout.

C'est dans cet esprit que je souhaite que vous considériez l'avenir avec optimisme, et que nous nous voyions une dernière fois avant Noël, afin de prendre congé l'un de l'autre de vive voix.

Recevez les très chaleureuses salutations de votre
Robert Lassalle

Il me semblait avoir reçu un coup sur la tête. Ou plutôt non, je ne ressentais plus rien du tout. Un engourdissement généralisé s'était emparé de mon corps. Puis les petites roues dans ma tête se mirent à tourner et une vague de panique monta en moi. Je me croyais tout à fait en sécurité, n'est-ce pas – avec assez de contrats pour l'année à venir… À présent, il ne me restait plus rien. Encore une traduction, et ce serait terminé. Fiévreusement, je me demandai combien d'économies il restait sur mon compte. Pas grand-chose. Cela suffirait probablement pour un, deux, trois mois, si je me montrais économe. Il fallait de toute urgence que je démarche de nouveaux clients, mais comment ? Je me frappai le front du plat de la main, gémissante. Je payais le prix de mon confort passé : avoir quasiment œuvré comme traductrice maison pour les éditions Lassalle. Comment avais-je pu être aussi bête ? Tout le monde savait bien qu'il valait mieux ne pas mettre tous ses œufs dans le même panier.

Je me laissai retomber dans mon fauteuil. J'avais vraiment aimé travailler pour cette maison, où même en tant que traductrice on connaissait personnellement l'éditeur. Où l'on ne recevait pas juste une commande par mail, pour envoyer quelques mois plus tard sa traduction sous forme de fichier Word. Nostalgique, je repensai aux agréables conversations avec les deux éditrices qui s'étaient souvent tenues dans l'arrière-cour du bâtiment, rue des Canettes. Aux joyeuses soirées de Noël au restaurant Le Bonaparte, auxquelles j'étais également invitée. Aux quelques lectures avec des auteurs finlandais, que j'avais eu la chance d'animer. À tous les succès rencontrés au fil des années, dont nous nous étions réjouis ensemble.

Alors seulement, je réalisai que les éditions Lassalle avaient, pendant des années, représenté pour moi un second foyer. Un soutien, pas seulement financier… Et voilà que tout venait de s'effondrer. Il ne serait pas facile de décrocher rapidement de nouveaux contrats. Être une « traductrice de talent » ne m'aidait en rien, pour l'instant. Et de nouveau, je sentis la peur m'envahir. La peur que connaissent tous ceux qui travaillent en indépendants, ceux qui sont tributaires de nouvelles commandes. La peur du lendemain.

Mon regard tomba alors sur l'autre lettre, que j'avais presque oubliée. Les doigts tremblants, j'attrapai l'enveloppe. Que pouvait bien me vouloir ce Berger, dont je n'avais jamais entendu parler ?

Je déchirai l'enveloppe, tandis que mon cœur s'emballait. Ce courrier venait d'un notaire de Chablis.

Chère mademoiselle Beauregard,

Je suis au regret de vous annoncer que votre oncle, M. Albert Beauregard, domicilié à la résidence Saint-Julien-de-Sereine à Chablis...

Conformément à ses dernières volontés, votre oncle a été incinéré...

... m'a chargé de régler sa succession. Selon le testament dont je dispose, vous êtes l'unique bénéficiaire...

Oncle Albert était mort. Le frère aîné de papa, qui vivait depuis de nombreuses années dans une maison de retraite en Bourgogne et avait rompu bien avant cela tout contact avec la famille, avait donc rendu son dernier soupir après des années de démence, s'éteignant paisiblement et sans se souvenir de nous. Mais avant que la maladie ne se déclare, oncle Albert avait manifestement rédigé un testament en ma faveur. J'étais la seule de la famille qu'il appréciait, et c'était réciproque. Je me souvenais bien de cet été inoubliable, où par un heureux concours de circonstances, mes parents n'ayant pas le temps, j'avais passé les vacances avec oncle Albert, sur sa péniche. Descendant paisiblement la Seine, nous nous étions arrêtés où bon nous chantait. J'avais alors onze ans et j'aimais l'aventure. Que pouvait-il y avoir de plus excitant que de dormir sur un bateau ? Le soir, nous nous asseyions sur le pont, sous le ciel étoilé, et oncle Albert buvait son vin et racontait des histoires, tandis que l'eau clapotait doucement contre les planches. Parvenus au niveau du cours supérieur de la Loire, nous avions loué une voiture et visité quelques-uns des magnifiques châteaux nichés en pleine nature, au milieu de vertes forêts, dans l'idyllique vallée de la Loire. Le fleuve avait donné son nom à la péniche de mon oncle : *La Princesse de la Loire*. Cette belle et audacieuse princesse, c'était moi bien entendu.

Je le croyais à l'époque en tout cas, et oncle Albert ne l'avait jamais contesté. Lors de notre croisière, il y a vingt ans, il m'avait assuré en souriant que moi, Joséphine, j'étais sa petite princesse de la Loire, et l'idée qu'on ait baptisé un bateau en pensant à moi m'avait emplie de fierté.

Après ce merveilleux été, nous nous étions perdus de vue, soit qu'oncle Albert, qui travaillait comme courtier en vins en Bourgogne, ait choisi de suivre son propre chemin, soit que mes parents ne l'aient pas tenu en haute estime : ils faisaient toujours un peu la moue quand il était question du frère de papa, qui – allez savoir pourquoi – passait pour la brebis galeuse de la famille. Mais de mon côté, je n'avais gardé que des bons souvenirs de mon oncle, qui m'avait toujours encouragée en tout.

Pendant mes études, je lui avais encore rendu visite de temps en temps, pas très souvent pour être honnête, mais il vivait déjà en maison de retraite et la maladie avait commencé à grignoter sa mémoire à une vitesse alarmante.

La dernière fois, il m'avait saluée aimablement mais sans me reconnaître, de toute évidence. Il avait fallu que j'évoque une fois de plus notre croisière pour qu'une lueur éclaire un moment ses yeux vides. Il m'avait caressé les cheveux, avant de dire de sa voix cassée : « Ah, c'est toi ! Ma petite princesse de la Loire. Tu m'as enfin retrouvé ? » Puis il avait de nouveau disparu dans son monde à lui, et j'avais quitté sa chambre sur la pointe des pieds.

Et voilà que, des années plus tard, Me Isidore Berger me faisait venir à Chablis pour prendre possession des cendres de mon oncle et de mon héritage, qui se composait d'une lettre et d'un trousseau de clés. Les clés de sa vieille péniche, dont il ne se servait plus depuis une éternité et qui, sans que quiconque le sache, était amarrée au bord de la Seine. En plein cœur de Paris !

Je fus soudain prise de vertige.

En l'espace d'un quart d'heure, j'avais perdu toutes mes traductions à venir, parce que Robert Lassalle fermait sa maison d'édition. Mon oncle préféré était mort, et apparemment, je possédais maintenant une péniche. C'était vraiment trop pour un lundi matin parfaitement ordinaire. *Je n'y crois pas*, pensai-je encore.

Puis je fondis en larmes.

2

Après m'être ressaisie, je tentai de joindre Luc, mais il ne décrocha pas – comme souvent. Je laissai un message sur son répondeur, la voix tremblante : « S'il te plaît, rappelle-moi, je suis toute retournée. » Puis je voulus appeler papa. Après une courte réflexion, je reposai mon portable. Il me paraissait plus approprié d'aller à son cabinet pour lui annoncer de vive voix le décès de son frère. La mort en soi constitue toujours un événement majeur, elle mérite un certain respect. Et même si les deux hommes ne s'étaient pas vus depuis plus de vingt ans et n'avaient manifestement pas grand-chose à se dire, Albert était tout de même l'unique frère de papa.

Je quittai mon appartement et courus jusqu'à la station Goncourt, pour disparaître dans le réseau de transport souterrain de la ville. Il tombait une pluie battante. Oncle Albert, en tout cas, avait choisi le bon mois pour quitter cette terre. Il régnait une atmosphère de fin du monde et j'espérais que, là où il se trouvait, le temps était meilleur.

Armée de mon parapluie, je dévalai bientôt le boulevard Saint-Germain qui, par cette sinistre journée de novembre, avait l'air totalement abandonné.

Le cabinet Beauregard se trouvait dans la partie supérieure du boulevard, à bonne distance des jolis petits cafés, pâtisseries et boutiques de mode qui s'étaient établis tout autour de l'église de Saint-Germain-des-Prés et qui, en toute saison, exerçaient une attraction quasi magnétique sur les touristes. Mais sur la portion que j'empruntais, on ne voyait plus, dans les majestueux bâtiments, que d'élégants magasins de meubles, des show-rooms de cuisines, des cabinets de médecin ou, justement, d'avocat. Il y avait très peu de piétons, des voitures me dépassaient bruyamment, traversant les flaques qui s'étaient formées sur la chaussée. Soudain, de l'eau fut projetée et aspergea le bas de mon manteau ainsi que mes chaussures.

– Hé, faites attention !

Furieuse, j'agitai mon parapluie et suivis du regard l'auto qui venait de me dépasser en trombe. Écartant de mon visage une mèche de cheveux mouillés, je me remis à avancer en pestant. La main qui tenait le manche du parapluie était déjà engourdie. Quelques mètres plus tard, j'apercevais enfin la porte cochère en bois bleu foncé du cabinet Beauregard, et mon doigt pressa la sonnette en laiton.

Assis derrière sa table de travail, papa consultait un dossier lorsque je pénétrai dans son bureau, suivie de près par

Mme Martin, un sourire d'excuse aux lèvres, navrée de n'avoir pu me retenir.

– Votre père attend un appel très important, voulez-vous attendre un moment, mademoiselle Beauregard ? avait-elle demandé quand j'avais poussé la porte du cabinet, mon parapluie fermé dégoulinant sur la moquette.

– Mais quel temps ! Vous êtes trempée. Peut-être voulez-vous me donner votre manteau ? Je vous en prie, asseyez-vous, avait-elle proposé en indiquant les deux fauteuils dans le vestibule. Un café, peut-être ?

L'assistante de mon père se montrait toujours d'une amabilité excessive. Elle aimait dire « peut-être », comme si l'on avait le choix, mais derrière son sourire inébranlable se cachait une dame âgée parfaitement déterminée, qui cherchait à éviter tout dérangement à son patron.

– Non merci, madame Martin, avais-je répondu en passant devant elle. Je suis désolée, mais c'est important.

Papa leva les yeux, surpris, et ôta ses lunettes de lecture en me voyant surgir dans l'embrasure de la porte.

– Votre fille, monsieur Beauregard, déclara Mme Martin de façon superflue, avant de lisser son chignon gris. Je lui ai expliqué que vous attendiez un appel, mais elle a dit que c'était important…

– Ça va, ça va, commenta papa en lui adressant un hochement de tête.

Il me fit signe d'entrer, tandis que Mme Martin se retirait discrètement, refermant derrière elle la porte verte capitonnée.

– Bonjour, Joséphine ! fit papa, souriant. Qu'est-ce qui t'amène ?

Il avait noué les mains sur le plateau revêtu de cuir du bureau en merisier, et ses yeux sombres reposaient paisiblement sur moi. Il n'arrivait en effet pas souvent que je vienne le voir au cabinet. Le regardant, en proie à des sentiments mitigés, je me demandai soudain comment m'y prendre pour lui révéler la nouvelle. C'était, après tout, la première fois que j'annonçais un décès.

– Salut, papa, répondis-je d'une voix faible.

– Il est arrivé quelque chose ? s'enquit-il en fronçant les sourcils. Hé, ma chérie, tu es toute pâle. Qu'est-ce qui se passe ?

Il se leva pour faire le tour de son bureau.

– Ah, papa… Oncle Albert est mort. Je viens de l'apprendre.

Papa accueillit d'une façon relativement calme la nouvelle du décès de son frère.

– Oh, c'est pas vrai, lâcha-t-il simplement. Albert.

Puis il se tut, l'air un peu désemparé. Il s'approcha d'une des trois hautes fenêtres aux balcons en fer forgé et fixa la pluie pendant un moment. J'enlevai mon manteau mouillé et l'accrochai au-dessus du vieux radiateur à côté de la porte. Je me tournai vers papa, toujours debout près de la fenêtre, silencieux. Peut-être songeait-il à son enfance en Bourgogne, à l'époque où il flânait dans les vignes avec son frère aîné, avant que leurs chemins ne se séparent et qu'ils finissent par ne plus se voir du tout. Je ne voulais pas interrompre le cours de ses pensées, mais en fin de compte, je le rejoignis et posai une main sur son épaule.

– Je suis désolée, papa.

Il se tourna vers moi et me fixa avec une expression difficilement déchiffrable.

– Quoi ? Non, non, ça va, Joséphine. Tu le sais, Albert et moi n'avons jamais été particulièrement proches. Nous avions des conceptions de la vie très… différentes. Simplement, c'est si… définitif. J'aurais peut-être dû lui rendre visite quand même. D'un autre côté… Bon, bref. Qu'il repose en paix.

Il secoua la tête en soupirant. Puis il gagna la porte, pour demander à Mme Martin de ne lui passer aucun appel jusqu'à nouvel ordre.

– Nous avons un décès dans la famille, expliqua-t-il, et j'entendis une exclamation désolée retentir dans le vestibule.

– Viens, on va s'asseoir un moment, proposa papa avec calme en se dirigeant vers l'ensemble fauteuils et canapé beiges disposés dans le coin de son bureau, là où l'épaisse moquette bleue étouffait chaque bruit de pas. D'où sais-tu… Je veux dire, comment l'as-tu appris ?

– Par un courrier de son notaire. C'est arrivé ce matin. Tiens… fis-je en sortant la lettre de mon sac à main et en la tendant à mon père. Oncle Albert a déjà été… Enfin, la crémation a déjà eu lieu. Il a pris toutes les dispositions… Pour autant que je sache.

J'avais bredouillé ces mots avec embarras, et je remarquai le soulagement sur le visage de papa. Des funérailles à Chablis, après toutes ces années, lui auraient sûrement paru étranges. Sans parler de maman, qui n'avait jamais beaucoup aimé Albert.

« Difficile de croire que cet homme est ton frère, Antoine, avait-elle coutume de dire avec désapprobation. Il ne ressemble à aucun membre de la famille. Est-ce qu'il a déjà fait quelque chose d'utile dans sa vie ? »

Pauvre Albert… À part moi, je suppose que personne ne l'appréciait vraiment. Et maintenant, il était mort.

Silencieuse, je regardai papa examiner le courrier du notaire.

– Je dois aller à Chablis pour… euh… prendre l'urne. Papa, rends-toi compte, j'hérite de la péniche d'oncle Albert.

Papa hocha la tête. Mais avant qu'il puisse commenter, la porte s'ouvrit et Pauline entra.

– Qui est mort ? demanda-t-elle, visiblement informée par Mme Martin.

– Oncle Albert.

– Oh ! fit juste Pauline en croisant les bras. Ce bon vieil oncle Albert. Condoléances. Il n'était pas si vieux que ça, pourtant. De quoi est-il mort ? Cirrhose ?

– Mais enfin, Pauline ! m'exclamai-je en fronçant les sourcils. Comment peux-tu faire preuve d'aussi peu de tact ?

– Ben quoi ? répliqua-t-elle. Tout le monde sait qu'il buvait. En la matière, on peut dire qu'il s'approvisionnait à la source. En tant que courtier en vins, il était son meilleur client…

– S'il te plaît, Pauline, intervint papa. Il ne faut pas dire du mal des morts.

– Tu devrais avoir honte, ajoutai-je sur un ton de reproche. Oncle Albert était malade. Il souffrait de démence depuis des années, déjà. Et ce n'était pas un alcoolique. Je ne l'ai jamais vu saoul, en tout cas. J'ai passé tout un été avec lui dans le temps, alors…

– Qu'est-ce que tu en sais ? Tu n'étais qu'une enfant.

– Albert a légué sa péniche à Joséphine, annonça papa en tendant à Pauline la lettre du notaire.

– Tu veux parler de ce vieux rafiot rouillé, avec lequel il se baladait partout ?

Pauline s'installa près de nous et parcourut avec curiosité le document de l'étude Berger.

– Félicitations ! lança-t-elle avant de retourner la feuille. Et sinon ? Il t'a laissé autre chose ? De l'argent ? Des titres ? Non ?

Elle arqua les sourcils.

– Pourquoi ne suis-je pas étonnée ? Comme je dis toujours : mieux vaut ne pas choisir n'importe quel métier.

Elle eut un sourire suffisant, et je me sentis subitement attaquée.

– Tu devrais t'entendre, Pauline. Tu as une calculatrice à la place du cœur. Pourquoi ne suis-je pas, moi, étonnée ? rétorquai-je.

– Ça fait partie de mon boulot de tâter le terrain, expliqua-t-elle en posant le courrier sur la table basse, avant de me regarder franchement. Quoi qu'il en soit, ça me fait plaisir pour toi, sœurette. Tu es la seule à avoir continué de soutenir ce vieux gaga, après tout. Et une péniche comme ça, même un peu pourrie, trouvera preneur à coup sûr. Tu vas la vendre, n'est-ce pas ?

Décidant de ne pas gloser sur l'expression « vieux gaga », je haussai les épaules.

– Eh bien… Je pense que oui. Je veux dire, sérieusement, qu'est-ce que je suis censée faire d'une péniche…

Alors que je ne saurai bientôt plus comment payer mon loyer, ajoutai-je mentalement.

Je préférais garder cette nouvelle pour moi. L'état de mes finances ne regardait personne. Je n'avais pas la moindre envie de subir, une fois encore, les interminables sermons de maman concernant la vie sur le fil que je menais, alors que j'aurais pu tout faire avec mon bon diplôme. Et aussi triste que soit le décès d'oncle Albert, je devais avouer que, compte tenu de ma situation critique, je considérais comme un heureux hasard qu'il m'ait légué son bateau. Alors oui, j'allais le vendre dès que possible, pour me renflouer.

Papa, resté un moment tassé dans son fauteuil, s'anima brusquement.

– Il me vient une idée. Si tu veux te séparer de la péniche, j'aurais peut-être un acheteur potentiel sous la main, déclara-t-il. Un collègue assez jeune, un avocat plein d'avenir qui aimerait devenir notre associé, en cherche une depuis longtemps. Une fois que tu auras réglé tes affaires à Chablis, je vous présenterai.

Il marqua une pause, avant de poursuivre :

– On pourrait déjeuner ensemble par exemple, ensuite tu lui montrerais le bateau.

– Tu veux parler de Richard Bailleul, peut-être ? demanda Pauline.

– Oui, c'est bien lui.

– Excellente idée, fit-elle en souriant, ravie.

Je vis papa et Pauline échanger un regard de conspirateur, et je me demandai ce qu'il pouvait bien signifier.

– Effectivement, Richard Bailleul serait la bonne personne, reprit Pauline en inclinant la tête sur le côté, et ses cheveux oscillèrent avec entrain. Pour la *péniche.*

Son expression amusée me troubla.

★

Lorsque je quittai enfin le cabinet, l'après-midi était déjà entamé. La pluie avait cessé, le jour tombait, et les lumières se reflétaient dans les flaques et sur l'asphalte encore humide. Je n'avais aucune envie de rentrer à la maison. Après cette journée stressante, plus moyen de me remettre à ma traduction, de toute façon. *À quoi bon ? Je ne saurai bientôt plus quoi faire de mon temps*, pensai-je avec amertume. Je décidai donc de retourner à Saint-Germain pour manger un morceau au Vieux Colombier.

Luc ne s'était toujours pas manifesté, il devait encore avoir une journée remplie de réunions. Mais c'était maintenant la fin de l'après-midi, et je nourrissais l'espoir secret qu'il me rejoigne après le bureau. Au Vieux Colombier se trouvait suffisamment proche du septième arrondissement où il travaillait, mais tout de même en dehors du périmètre de ses collègues du ministère. Nous nous étions parfois retrouvés pour déjeuner dans ce petit bistrot sympa, non loin de l'église Saint-Sulpice.

Je poussai la porte de la véranda verte et cherchai une place sur une banquette en cuir, dans le coin le plus reculé de l'établissement. Tandis que je sélectionnais le numéro de Luc, mon cœur se mit à battre plus vite. Même au bout de trois ans, il continuait de battre plus vite. Je ne savais jamais si mon coup de fil tomberait mal ou pas, il était toujours risqué d'appeler Luc, il ne fallait pas se faire pincer. En général, j'attendais qu'il m'appelle, mais après tout ce qui s'était passé aujourd'hui, j'avais besoin de lui parler ; j'avais hâte qu'il me prenne dans ses bras, me console et me donne du courage.

Il décrocha aussitôt.

– Oui ? fit-il d'un ton très professionnel.

– Luc, c'est Joséphine, déclarai-je en baissant involontairement la voix. On peut se voir ? Tu es encore au ministère ?

– Aaah, monsieur Bonnard. C'est vous. Comment allez-vous ?

Il jouait vraiment bien la comédie.

– Eh bien, pour être honnête, je m'apprêtais à partir, reprit-il avant de rire. Oui, ha ha ha, il faut savoir quand s'arrêter, n'est-ce pas ?

– Je suis au Vieux Colombier, précisai-je. Tu peux venir ? Même pas longtemps ?

– Aujourd'hui ? demanda-t-il d'une voix pas très enthousiaste.

– Oui, aujourd'hui. Il faut absolument que je te parle. Pourquoi ne pas m'avoir rappelée ? Tu n'as pas eu mon message ? J'ai essayé de te joindre, ce matin.

– Oh, j'ai peur que ce soit juste. Pourquoi pas demain ? s'enquit-il, et je l'entendis feuilleter son agenda. Ou après-demain ? Ça conviendrait mieux.

– Luc, le suppliai-je. C'est *important*. J'ai passé une journée épouvantable. La maison pour laquelle je travaille met la clé sous la porte, et j'ai perdu toutes mes traductions. En plus, mon oncle est mort. J'ai besoin de toi, maintenant.

– Oui, je comprends, je comprends, commenta-t-il. La situation est précaire, mais aucune raison de paniquer. On trouvera bien une solution.

J'entendis alors une voix féminine en arrière-plan.

– Qu'est-ce qu'il y a, chéri ? On peut y aller, à la fin ?

– C'est ta femme ?

– Vous l'avez dit, répondit-il. Mais ne vous inquiétez pas, monsieur Bonnard. On va y arriver. Promis. Écoutez, il faut malheureusement que j'y aille. Je vous rappelle plus tard, d'accord ?

Et il raccrocha.

Toujours la même chose… Quand j'avais besoin de Luc, il était aux abonnés absents. Nous avions une relation compliquée. Depuis presque trois ans, j'étais la maîtresse de Luc Clément, un homme avec épouse et enfants qui occupait un poste au ministère des Affaires étrangères. Et depuis le début ou presque, il me répétait que son mariage n'existait plus que sur le papier, qu'il m'aimait à la folie et qu'il était très heureux de m'avoir rencontrée.

J'étais moi aussi heureuse de l'avoir rencontré. Vraiment. Luc Clément était charmant, cultivé, avec un goût exquis. Il avait quinze ans de plus, faisait le tour de la voiture en courant pour m'ouvrir la portière, et se levait chaque fois que je quittais ma place à table. Il m'emmenait dans des restaurants que je n'aurais jamais pu me payer – au Grand Colbert ou à La Closerie des Lilas. Il m'offrait de la lingerie fine et des fleurs. Il était beau avec ses yeux bleus, que j'avais remarqués dès notre première rencontre. Sauf que je m'imaginais les choses un chouia autrement, à l'époque.

Je repensais toujours avec émotion à ce samedi après-midi, un peu avant Noël, où je flânais passage du Grand-Cerf, à la recherche de cadeaux, un jour pluvieux comme aujourd'hui. Auparavant, comme chaque année, je m'étais rendue chez Stohrer – qui passait pour la plus ancienne pâtisserie de Paris – et j'avais acheté un de leurs délicieux babas au rhum, cette brioche moelleuse et sucrée, imbibée de rhum de Martinique, qui avait l'apparence d'un gros bouchon de champagne et dont le nom aurait été inspiré par un conte des *Mille et Une Nuits*. Pour moi, le baba au rhum avait toujours eu le goût de Noël. On racontait que le cuisinier Nicolas Stohrer avait inventé la recette dans les cuisines de l'ex-roi de Pologne Stanislas, qui vivait alors à Nancy – à une époque où l'on ne se souciait pas encore des calories, où le sucre était un ingrédient précieux. Et lorsque la fille de ce roi avait épousé Louis XV, Stohrer l'avait accompagnée à Versailles et avait fondé la première pâtisserie de Paris. On trouvait des babas au rhum partout à la période de Noël, mais ceux de Stohrer étaient tout simplement les meilleurs. Peut-être parce qu'ils ne lésinaient pas sur la quantité d'alcool et que, dès qu'on mordait dans la pâte fondante, on avait l'illusion d'en ressentir les effets grisants.

Lorsque j'avais quitté la boutique avec ma petite boîte rose, une bourrasque de vent humide m'avait accueillie. Je m'étais attardée un moment sous le store bleu et, mon regard caressant les savoureuses tartelettes, je m'étais réjouie à l'idée du baba au rhum que je comptais déguster à la maison. Puis j'avais poursuivi mon chemin dans la pittoresque rue Montorgueil, tandis que les nuages s'amassaient au-dessus de ma tête, et les premières gouttes tombaient lorsque j'avais atteint le passage quelques minutes plus tard.

Il y avait certes un petit passage couvert chez moi, dans le dixième arrondissement, mais rien de comparable avec le splendide passage du Grand-Cerf qui, avec son haut toit vitré en forme de pyramide, ses lampes anciennes et ses boutiques décalées, se trouvait au beau milieu du quartier Montorgueil et m'enchantait chaque fois. La pluie tambourinait contre la verrière d'où tombaient des cascades de guirlandes lumineuses, alors que, les pieds agréablement secs, je flânais devant les vitrines décorées où n'étaient pas exposés que des vêtements et des bijoux. Il y avait entre autres un magnifique magasin de tissus et même une boutique de laine avec des pelotes de toutes les couleurs.

D'excellente humeur, j'avais acheté ici et là quelques bricoles et, en fin de compte, les mains encombrées de sacs en papier ornés de nœuds et de rubans, j'avais décidé de terminer en beauté ma sortie shopping en prenant un Aperol au Royal.

Le petit café Art nouveau avec son superbe bar en bois, ses carreaux aux motifs fleuris, ses lampes pendant du plafond comme des tulipes ouvertes et ses femmes façon Mucha aux murs était bien rempli cet après-midi-là. Parcourant les lieux du regard, j'avais détecté une place libre à une petite table entre la fenêtre et le bar. Un homme y était assis, lisant le journal.

– Vous permettez ? avais-je demandé, et repliant son quotidien, il m'avait fixée de ses yeux incroyables.

– Mais volontiers. Je vous en prie. Il y a assez de place pour vous, mademoiselle, et (il sourit) tous vos cadeaux. Courses de Noël ? avait-il demandé en détaillant mes sacs.

J'avais hoché la tête et souri en retour.

C'est ainsi qu'avait commencé notre histoire. Avec un sourire.

N'était-ce pas le cas de toutes les histoires d'amour ?

Je ne peux pas affirmer que Luc m'ait joué la comédie.

Il portait une alliance, mais cela ne nous empêcha pas de flirter un peu cet après-midi-là. Il me complimenta, trouva mon métier intéressant, voulut que je lui recommande des auteurs. Il me fit rire, se montra tout simplement charmant, renversa mon verre par mégarde et me demanda s'il pouvait payer mon Aperol, si je n'en boirais pas un autre avec lui, s'il pouvait me revoir. Puis il me confia que cela faisait longtemps qu'il n'avait pas passé un aussi bon moment.

– J'ai le sentiment d'avoir rencontré mon âme sœur, conclut-il avec humour, une main posée sur le cœur.

Il réclama mon numéro de téléphone et, souriante, je le notai sur un dessous-de-verre qu'il empocha, ravi.

– Je vous appelle ! promit-il.

Lorsque nous nous séparâmes devant Le Royal et qu'il leva une dernière fois la main en guise de salut, avant de disparaître dans le passage, mon regard tomba sur l'enseigne du restaurant situé dans le bâtiment voisin. *Le Passage*, indiquait-elle. Mais je lus : « pas sage ».

Pas sage. J'aurais mieux fait d'y voir un avertissement.

Non, ce que je faisais n'était pas raisonnable.

Je le fis quand même.

J'avais lu et traduit tant de romans dans lesquels il était précisément question de ce genre de relations, qui se terminent en général de manière très désagréable ! Quantité d'œuvres tragiques de la littérature mondiale se nourrissent de cette funeste configuration. Un homme marié et sa maîtresse... Même dans les comédies, il n'y avait pas de happy end, parce que l'homme infidèle, à la fin, retournait toujours auprès de son épouse qui lui pardonnait avec clémence.

Mais dans mon cas, les choses étaient différentes, je le sentais.

Luc voulait se séparer de sa femme, qui ne l'aimait plus de toute façon. Il comptait le faire depuis le début. Juste après notre premier baiser au Jardin des plantes, il avait déclaré qu'il n'avait plus qu'un désir désormais : être avec moi. Mais d'ici à ce qu'il ait tout réglé, nous devions rester discrets.

J'avais opiné du chef, aux anges. Faire preuve de discrétion ne me posait aucun problème.

Lorsque je m'étais confiée à Cédric, il m'avait regardée avec compassion.

– Joséphine, Joséphine, avait-il fait en levant un index sévère. As-tu perdu la tête ? J'espère que tu n'es pas vraiment amoureuse de cet homme. Ce genre d'histoire ne fonctionne que lorsque les deux sont mariés. Sinon, tu seras toujours perdante. Qu'attends-tu sérieusement d'un mec dans sa situation ? Avec une femme et deux enfants ? Il ne divorcera jamais.

– Tu n'en sais rien, avais-je répondu. Tu verras.

Cela faisait donc trois ans maintenant que Luc et moi rêvions d'une vie commune, dans laquelle nous n'aurions plus à subir des coups de fil aussi gênants que celui-ci, dans laquelle il ne lâcherait pas ma main à chaque sortie, et dans laquelle il cesserait de fixer la porte de chaque restaurant, de peur qu'on nous découvre.

– Je voudrais qu'elle l'apprenne de ma bouche, répétait-il. Tu comprends sûrement ça, mon amour ? Agir autrement serait minable de ma part, après tant d'années. Donne-moi encore un peu de temps. J'aimerais me séparer d'Agnès paisiblement. C'est mieux pour les enfants aussi.

Au début, je lui avais bien volontiers accordé ce temps. On se montre toujours bienveillant aux prémices d'une relation. Pour être honnête, je trouvais incroyablement excitants les appels téléphoniques où nous chuchotions, les baisers volés dans les parcs et les cafés où nous nous attardions, les rencontres secrètes à l'hôtel ou, parfois, dans mon appartement. Toutes nos retrouvailles étaient passionnées, toutes les nuits que je pouvais passer avec Luc, quand sa femme partait la première avec les enfants dans leur maison de vacances en Bretagne ou qu'il avait un rendez-vous, étaient une fête. Mais petit à petit, ce jeu de cache-cache m'était devenu insupportable. Quand les festivités de Noël s'annonçaient de nouveau, surtout, je rappelais ses paroles à Luc. Mais durant la première année de notre relation, la mère de sa femme était décédée, et

Luc avait eu des scrupules à quitter Agnès qui, manifestement, avait sombré dans la dépression.

Au cours de la deuxième année, c'était son fils qui avait traversé une période difficile. Entré dans la puberté, il fumait de l'herbe, avait des accès de fureur et faisait des tours avec la voiture de sa mère, sans le permis.

– J'ai peur que nous devions patienter encore un peu, avait déclaré Luc d'un ton malheureux, tout en accrochant à mon cou, peu avant les fêtes, la chaîne en or, ornée d'un rubis en forme de cœur, qu'il venait de m'offrir. Je ne peux vraiment pas laisser tomber Agnès en ce moment.

– Tu veux dire que cette année non plus, tu ne m'accompagneras pas pour Noël ? avais-je demandé, décontenancée, me félicitant *in petto* de ne pas avoir annoncé sa venue à la maison. Tu me l'avais *promis*, Luc.

– Je sais…

Il me fixait d'un air contrit, et ce jour-là j'avais eu assez d'estime de moi-même pour balancer le collier à ses pieds et le jeter hors de chez moi.

– Ça suffit ! Je ne veux plus te revoir.

Je voulais me séparer de lui, j'en avais la ferme intention. Quatre semaines durant, nous n'avions eu aucun contact, puis il m'avait finalement rappelée pour me proposer un dernier rendez-vous à l'Hôtel du Nord, où nous nous étions retrouvés si souvent. Il m'avait alors demandé pardon, réclamant ma compréhension et expliquant qu'il se retrouvait coincé comme un rat à cause des enfants, que cela lui déchirait le cœur et qu'il ne savait plus du tout quoi faire. Et déjà, il m'avait remis le grappin dessus. Je n'étais pas un monstre… Et même si je n'avais cessé d'espérer une issue heureuse, je remarquais bien que j'étais plus irritable quand je ne parvenais pas à le joindre. Nous nous disputions de temps en temps, mais, d'une manière ou d'une autre, il réussissait toujours à m'embobiner. Dès qu'il me prenait dans ses bras, tout allait bien. Il n'y avait plus que lui et moi. Et voilà que Noël pointait de nouveau le bout de son nez, une fête que nous allions enfin – à en croire Luc – célébrer ensemble.

★

Je restai installée un bon moment au Vieux Colombier. Je commandai un croque-monsieur, puis une mousse au chocolat, puis un autre verre de vin, tout en attendant l'appel de Luc.

J'aurais aimé lui envoyer un message, mais Luc m'avait bien recommandé de ne pas laisser de traces écrites. Il avait même enregistré mon numéro de téléphone sous le nom d'un collègue imaginaire.

– Tu te comportes parfois comme un agent secret, avais-je lâché en souriant. Mais enfin, qu'est-ce qui peut se passer de si terrible ?

– Tu ne connais pas Agnès, avait dit Luc. Cette sorcière pourrait tout à fait fouiller dans mon portable. Elle est extrêmement jalouse, et quand elle disjoncte, elle est capable de tout.

Il me regardait d'un air lourd de signification, et j'avais soudain visualisé une Médée qui, par vengeance, tuait ses propres enfants.

– Il est vraiment temps que tu quittes cette horrible personne.

– Oui. Plus que temps, avait-il déclaré avant d'embrasser ma main. Tout le monde ne peut pas être un ange comme toi.

Je m'apprêtais à payer lorsque mon téléphone sonna. C'était Luc.

– Me voilà, annonça-t-il d'une voix étrangement voilée. Je suis désolé, mais je n'ai pas pu me libérer plus tôt. Agnès m'a fait la surprise de passer me prendre au travail, et elle m'a traîné à un apéritif avec ses amies, des filles à mourir d'ennui.

– Mais où es-tu maintenant ? Tu as une drôle de voix.

– Rentré à la maison. Je suis en haut, dans la salle de bains. Je ne peux pas parler longtemps, chuchota-t-il. Je suis désolé, pour ton oncle et ton travail. Mais ça finira par s'arranger.

– On ne se verra pas aujourd'hui, alors ?

– Non, c'est exclu. Comment veux-tu ? Je ne peux pas quitter la maison à cette heure-ci.

– Oh, Luc ! J'aurais tellement aimé te voir… J'ai passé une journée vraiment horrible, tu sais ? Je suis chamboulée.

– Oui, je sais, trésor. Je pense à toi. On se voit demain, ou après-demain. Je t'appelle. Dors bien !

– Toi aussi, répondis-je, déçue, et l'espace d'un instant je vis devant moi le Luc d'autrefois, qui me faisait signe de la main et s'exclamait « Je vous appelle ! », l'air heureux, avant de s'éloigner dans le passage du Grand-Cerf.

★

C'est finalement Cédric qui me réconforta.

– Mon Dieu, c'est quelque chose ! s'exclama-t-il lorsque je l'appelai, compatissant. Bien sûr que j'ai le temps. Tu veux passer ?

Une demi-heure plus tard, assise dans son immense canapé Lümmel gris clair, les genoux ramenés vers la poitrine, je grignotais les pistaches que Cédric avait posées devant moi, en compagnie d'un verre de pineau.

– Alors, raconte, fit-il en se laissant tomber dans les coussins fuchsia, à l'autre bout du canapé. Mais dans l'ordre. Tu étais si énervée au téléphone que je n'ai pas tout suivi. On a le temps, Augustin rentre tard ce soir. C'est l'anniversaire d'un de ses collègues. Ils voulaient aller fêter ça en boîte. Franchement, j'étais fatigué rien qu'à l'idée de m'agiter. Et il fait moche. Cette pluie qui n'en finit pas me déprime.

Il eut un petit rire et prit son étui à cigarettes en argent sur la surface en verre de la table basse.

– Je peux ?

– Bien sûr.

Je bus une gorgée et constatai que je commençais à me détendre.

Augustin, qui travaillait comme graphiste dans une agence, avait sept ans de plus que Cédric. Oiseau de nuit, il aimait aller danser, tandis que Cédric profitait volontiers du petit matin pour rédiger sa chère rubrique hebdomadaire, pour *Le Flâneur*. Dans ses textes, il confiait ses réflexions profondes et amusantes sur les petites et les grandes choses qu'il découvrait en parcourant Paris. En couple depuis de nombreuses années, Cédric et Augustin s'entendaient bien. Dès qu'ils en avaient l'occasion, ils allaient en Italie, leur pays de cœur ; ils revenaient de Vérone avec des miroirs anciens en argent, et de Rome avec des épices colorées du Campo de' Fiori. Les moments passés avec eux étaient toujours drôles, simples et inspirants. Il y avait invariablement une bouteille de champagne à portée de main, et de la chaîne Bose, accrochée au mur comme une sous-tasse volante, sortait la voix rauque d'Amy Winehouse ou le soprano unique de Maria Callas. De temps à autre, Cédric, qui aimait cuisiner pendant son temps libre, donnait un dîner royal pour une poignée d'amis. La table du coin repas, peint en rouge sang de bœuf, était alors dressée avec opulence, garnie de mets délicieux et ornée d'immenses chandeliers sur lesquels des bougies brûlaient comme dans un château, d'assiettes et de plats où s'épanouissaient flamants roses, palmiers et fleurs exotiques.

Augustin, lui, préférait manger plutôt que de cuisiner. Véritable dent sucrée, il devait sans cesse lutter contre ses kilos superflus. Mais il était fidèle au poste dès qu'il y avait quelque chose à réparer. J'appréciais beaucoup Augustin qui, avec sa silhouette robuste, son rire sonore et ses cheveux foncés coupés ras, faisait l'effet d'un flic dans un polar français, à côté du menu dandy qu'était Cédric. Mais ce soir, je me sentais heureuse d'avoir mon vieil ami rien que pour moi. Assis sous un immense portrait de Romy Schneider, il me fixait, attentif, tandis que Nana, son chat roux, prenait ses aises dans le fauteuil Eames près de la fenêtre.

Je lui parlai alors des deux lettres, du fait que toutes mes traductions tombaient à l'eau, de ma sombre vision de l'avenir, de ma mauvaise conscience vis-à-vis d'oncle Albert, de ma visite à papa et, naturellement, de la péniche dans laquelle je plaçais désormais tous mes espoirs.

Cédric m'écoutait, concentré. De temps en temps, il prenait une bouffée de sa cigarette et soupirait avec compassion.

– Quelle journée, *darling*! déclara-t-il finalement. Mais quelle journée! Tu en as vraiment vu des vertes et des pas mûres. Enfin bon, une péniche... Pas mal, non? Ces bateaux sont très recherchés en ce moment, tu pourras t'en débarrasser en un claquement de doigts. Si ce jeune avocat que connaît ton père n'est pas intéressé, je me renseignerai.

– Seulement, je ne sais pas dans quel état elle est, objectai-je. Peut-être que ce vieux rafiot est pourri et qu'on ne peut plus naviguer avec.

– Aucune importance, fit Cédric avec un geste de dénégation. Certaines personnes trouvent très chic d'avoir une péniche… en tant que résidence secondaire sur la Seine, ou petit nid d'amour.

Il eut un sourire rêveur, puis reprit :

– Ça va te rapporter un joli petit magot. C'est une aubaine, Joséphine. Alors arrête de broyer du noir !

– Bon, si tu le dis.

Je commençais à me sentir mieux. Parler avec Cédric faisait immanquablement rétrécir tous les problèmes.

– Vive l'oncle Albert ! Je ne le connaissais pas, mais on dirait que c'était un chouette type, déclara Cédric en levant son verre.

– Effectivement. Vive l'oncle Albert ! répétai-je, et nos verres s'entrechoquèrent.

Ouvrant une pistache, je m'étonnai :

– Je n'avais pas du tout réalisé que les péniches avaient autant la cote.

– Si, si ! s'exclama Cédric en caressant l'épaisse fourrure de Nana qui avait sauté sur le canapé et ronronnait gaiement, les yeux à demi clos. Certains cafés se trouvent sur des péniches à Paris, même le Rosa Bonheur a un bar sur la Seine.

– Vraiment ?

Le Rosa Bonheur, charmante guinguette dans le parc des Buttes-Chaumont, était devenu *the place to be* notamment grâce à la saga *Vernon Subutex* de Virginie Despentes. En été, installé en terrasse, sous de petites guirlandes colorées, on pouvait contempler les lumières de la ville scintillant bien plus bas.

– Vraiment. Ça s'appelle le *Rosa sur Seine*, précisa Cédric. Bonté divine, tu n'es plus au courant de rien, hein ?

– Pas quand je suis au beau milieu d'une traduction.

– On peut trouver des librairies sur ces bateaux, des cinémas, des appartements Airbnb et même une piscine.

– Une *piscine* ?

– Oui. Tu ne connais pas la piscine Joséphine-Baker, pas loin de la BNF ? J'y suis allé quelques fois avec Augustin, l'été dernier. C'est incroyable, expliqua Cédric avant de glisser une pistache dans sa bouche et de sourire largement. Dommage qu'il existe déjà une péniche baptisée Joséphine, sinon tu aurais pu garder le bateau de ton oncle et ouvrir ton propre restaurant. *Ça*, c'est un projet d'avenir.

Et il rit.

– Tu débloques ? Toi peut-être, tu pourrais ouvrir un restaurant, mais moi certainement pas. Les clients ne reviendraient jamais. Tu sais bien que je ne sais pas cuisiner le début d'un plat…

– Je sais, oui, confirma Cédric en grimaçant. Je me rappelle très bien l'épouvantable galette des Rois que tu avais un jour préparée pour mon anniversaire.

J'eus un gloussement gêné. Je me souvenais comment, dans un accès de présomption, j'avais voulu surprendre mon ami avec ce gâteau traditionnel, dont la recette ne me paraissait pas trop compliquée. Cela avait été ma première et dernière tentative.

– Le fond était tellement noirci que j'ai eu l'impression de manger du charbon, poursuivit Cédric en levant les yeux au ciel. Non, non, tu as raison, vends plutôt le bateau. Ça vaut mieux pour notre salut.

Il se cala dans le canapé, et Nana sauta sur ses genoux.

Je regardai par la fenêtre, perdue dans mes pensées, fixant l'eau où se reflétaient les lumières de la ville. Un bateau de plaisance remontait tranquillement l'étroit canal ; il disparut sous le pont d'Amélie.

– J'espère que la péniche est encore habitable. Elle n'a pas servi depuis des années ! Il y a peut-être un énorme trou dans la coque, ou du moisi aux murs, et il faudra complètement la remettre en état, repris-je avant de hausser les épaules. Sauf que je n'ai pas le budget pour ça en ce moment.

– *Darling*, tu te compliques toujours la vie. Pourquoi ne pas simplement demander un petit coup de pouce financier à tes parents ? Ils roulent sur l'or, non ? Je veux dire, ce n'est quand même pas ta faute si ton employeur a fait faillite. Mamie disait toujours : autant aider de son vivant. Et elle l'a fait. Sans ma grand-mère chérie, je n'aurais pas pu me payer cet appart, à l'époque.

– Non, Cédric, je ne veux pas, déclarai-je en secouant la tête. Surtout pas. Je vais encore passer pour la pauvre petite Cendrillon. Si ma famille apprend que j'ai perdu mon travail, ça va cancaner de plus belle.

– Et quand bien même ! Ce genre de chose peut arriver à tout le monde, affirma Cédric.

– Peut-être bien, mais il se trouve que ça n'arrive toujours qu'à moi, fis-je en considérant mes mains. Ma famille voit en moi une douce rêveuse. Je n'ai aucune envie d'entendre les sermons habituels. En plus, mes parents ne sont pas si nantis que ça. Ils ont acheté leur appartement il y a longtemps. Aujourd'hui, ils ne pourraient plus se permettre un tel palais. Ça fait plus de dix ans que maman ne travaille plus, depuis qu'elle a ce sale eczéma aux mains. Et papa ne va pas continuer éternellement… Il aura tout de même soixante-dix ans l'année prochaine. Sans compter que ma sœur brûle de reprendre le cabinet.

Je repensai soudain à l'air perdu de papa, ce matin-là.

« C'est si… définitif », avait-il dit.

Peut-être ne parlait-il pas d'Albert. L'idée de sa propre finitude s'était sans aucun doute rapprochée, du fait de la mort de son frère. Quand un membre de sa propre génération partait, on ne pouvait s'empêcher de se demander quand viendrait notre tour. Maman était différente. Elle refoulait l'idée de la mort, la tenant pour une chose qui arrivait avant tout aux autres. Elle faisait sa gymnastique tous les matins et comptait bien devenir centenaire. Et si tel était le cas, ce que je lui souhaitais de tout cœur, elle devrait vivre encore longtemps de leurs économies.

– Je dois trouver un moyen de me débrouiller seule, Cédric, insistai-je. Merci de m'avoir écoutée, je me sens déjà beaucoup mieux. Je vais d'abord aller à Chablis et régler cette affaire d'héritage. Ensuite, j'enverrai quelques candidatures. Je finirai bien par trouver quelque chose.

– Sûrement. Et puis je connais quelques personnes qui travaillent dans le milieu de l'édition. En tout cas, je dirai à tout le monde qu'il y a une traductrice formidable qui habite place Sainte-Marthe et qui est disponible.

– Tu es un amour. Comme toujours.

Lorsque je lui dis au revoir, il était déjà tard.

– Si tu as besoin de compagnie pour ton voyage à Chablis, fais-le-moi savoir. Le flâneur se tient à tout moment à ta disposition.

– C'est très gentil, mais je pense que je peux y arriver seule, répondis-je.

– À propos d'être seule... Que fabrique ton merveilleux petit ami ? s'enquit Cédric. Il pourrait aussi se soucier un peu de toi.

– C'est le cas, répliquai-je. Tu sais que c'est un homme occupé.

– Ils disent tous ça, commenta Cédric avec un clin d'œil. Et quand ferai-je la connaissance de l'homme occupé ? En tant que meilleur ami, je veux dire. Depuis le temps que votre relation dure...

– Bientôt, assurai-je. Avant Noël.

Cédric inclina la tête sur le côté, me regardant avec un curieux sourire.

– Tu es vraiment une rêveuse, Joséphine. Ne te laisse pas toujours bercer d'illusions comme ça, fit-il en m'enfonçant gentiment l'index entre les côtes. Il faut que tu mettes le couteau sous la gorge de ce Luc, et maintenant. Sinon, c'est moi qui le ferai.

– Ne t'inquiète pas, je vais m'en charger, dis-je avant d'embrasser Cédric. Promis.

Je paraissais confiante, et il faut dire que je l'étais.

Mais tandis que je quittais l'immeuble quai de Valmy, puis longeais le canal Saint-Martin plongé dans la nuit où se reflétaient les lumières vacillantes des vieux lampadaires et où flottaient doucement les dernières feuilles d'automne arrachées aux arbres par le vent, je me sentis tout à coup perdue.

Je montai les marches d'un vieux pont en fer pour accéder à l'autre rive, mais m'arrêtai au milieu. Je me penchai par-dessus le parapet et contemplai le paisible canal. Je restai là un moment, m'imprégnant de cette image qui était si belle et étrangement mélancolique. Je levai alors les yeux vers le mince croissant de lune qui, dans le ciel d'encre, paraissait sortir d'un conte de fées. J'aurais aimé que Luc soit à mes côtés.

3

Trois jours plus tard, je traversais les vignobles aux environs de Chablis. À cette époque de l'année, la région, autrement si verte, était nue et sans attrait. Des bandes de terre claire hérissées de ceps sombres et noueux, s'étendant sur de douces collines jusqu'à l'horizon, alternaient avec des pâtures vert pâle et des arbres dépouillés. Le ciel de plomb pesait bas sur la campagne tandis que je parcourais kilomètre après kilomètre dans la vieille Citroën que Cédric m'avait gentiment prêtée.

Je m'étais mise en route tôt le matin. Et deux heures environ après avoir quitté Paris, je vis apparaître les deux tours en pierre de la Porte Noël, que je connaissais de ma dernière visite et qui, les toits en forme de cônes, gardait l'entrée de la bourgade. Roulant au pas, j'empruntai les étroites ruelles de la vieille ville, passant devant les maisons médiévales aux toitures rouge foncé, devant les caves dont les panneaux invitaient à déguster le chardonnay cultivé dans la région.

L'étude Berger & Fils se trouvait juste derrière la petite église Saint-Martin, au premier étage d'une demeure ancienne à colombages. Quelque peu nerveuse, j'appuyai sur la sonnette près de la plaque en laiton.

Isidore Berger, un petit homme âgé aux yeux vifs et à la poignée de main ferme, m'accueillit poliment et me fit entrer dans son bureau. Il ne me proposa pas de café, et la lecture du testament, que mon oncle (m'expliqua le notaire) avait rédigé des années plus tôt – à une époque où il ne vivait pas encore en maison de retraite –, fut d'une étrange sobriété. Me Berger lut les dernières volontés d'Albert Beauregard d'une voix monocorde. Celles-ci m'instituaient unique héritière. Une des dispositions prévoyait par ailleurs que les cendres de mon oncle soient dispersées près du château de Sully, au bord de la Loire.

– Cette tâche compterait donc parmi vos obligations, mademoiselle Beauregard, déclara Me Berger en levant un moment les yeux de son bureau. Je suppose que vous entendez respecter les dernières volontés de votre oncle ?

– Oui… Oui, naturellement, bredouillai-je, la gorge nouée.

Oncle Albert avait laissé à la maison de retraite les rares objets du quotidien qu'il utilisait encore à la fin de sa vie – parmi lesquels un fauteuil roulant.

Je dus signer quelques papiers, puis Me Berger me remit le titre de propriété de la péniche, ainsi qu'un trousseau de clés et une lettre de mon oncle, dans une enveloppe fermée. Pour finir, il me tendit l'urne, qui se trouvait dans un carton.

– Toutes mes condoléances, ajouta-t-il.

Embarrassée, je remerciai le notaire qui me souhaita bonne continuation et prit congé en s'inclinant légèrement. Toute la procédure n'avait pas duré plus d'une heure.

Je quittai l'étude, en proie à une sensation de malaise, et m'installai dans un café non loin de l'église. J'éprouvais le besoin urgent de boire un café. Lorsque la serveuse regagna son comptoir, j'ouvris, hésitante, la lettre sur laquelle figurait mon nom, écrit d'une main assurée. Le cœur battant, je lus les mots que m'avait adressés oncle Albert il y a fort longtemps.

Ma chère petite Joséphine !

Non, tu ne seras sans doute plus petite lorsque tu recevras
cette lettre, mais je te vois toujours devant moi, à l'époque
de notre longue croisière. Une fillette avec des tresses brunes
et un sourire effronté. Tu étais drôlement heureuse
de te retrouver sur le bateau avec moi, et je l'étais aussi.
Même si tu me posais des questions à n'en plus finir.
Bon, j'espère que j'ai pu te fournir quelques réponses utiles.
Ma vie a toujours été libre et sans attaches, je n'ai jamais eu
de famille à moi, mais cet été avec toi m'a donné un aperçu
de ce que cela aurait pu être. Je n'ai pas amassé de fortune
que je puisse distribuer à la fin de ma vie. J'ai donné
ce que j'avais, et j'aurai probablement besoin de ce qui
me reste durant les années à venir. Mais tu auras ma péniche
– en souvenir de ton oncle, qui n'a certainement pas

tout bien fait dans sa vie, mais certaines choses quand même. Voici mes dernières volontés : je veux que tu disperses mes cendres près du château de Sully. C'est là où la Loire jette des reflets si dorés dans le soleil couchant que mon cœur doit reposer, ne demande pas pourquoi.

La vie est un voyage, elle nous emmène toujours plus loin, et à la fin tous les fleuves se jettent dans la mer, où tous les destins se rejoignent et où s'unit ce qui doit être uni. Je trouve l'idée rassurante.

Prends soin de toi, Joséphine, reste telle que tu es. Ne réfléchis pas trop. Et si tu croises le bonheur au bord du chemin, n'hésite pas et saisis-le à deux mains. Ne rate pas le moment-clé. Je te souhaite le meilleur, puisses-tu avoir la main plus heureuse en amour que moi. Maintenant, bois un verre à ma santé, tu sais ce que je disais toujours – in vino veritas –, *et pense une dernière fois à ton vieil*

Oncle Albert

Émue, je reposai la lettre et réfléchis un moment aux mots si gentils, mais aussi un peu mystérieux de mon oncle. Que voulait-il dire en espérant que j'aie plus de chance en amour que lui ? Et qu'avait-il de si spécial, ce château de la Loire dont je ne me souvenais que vaguement ? Cela me touchait qu'il ait, de toute évidence, gardé un aussi bon souvenir que moi de notre été. Que celui-ci ait représenté pour lui également quelque chose de particulier. Et qu'il m'ait laissé en héritage son unique bien, le plus précieux. Sa péniche, dont je savais maintenant qu'elle était amarrée entre le pont de la Concorde et le pont Alexandre III.

Plusieurs coups de cloche isolés retentirent, en provenance de l'église. Midi. Je commandai une quiche et un chardonnay, et je bus le verre bien rempli à la santé d'oncle Albert, dont les cendres reposaient dans l'urne à côté de moi.

Puis j'appelai Luc.

– Alors, tout s'est bien passé ? demanda-t-il. Déjà rentrée à Paris ?

– Oui, et non. Je voulais juste te téléphoner rapidement. Je suis passée chez le notaire et je suis encore à Chablis. Mais je vais me mettre en route.

Je lui relatai brièvement ma visite à l'étude d'Isidore Berger. J'avais vu Luc la veille. Peu de temps après être parti du bureau, il avait sonné chez moi avec un bouquet de roses. Aucune idée de l'excuse qu'il avait servie à sa femme cette fois, et peu m'importait de toute façon.

– Tu m'en veux encore, mon amour ? s'était-il enquis avec un sourire contrit. Je n'ai pas cessé de penser à toi. Je ne pouvais vraiment pas venir plus tôt.

– Tu n'es jamais là quand j'ai besoin de toi, lui avais-je reproché. Si tu savais tout ce qui s'est passé…

– Mais je suis là, maintenant. Non ?

Il m'avait serrée contre lui, et à cet instant, la joie de le voir l'avait emporté, comme toujours. Puis, repensant aux paroles de Cédric, je m'étais dégagée. J'avais pris les roses pour les placer dans un vase, tige après tige.

– Il faut qu'on parle, avais-je annoncé.

– Oui, oui, bien sûr. On va parler. Plus tard, avait-il répondu avant de m'embrasser. Bon sang, qu'est-ce que tu es belle, Joséphine. Avec ce ruban rouge dans tes cheveux. On dirait une reine. Je ne me lasserai jamais de te regarder.

Je n'avais pu m'empêcher de sourire.

– Alors fais enfin quelque chose pour pouvoir me regarder encore et encore, Luc. Ça ne dépend pas de moi.

– Je sais. Tu as raison, avait-il déclaré en jouant avec les boutons de mon chemisier, puis il m'avait poussée vers le lit. Tout est de ma faute.

– Il faut vraiment que tu lui dises, maintenant, avais-je protesté tandis que Luc me retirait mon chemisier et glissait ses mains sous mon soutien-gorge.

– Je vais le faire, avait-il murmuré en enfouissant la tête entre mes seins.

– Oui, mais quand ? avais-je soupiré dans un souffle.

Je commençais à flancher… Il me renversa doucement sur le lit, ses lèvres effleurèrent mon nombril puis vinrent se perdre entre mes jambes.

Luc pouvait se montrer très convaincant. Amant attentif, il savait ce qui me plaisait. Si bien qu'au lieu de discuter, nous avions fini par faire l'amour dans mon grand lit envahi de coussins. Luc m'avait comblée de caresses, son corps se serrant contre le mien, et bientôt, ses étreintes passionnées avaient chassé toutes les pensées parasites.

Après nos tendres ébats, je lui avais lu le courrier de M. Lassalle qui, quelques jours plus tôt, m'avait fait affreusement paniquer. Puis je lui avais parlé de la péniche dont je venais d'hériter.

Luc était adossé aux coussins, détendu, un verre de vin à la main. Il paraissait peu impressionné.

– Je ne comprends pas ton affolement, avait-il ri. C'est ça qui te met dans tous tes états ? Je pensais à une question de vie ou de mort. Ce M. Lassalle va sûrement te recommander à d'autres, et tu auras bientôt de nouvelles traductions. Où est le problème ?

– Tu ne comprends pas, Luc. Tu as la sécurité de l'emploi, au ministère, et ton salaire tombe sans surprise tous les mois. Tu ne peux pas imaginer ce que c'est de devoir se battre pour chaque contrat. Sans compter qu'on ne gagne pas vraiment des millions en tant que traductrice.

– Peut-être bien, avait-il commenté, et j'avais eu l'impression qu'il ne prenait pas vraiment mes inquiétudes au sérieux. Mais qui a besoin de millions ? Non, franchement, tu vois toujours tout en noir, ma chérie. Les choses vont s'arranger.

Il avait jeté un coup d'œil fugitif à sa montre.

– Et puis cette histoire de péniche, c'est fantastique, non ? J'aimerais bien avoir une espèce d'oncle qui surgit du néant quand on a besoin de lui. Tu n'es pas excitée ?

– Si. Pas mal excitée, même. Tout me paraît encore irréel… Mais bon. Je vais à Chablis demain, et on verra bien, avais-je déclaré en tapotant, pensive, son torse de mon index. Tu voudrais m'accompagner ?

– J'aimerais bien… Une petite virée à la campagne avec toi, ça me plairait beaucoup, avait assuré Luc en prenant ma main pour en embrasser les doigts un à un. Seulement, je ne peux pas partir. On a une réunion importante.

Il avait poussé un soupir de détresse.

– Mmmh, la sécurité de l'emploi a aussi ses inconvénients, tu vois. On ne peut pas aller et venir comme on veut.

– Oui, je sais. C'était juste une question comme ça.

– On se verra quand tu seras rentrée de Chablis. Et tu me montreras ton bateau. J'ai vraiment hâte, avait-il déclaré en se redressant, avant de sortir les jambes du lit et d'attraper son boxer. Il est tard, mon amour, je dois y aller. Hélas.

J'avais enfilé mon peignoir pour le raccompagner jusqu'à la porte.

– Tu ne peux pas rester encore un peu ? avais-je demandé et j'avais mis les bras autour de son cou et mes pieds nus sur ses chaussures, tentant de repousser son départ.

– À demain, trésor, avait-il répondu avant de me donner un baiser rapide. On parlera à ce moment-là.

Je ne l'avais pas lâché et l'avais embrassé encore une fois. Il s'était libéré de mon étreinte, souriant.

– Allez, ma douce, pas d'adieux à n'en plus finir. Retourne vite au lit, tu vas attraper froid, avait-il lancé, avant de sortir sur le palier et de se retourner une dernière fois. Appelle-moi à ton retour de Chablis, d'accord? Bonne nuit! Et ne t'inquiète pas trop.

Je l'avais regardé descendre l'escalier en courant. Ses cheveux clairs apparaissaient et disparaissaient entre les barreaux de la rampe d'escalier avec la fugacité d'une comète. Quelques secondes plus tard, il avait disparu.

Il avait fallu que la porte d'entrée se referme, en bas, pour que je réalise que ma tentative pour mettre le couteau sous la gorge de Luc Clément avait lamentablement échoué, cette fois encore.

★

Lorsque je quittai le petit café de Chablis, il était un peu plus de treize heures. Tout en regagnant la voiture, je pensai que je me trouvais probablement pour la dernière fois dans cette bourgade pittoresque.

Oncle Albert était mort et j'avais son urne à côté de moi, sur le siège passager, dans un carton recouvert de papier de soie.

Elle était sobre, en bois noir, et tandis que je me mettais en route pour Paris, je songeai que la mort demeurait un événement qui dépassait l'entendement, à tous points de vue. Cependant, avoir les cendres d'un être humain à côté de soi, c'était encore autre chose. Un sentiment étrange, et totalement irréel.

Je ne pus m'empêcher de penser à tous les romans dans lesquels une héroïne givrée transportait volontairement ou involontairement une urne, pour accomplir les dernières volontés de quelqu'un. Dans ces histoires, cela prenait toujours une tournure plutôt comique. La plupart du temps, quelque chose allait de travers, ou la personne tombait amoureuse en emmenant le défunt jusqu'à sa dernière demeure. Mais alors que je m'éloignais de la petite ville gentiment nichée dans le nord de la Bourgogne, au milieu de vignobles et de forêts, ce lieu où oncle Albert avait passé les dernières années de sa vie, je me surpris à regarder l'urne d'un œil anxieux, encore et encore. Dedans se trouvaient les cendres d'un être humain, qui avait vécu et aimé, qui avait ri et bu son vin avec moi.

Le vent se leva et le ciel s'assombrit, une averse se mit à tambouriner contre mon pare-brise. J'actionnai les essuie-glaces et me concentrai sur la départementale. Au bout d'un moment, la pluie cessa et je vis s'arquer à l'horizon un délicat arc-en-ciel, qui paraissait de bon augure.

4

Cet après-midi-là, alors que je traversais les Tuileries en direction de la place de la Concorde, le soleil perça les nuages. L'air était encore humide et quelques gouttes de pluie scintillaient sur les feuilles des vieux marronniers qui, au printemps, exhalaient un parfum si merveilleux.

Je pris une profonde inspiration. Mes doigts ne cessaient de tâter le trousseau de clés orné d'une ancre en argent, glissé dans la poche de ma veste, tandis que je m'approchais d'un pas rapide de l'obélisque qui se dressait derrière le parc.

De retour à Paris, j'avais longtemps cherché une place dans les rues latérales au canal Saint-Martin, pour finalement me garer près du jardin Villemin. Les gens s'y retrouvaient en été pour jouer à la pétanque, et par cette claire journée d'hiver, le soleil avait attiré quelques hommes âgés dans cet espace vert. Je m'étais demandé si oncle Albert avait lui aussi joué aux boules, tout en me dirigeant avec ses cendres vers la place Sainte-Marthe – passant devant la librairie Artazart, où j'avais parfois la joie de découvrir un livre que j'avais traduit, devant les boutiques de mode pastel d'Antoine & Lili, devant l'Hôtel du Nord (petite pensée pour Luc) et les graffitis dont les couleurs crues se détachaient sur les murs de l'écluse.

Ce même après-midi, les gens se pressaient au bord du canal Saint-Martin, et j'avais la peur constante d'être bousculée ou de trébucher, au risque de laisser tomber l'urne d'oncle Albert. Que faisait-on dans une situation pareille ? Serait-ce un sacrilège de rassembler les cendres d'un mort avec une balayette pour les remettre dans leur contenant ? Oncle Albert avait toujours eu de l'humour, mais il ne m'aurait peut-être pas pardonné une telle mésaventure. Après tout, j'étais la personne à qui il avait confié ses cendres. Et il faudrait bien que je me rende au château de Sully pour les y disperser. Elles devaient peser trois kilos, disons – ce qui me paraissait étonnamment peu, oncle Albert ayant été un homme grand et vigoureux –, s'y ajoutait le poids de l'urne, et plus je portais le carton peu commode, plus il me semblait lourd. Gémissant à voix basse, j'avais noté que je me mettais à transpirer malgré le froid. Entrant enfin dans l'appartement avec mon précieux chargement, j'avais soupiré de soulagement. Après un petit temps de réflexion, j'avais placé l'urne dans l'entrée, en haut de l'armoire chinoise laquée de rouge. C'est là qu'elle me paraissait le plus en sécurité. Pour l'instant.

Puis je m'étais mise en chemin.

J'avoue que mon cœur se mit à battre plus vite lorsque je quittai la place derrière les Tuileries et tournai à gauche en direction du pont de la Concorde. Juste après, je descendis l'escalier menant à la rive de la Seine. Quelques péniches s'y trouvaient amarrées, étroitement serrées. La plupart avaient l'air abandonnées et quelque peu délabrées, et regardant par les fenêtres, je vis, dans les cabines, des étendoirs cassés, des sacs-poubelle et tout un bric-à-brac. Apparemment, les péniches n'étaient pas très populaires en hiver… Je ralentis l'allure le long du quai et examinai les bateaux l'un après l'autre. Deux hommes assis sur un pont avant, veste épaisse et bonnet en laine bleu foncé, pêchaient visiblement. Ils me fixèrent avec curiosité. Je leur retournai ce regard, pas moins curieux. Pouvait-on vraiment attraper du poisson ici ?

Je continuai à avancer vers l'ouest, où les statues dorées, sur les quatre piliers en pierre du pont Alexandre III, brillaient au soleil. Au loin s'élevait la tour Eiffel. Le nombre des péniches diminuait, et je commençai à m'inquiéter. Où était passée celle d'oncle Albert ? Plissant les yeux, j'étudiai les noms des bateaux qui se balançaient sur l'eau : *L'Amiral*, *Élodie*, *La Néréide*, *La Péniche*, *Lune de Miel*, *L'Albatros*…

Peut-être la péniche n'existait-elle plus depuis longtemps ? Je m'arrêtai un moment, découragée. Au-delà des ponts, le soleil se teintait de rouge, gros ballon descendant toujours plus bas. Les ombres s'allongèrent, et les premiers lampadaires s'allumaient lorsque j'aperçus un jeune homme en parka verte qui sautait d'une des péniches. Il portait de grosses bottes et se dirigeait vers moi, un seau à la main.

– Vous cherchez quelque chose ? demanda-t-il.

– Oui. Je cherche… Je cherche une péniche.

Il sourit largement.

– Il y a de quoi faire ici ! Mais aucune n'est à vendre, pour autant que je sache.

– Je ne veux pas acheter. Je cherche le bateau de mon oncle, Albert Beauregard.

– Beauregard ? Jamais entendu.

– La péniche s'appelle *La Princesse de la Loire*, repris-je, faisant une nouvelle tentative. Vous savez peut-être où elle est amarrée ?

Il haussa les épaules et se gratta l'arrière du crâne, pensif.

– Hmmm, fit-il avant de se taire, aussi je supposai que c'était sa réponse.

– Bon, tant pis, commentai-je. Merci quand même.

– Non, attendez ! s'exclama-t-il, le front plissé par l'effort. Je pense que j'ai déjà lu ce nom quelque part. *Princesse de la Loire… Princesse de la Loire…* Je crois qu'elle est plus haut, près du pont. Un vieux rafiot bleu, non ?

– Oui ! m'écriai-je, et sans plus attendre, je me remis en route, plantant là un jeune homme interdit.

Brusquement, j'accélérai l'allure. Je me dirigeais vers le pont Alexandre III, à bout de souffle. Et puis, quelques pas avant l'ouvrage qui se déployait en un puissant arc au-dessus de la Seine, je m'arrêtai net.

Devant moi se tenait *La Princesse de la Loire*. Elle se balançait doucement sur l'eau, m'invitant à monter, comme si elle m'attendait depuis tout ce temps.

Le ciel avait encore changé de couleur lorsque je grimpai à bord. La peinture du bateau s'écaillait par endroits, et les épais cordages avec lesquels il était attaché à un lourd anneau en fer étaient recouverts de mousse. Mais si je trouvai la péniche un peu plus petite que dans mon souvenir, elle me parut la même qu'à l'époque.

Je sortis le trousseau de ma poche et essayai une clé après l'autre. Elles tournaient toutes les deux dans la serrure. Et tandis que je poussais la porte avec des sentiments mitigés, je ne me doutais pas qu'il en existait une troisième…

Je descendis prudemment les quelques marches de l'escalier en bois, et pénétrai dans la cabine. Il y régnait une légère odeur de bois de santal et de tabac, et à ma grande surprise, tout me sembla nettement moins poussiéreux et délabré que ce à quoi je m'attendais. De toute évidence, le temps avait été bienveillant avec le vieux bateau. Je m'arrêtai un moment au milieu de la pièce, et j'eus l'impression que rien n'avait changé durant les vingt années écoulées depuis ma croisière.

Je me trouvais dans une capsule temporelle, j'étais redevenue la petite fille qui explorait avec excitation le moindre recoin de la péniche et voulait tout savoir : comment fonctionnait un compas ; comment on allumait le réchaud à gaz deux feux dans la cuisine de bord ; comment on manœuvrait la barre sur le pont ou comment on la bloquait avec une corde, pour maintenir le cap.

La porte ouverte grinça légèrement et je me retournai, surprise. Je m'attendais presque à voir oncle Albert entrer et me saluer d'un « Ohé! » tonitruant. Et tandis que le soleil s'abaissait toujours plus à l'horizon, je me mis à évoluer dans le vaste espace, regardant autour de moi avec un sourire nostalgique.

Tout était à sa place. Il ne manquait qu'oncle Albert.

Songeuse, je caressai l'acajou des parois et des portes qui brillait, comme récemment briqué. Puis je m'installai sur le banc d'angle matelassé bleu clair, aux dossiers hauts. Sur la table placée devant étaient posés un cendrier en cristal et une coupe en céramique vide. Le rouge incendiant le ciel s'invitait à travers les petites fenêtres courant au-dessus du dossier du canapé encastré, et baignait d'une lumière dorée les photos et les cartes géographiques accrochées aux murs. De minuscules particules de poussière flottaient en l'air. Mon regard s'attarda alors sur un cliché aux couleurs pâlies – on y voyait mon oncle jeune, adoptant une pose à la Hemingway. Il tenait dans une main un poisson qu'il venait visiblement d'attraper, et dans l'autre une canne à pêche. Ses cheveux sombres retombaient crânement sur son front, et il souriait avec fierté.

Je repensai soudain au poisson que nous cuisinions dans du beurre salé, sur le réchaud de camping installé sur le pont. Avant cet été-là, je n'avais jamais aimé en manger, mais tout à coup, je m'étais mise à apprécier la délicate chair blanche des petits poissons qu'oncle Albert pêchait dans le fleuve. Ils avaient le goût de l'aventure.

Je me levai et me dirigeai vers le buffet où attendait le vieil échiquier sur lequel j'avais, à l'époque, joué mes premiers coups en suivant les instructions d'oncle Albert. Ce dernier ne m'avait jamais laissée gagner, comme on le faisait parfois avec les enfants. Il me prenait au sérieux. Il m'avait en revanche montré ses meilleurs trucs, et j'avais appris rapidement. Je l'avais battu juste une fois, au cours de notre croisière sur la Loire. Ce fameux jour, oncle Albert n'était pas tout à fait concentré, sans quoi je n'y serais sûrement pas arrivée. Mais je me rappelais bien le sentiment grisant provoqué par ma victoire « véritable », je me revoyais crier « Échec et mat ! » en jubilant, lorsqu'oncle Albert, déplaçant distraitement une pièce, avait exposé son roi, le laissant faire face à ma tour. Oncle Albert avait fixé l'échiquier pendant un moment, stupéfait, puis il avait ri avec douceur avant de me féliciter.

– Je crois que je n'ai plus rien à t'apprendre, tu es trop forte, avait-il déclaré.

Perdue dans mes pensées, je pris le roi devant moi et renversai un pion, puis je replaçai vite les pièces. Je n'avais pas joué aux échecs depuis une éternité – depuis ce temps-là, en fait.

À côté de la commode se dressait une armoire étroite mais massive, ornée d'une jolie marqueterie. Ce meuble existait, lui aussi, à l'époque. Il était à présent verrouillé, et je ne vis pas de clé. Je passai la main sur le dessus, seulement il n'y avait rien à part une épaisse couche de poussière. J'essuyai mes doigts sur mon jean et poussai sur la porte du meuble pour tenter de l'ouvrir, mais rien à faire. Je décidai donc de chercher la clé plus tard et m'approchai du plan de travail de la cuisine, sur lequel se trouvaient deux bouteilles de vin rouge et un paquet de crackers. Le vin était-il encore buvable? J'en doutais. J'actionnai l'interrupteur près de la porte, juste pour voir, et la lampe au milieu de la pièce s'alluma en clignotant. Étonnant... On pourrait presque croire que la péniche était encore habitée. *Par l'esprit d'oncle Albert*, pensai-je en souriant.

Mon petit tour s'acheva devant une étroite porte qui séparait l'espace salon du couchage. Elle s'ouvrit d'un seul coup en grinçant, et je jetai un coup d'œil aux rideaux à carreaux bleu et blanc devant les petites fenêtres et aux deux couchettes – le summum du confort pour l'enfant que j'étais autrefois.

Des couvertures et des oreillers invitaient au repos, et de petits sacs de lavande pendaient devant le dressing intégré avec portes à persiennes, dans lequel quelques affaires étaient accrochées.

À côté de la porte se trouvait une étagère accueillant quelques livres. J'y découvris avec étonnement, entre des guides de voyage et des beaux livres sur les châteaux de la Loire, plusieurs polars d'un certain Maurice Forestier. Bien que ne m'y connaissant pas beaucoup en romans policiers et en thrillers, le nom m'évoquait quelque chose – Forestier rencontrait un certain succès avec ses romans. J'avais toutefois une théorie toute personnelle: les auteurs de polars menaient en réalité une vie extrêmement ennuyeuse. Sans doute la raison pour laquelle ils inventaient toutes ces histoires de meurtres… Pour donner un peu de peps à leur existence sans relief. Comme Agatha Christie, dont on disait qu'elle avait imaginé tous ses romans policiers devant ses fourneaux, en préparant de la soupe.

Je pris l'un des ouvrages et le feuilletai, amusée. *Meurtre dans le potager de Villandry*. Bon sang ! Qui pouvait avoir l'idée d'un titre pareil ? La couverture montrait quelques choux roses, d'où émergeait une main ensanglantée. Mon oncle était-il devenu, sur ses vieux jours, un fan de polars ?

Je replaçai le livre en secouant la tête et refermai la porte derrière moi. J'avais fini mon petit tour. Dans l'ensemble, le bateau me semblait plutôt en bon état.

Lorsque je retournai sur le pont, il faisait sombre. L'air était pur et froid. Au loin, la tour Eiffel brillait. Je gagnai le pont arrière, m'accoudai au bastingage et contemplai les lumières de la ville, des deux côtés de la Seine. Un jour de novembre, Paris pouvait se révéler grise et hostile, mais dès que la nuit tombait, descendant sur le Grand Palais et le Dôme des Invalides, sur le Louvre et sa pyramide en verre, sur les boulevards et les cafés éclairés, la capitale devenait un univers scintillant. Ce spectacle était magique et je me sentis privilégiée, debout au milieu de tout, sur le pont de cette vieille péniche qui se balançait doucement sur l'eau – *ma* péniche, avec laquelle je ne ferais cependant plus aucune croisière, parce que je la vendrais bientôt. Cet été de mon enfance appartenait définitivement au passé, et je sentis la mélancolie s'abattre sur moi.

C'est dans cette étrange atmosphère que me vint une idée. J'allais passer la nuit sur le bateau. Dire adieu à oncle Albert, prendre congé de tous nos souvenirs communs. Je finirais bien entendu par me séparer de la péniche, c'était la seule chose raisonnable à faire, mais l'espace d'une nuit, *La Princesse de la Loire* serait de nouveau à moi.

★

Après avoir mangé un sandwich et bu un verre de vin rouge non loin du pont Alexandre III, je regagnai le bateau en flânant. Peu de temps après, étendue sur cette bonne vieille couchette, je fermais les yeux de contentement.

Nulle part au monde on ne se sent autant en sécurité que sur une péniche, la nuit. Des vaguelettes, frappant doucement les flancs de la coque à la manière de petits doigts, me berçaient. La chose m'apaisait, comme si le cœur de Paris m'abritait – un cœur battant paisiblement, tout bas, tandis que mille lumières se reflétaient sur la Seine.

Le doux clapotement me rendait somnolente, et bientôt j'eus la sensation que le vieux bateau larguait les amarres et se mettait à glisser sans un bruit sur le fleuve. Paris se trouva vite loin derrière moi et je traversai un paysage fluvial idyllique, avec, sur les rives, des peupliers argentés frémissant dans la lumière du soleil. Comme lors de mon premier voyage, je passai devant la terrasse sur pilotis de la Maison Plûme, située à Villequier, où la fille de Victor Hugo avait jadis connu un accident si tragique. C'était l'une des nombreuses histoires qu'oncle Albert m'avait racontées à l'époque, tandis que nous franchissions les écluses et passions sous d'anciens viaducs. Rapidement, les images de la croisière d'alors se transformèrent en rêves, auxquels se mêlèrent des souvenirs de nos excursions dans les châteaux de la Loire. La Pagode de Chanteloup, qui se dressait au bord d'un petit lac à proximité du château d'Amboise, et derrière, un jardin chinois aux bancs peints en rouge et aux fleurs magnifiques. Un pique-nique baigné de soleil dans un parc, une princesse aux longs cheveux blond satiné qui, paraissant tout droit sortie d'un conte, étalait devant nous, souriante, le contenu d'un panier tressé. « Qu'est-ce qui te plairait dans le petit panier de Chanteloup, Joséphine ? » Elle avait un rire argentin, et sa grâce m'avait hypnotisée. Je revoyais mon oncle qui s'étendait de tout son long sur la couverture et riait, heureux. Je l'avais rarement connu aussi plein d'entrain. Un petit chien jouait en aboyant avec un bâton dans le parc, et une voix lança : « Viens, Filou ! » Je revins subitement sur la péniche, au bruit d'une porte que l'on ouvrait et refermait. C'était oncle Albert qui entrait.

– Oncle Albert ! lançai-je, réjouie. Oncle Albert, je suis là !

Il s'avança d'un pas lourd et me regarda en souriant.

– Quelle joie que tu sois de nouveau là, ma chérie. Je savais que tu viendrais un jour.

Il poussa un soupir, jeta sa veste par terre, retira ses chaussures et se laissa lourdement tomber sur mon lit. Il s'allongea à mes côtés. Son haleine sentait le vin et j'eus un sourire indulgent. Oncle Albert avait toujours su apprécier une bonne bouteille. Mais ce n'était pas un alcoolique contrairement à ce que Pauline avait affirmé.

Était?

Oncle Albert était mort, non? Et j'eus soudain la vision d'une urne noire.

– Oncle Albert? m'exclamai-je, agitée. Es-tu un fantôme?

Il marmonna quelques mots incompréhensibles et enfouit sa tête dans l'oreiller.

– Mais tu n'es pas mort, alors! m'écriai-je joyeusement.

Puis j'ouvris les yeux, et eus la terreur de ma vie.

Un homme était bien étendu à côté de moi.

Seulement, rien à voir avec oncle Albert.

Je me mis à crier comme une folle furieuse et le parfait inconnu aux cheveux sombres me regarda, ahuri.

– Aaah! Au secours, au secours!

Ma voix perçant l'obscurité devint stridente, et un petit chien se mit à aboyer furieusement.

Je ne rêvais pas… Une silhouette sombre, de toute évidence animée de mauvaises intentions, s'était introduite dans la péniche et voulait s'en prendre à moi.

Je me remis à crier:

– Au secours, police! Au secours, au secours!

Une grande main vint se plaquer contre ma bouche.

– Chuuut! Ne hurlez pas comme ça. Vous avez pété un câble, ou quoi? Du calme, Filou! Assis!

Ces derniers mots s'adressaient au petit fox-terrier qui se dressait, glapissant, les pattes avant sur le matelas. Il en redescendit avec un dernier jappement et s'assit.

– Bon sang, calmez-vous, mademoiselle, je ne vais rien vous faire.

Ses yeux marron me fixaient, assez décontenancés. Et toujours cette odeur d'alcool…

Probablement un SDF qui avait cherché à se réfugier avec son chien sur mon bateau. Ivre, qui plus est. Je repensai soudain aux deux bouteilles de vin et au paquet de crackers posés sur le plan de travail. Ils lui appartenaient, naturellement, ce n'étaient pas des vestiges du passé. Ce vagabond devait avoir pris ses quartiers ici depuis un moment.

– Lâchez-moi, mais qu'est-ce qui vous prend ! criai-je, furieuse, en essayant de me dégager, mais sous la main du géant, mon injonction finit en grognement étouffé.

– Vous allez arrêter de hurler, maintenant ? me demanda-t-il avec sévérité. Si oui, je vous libère tout de suite.

Il me scrutait.

– Pas la peine de devenir hystérique. Il n'y a aucun danger. Pigé ?

Je hochai la tête.

Il avait à peine ôté sa main de ma bouche que je me redressais et m'en prenais à lui.

– Vous êtes dingue ? m'écriai-je, dans tous mes états, tandis que le petit chien, toujours assis par terre, remuait la queue en gémissant. Me faire une frayeur pareille !

Mon cœur battait toujours à un rythme dément.

– Qu'est-ce que vous fabriquez dans mon lit ?

L'homme se leva pour allumer la vieille lampe de pêcheur verte accrochée au plafond. Il croisa les bras en me regardant, surpris. Il était peut-être alcoolisé, mais modérément. Et un peu trop bien habillé pour un SDF. Haussant les sourcils, il eut un sourire amusé.

– La question est plutôt : que fabriquez-vous sur ma péniche, mademoiselle ?!

★

L'heure qui suivit compterait sans doute parmi les plus gênantes de ma vie. Le mystérieux inconnu s'appelait Maxime Laforêt et n'était ni un SDF ni un agresseur. Sans compter qu'il avait tous les droits de se trouver ici. En tant que locataire officiel du bateau.

Voilà en tout cas ce qu'il prétendit, tandis que, le choc passé, il me faisait quitter la chambre, m'entraînant vers le canapé. Il ouvrit le petit réfrigérateur du coin cuisine, se pencha et revint quelques instants plus tard avec une bouteille de Perrier.

– Un verre d'eau ? demanda-t-il en agitant la bouteille en plastique vert, et il prit deux verres sur une étagère. Pour vous remettre.

Je hochai la tête, en pleine confusion, et il posa les verres sur la table devant nous, avant de se laisser tomber dans le fauteuil. Je fixais l'homme aux yeux innocents et au pull bleu marine qui venait de gâcher sans scrupules ma dernière nuit sur *La Princesse de la Loire*. Il pouvait avoir quarante ans, peut-être moins. Le chien tacheté de brun, qui répondait donc au nom de Filou, l'avait suivi et se roula paisiblement en boule aux pieds de son maître.

– Et d'où connaissez-vous mon oncle? m'enquis-je avec méfiance. Il ne m'a jamais parlé de vous.

– Moui. Je vous retourne le compliment, répliqua-t-il. Je ne savais pas non plus qu'Albert avait une nièce. Quand avez-vous vu votre oncle pour la dernière fois, mademoiselle Beauregard?

– Eh bien, ça fait un bon moment, répondis-je en rougissant. Il a longtemps été malade.

– Je suis désolé. Je n'en savais rien.

– Et donc, d'où le connaissez-vous? insistai-je.

– Oh, nous avons fait connaissance il y a des années, répondit-il vaguement. Au bord de la Loire. Il était en vacances sur sa péniche, et je passais l'été à travailler dans les jardins du château d'Amboise.

– Ah, dis-je simplement.

Apparemment, ce Laforêt était une sorte de travailleur intérimaire, qui faisait des petits boulots pendant l'été puis les vendanges en automne.

– Et puis? demandai-je.

– Et puis? répéta-t-il en haussant les épaules. Ma foi… Nous avons sympathisé, nous avons pêché ensemble quelques fois, on s'appréciait. Et quand Albert m'a raconté qu'il utilisait de moins en moins sa péniche, je lui ai demandé si je ne pourrais pas la louer. Je m'y connais en bateaux, et ça lui convenait tout à fait que quelqu'un s'en occupe. Au début, nous avions un arrangement : il voulait toujours avoir l'usage de la péniche au mois de juillet. Mais il ne l'a fait que le premier été. Ensuite, je n'ai plus entendu parler de lui.

Laforêt secoua la tête d'un air compatissant et passa la main dans ses cheveux, qui lui retombaient sans arrêt sur le front.

– Vraiment navré d'apprendre sa mort. J'aimais bien ce vieux bougre.

Il attrapa son verre et le vida d'un trait.

– Désolé, j'ai mal au crâne, reprit-il, remarquant mon regard désapprobateur. J'ai fait la tournée des bars avec un ami qui se marie la semaine prochaine, et j'ai dû boire un verre de trop.

Il bâilla à gorge déployée.

– En fait, j'ai besoin d'une bonne nuit de sommeil. Comment pouvais-je me douter que mon lit serait déjà occupé ? fit-il avec un large sourire, avant de m'adresser un clin d'œil.

– Votre lit ? répliquai-je sèchement.

Je n'avais pas l'intention de le laisser m'embobiner avec son sourire niais. Visiblement, ce type se croyait tout à fait irrésistible.

– Rien sur ce bateau ne vous appartient, monsieur Laforêt.

Il rit.

– Eh bien, il y a tout de même deux ou trois choses qui sont à moi, déclara-t-il en se mettant à compter sur ses doigts. Quelques vêtements, trois housses de couette, des serviettes, un peu de vaisselle, mon matériel de pêche, quelques livres, sans oublier le vin…

– Oui, oui, très drôle. Arrêtez ça. Vous avez très bien compris ce que je voulais dire.

Pourquoi cet homme me hérissait-il autant ? Aucune idée. Je croisai les bras.

– Bon, je suggère que vous remballiez vos affaires, votre veste Barbour, vos bottes en caoutchouc, vos bouteilles de vin, vos livres et tout ce que vous avez laissé traîner. Vous allez me débarrasser le plancher. Parce que cette péniche m'appartient, maintenant, vous comprenez ?

Laforêt resta silencieux un moment. Il paraissait affecté, et je me tus moi aussi. Peut-être avais-je fait un peu d'excès de zèle, dans mon énervement. Après tout, cet homme ignorait jusqu'à ce soir que le bateau qu'il louait avait changé de mains.

– Dites-moi… Êtes-vous toujours aussi désagréable ? Ou c'est juste avec moi ? demanda-t-il finalement.

– Juste avec vous, répondis-je avec un sourire ironique. Vous dérangez mes plans, monsieur Laforêt.

– Je pourrais dire la même chose de vous, rétorqua-t-il en se carrant dans son fauteuil.

– Et ces polars dans la cabine… Ce sont aussi les vôtres ? m'enquis-je sur un ton plus calme.

Cela n'avait aucun sens de chercher la dispute avec ce type que je ne reverrais jamais. En fin de compte, il faudrait bien qu'il quitte ma péniche, de toute façon.

– Oui, ce sont les miens, répondit-il, les yeux brillants. Pourquoi ? Ça vous intéresse ?

– Non, pas du tout. Je ne lis pas de romans policiers, par principe. Ça m'a juste un peu étonnée de découvrir ces livres sur l'étagère. Mon oncle n'a jamais été un grand lecteur.

– Et par voie de conséquence… Vous n'êtes pas une grande lectrice non plus ?

– Quoi ? Non, *bien sûr* que je lis. Énormément, même. Ça fait partie de mon métier.

– Tiens, tiens. Et quel travail faites-vous ? Vous voulez bien me le révéler ?

Il avait haussé les sourcils avec amusement, et je sentis qu'il cherchait à me provoquer. En quoi cela regardait-il ce type ? Il ne devait même pas savoir ce qu'impliquait le mot « traduire ».

– Oui, figurez-vous que je suis traductrice, laissai-je échapper. Simplement, je n'aime pas les polars.

– Quel dommage. Et pourquoi pas ?

– Je les trouve banals et déplaisants. À la fin, on referme le livre et… il ne vous reste *rien*. Je préfère lire des choses plus exigeantes, vous voyez ? Je trouve ça plus captivant, personnellement. Mais bon… Chacun ses goûts.

Laforêt fit la moue et hocha plusieurs fois la tête, apparemment impressionné.

– Quelle chance pour ces pauvres auteurs que tout le monde ne pense pas comme vous, commenta-t-il. Pour autant que je sache, les polars se vendent très bien, en général.

– Oui, ça se peut bien, lui concédai-je.

Mieux que la littérature finnoise, en tout cas, ajoutai-je *in petto*. Le marché du roman policier et du thriller connaissait un bel essor, en effet. Étaient très populaires, en particulier, les séries qui se déroulaient dans des coins à la mode, et dans lesquelles un enquêteur excentrique, souvent mal luné, engloutissait à n'importe quelle heure du jour et de la nuit du café ou de l'alcool. On avait aussi vu sortir récemment des romans mettant en scène des retraités plus très vaillants qui, se retrouvant dans des clubs, se mettaient en tête de résoudre des affaires de meurtres. Ce qui témoignait bien de l'écart pouvant séparer la fiction de la réalité…

Laforêt m'examinait avec attention. Les bras posés sur les accoudoirs, il paraissait attendre encore une réponse.

– Se peut-il que vous ayez certains préjugés ?

– Écoutez, monsieur Laforêt, je pense que la plupart des auteurs qui écrivent ce genre de… euh… de littérature mènent une vie sacrément ennuyeuse, mais ce n'est, comme on dit, que mon avis.

Je lui fis un signe de tête amical et décidai d'abréger.

– Parlons plutôt de la péniche. Quand pensez-vous pouvoir libérer les lieux ?

– Comment ça, libérer les lieux ? demanda-t-il. À vous entendre, on croirait que je squatte… Je loue ce bateau de façon tout à fait légale. Comme entendu avec votre oncle.

– Je sais, vous l'avez déjà dit, répondis-je avec un soupir d'impatience. Je ne vous accuse d'aucun crime. Mais il faut avancer d'une manière ou d'une autre, non ? Possédez-vous un contrat de location digne de ce nom ? Ou était-ce juste une espèce de gentleman's agreement ?

J'avais grimacé au mot de « gentleman ».

– Non, non, déclara Laforêt avec un grand naturel. Pas de gentleman's agreement. Il existe un contrat écrit. Je vous le montrerai avec plaisir. Je ne l'ai pas ici, mais si vous me laissez votre adresse, je vous l'enverrai sans tarder, et vous pourrez constater que tout a été fait dans les règles.

Et il croisa les bras, satisfait.

– Oui, envoyez-le-moi ! lançai-je en fouillant dans mon sac, contrariée, pour jeter ma carte de visite sur la table basse. Il faut mettre un terme à ce contrat au plus vite.

– Hmmm, marmonna-t-il.

– Comment ça, *hmmm* ?

– Eh bien, malgré tout mon respect pour vous et pour votre oncle mort… J'ai loué cette péniche pour dix ans. Et je ne vois vraiment pas pourquoi je devrais la quitter prématurément.

– Quoi ?! m'écriai-je, horrifiée. Dix ans ?

Je voyais fondre mes espérances…

– Et combien de temps s'est écoulé depuis la signature ?

– Cinq ans, déclara-t-il en inclinant la tête sur le côté. À partir de maintenant, je virerai le loyer sur votre compte, bien entendu.

– Ah oui ? Vous avez tant d'argent que ça ?

La colère me gagnait. Mon oncle, cette bonne pâte, de plus en plus désorienté, n'avait probablement pas reçu un sou de cet homme, ces dernières années.

– Je peux vous demander quel est le montant du loyer ?

– Cinq cents euros. Prix d'ami, répondit-il avec un sourire engageant.

– Mais… Mais… Ce n'est pas possible ! bredouillai-je.

D'une manière ou d'une autre, je me trouvais piégée dans un film surréaliste. Complètement absurde ! Peut-être étais-je encore en train de rêver ?

Mais non. J'étais installée, au beau milieu de la nuit, dans la vieille péniche de mon oncle, dont j'avais hérité il y a quelques jours seulement et que je devais vendre de toute urgence… Et un parfait inconnu, qui s'était allongé à mes côtés et m'avait bâillonnée, m'expliquait allégrement qu'il était locataire des lieux et entendait le rester cinq ans encore – pour cinq cents ridicules euros par mois ! Pour cette somme, on ne se payait même pas un trou de souris à Paris.

Mon pauvre oncle était-il assez confus, à la fin de sa vie, pour garantir à cet hurluberlu la jouissance de son bateau en échange de si peu d'argent, et pour si longtemps, alors que j'étais la bénéficiaire de son testament ? Ou cet homme me mentait-il avec culot, les yeux dans les yeux ? Non, il ne donnait pas l'impression de mentir.

Ce Laforêt, assis avec décontraction dans son fauteuil, venait en tout cas d'évoquer un contrat écrit qu'il pouvait produire.

Il avait sans doute baratiné mon oncle autour d'une bouteille de bordeaux, qu'ils avaient dû vider ensemble. Ce type avait arnaqué oncle Albert, sans que celui-ci ne le voie venir. Ce n'était pas possible… La cabine se mit à tourner autour de moi, et je fermai un moment les yeux.

– Tout va bien, mademoiselle Beauregard ? Tenez, buvez encore un peu, dit Laforêt qui, penché au-dessus de moi, me tendait mon verre. Vous avez pâli tout d'un coup. Est-ce que je peux faire quelque chose pour vous ? Un cracker, peut-être ?

Je refusai d'un signe de tête et sirotai l'eau minérale. La sensation de vertige s'estompa peu à peu et je retrouvai mon énergie. Alors, je me redressai et fixai Laforêt.

– Oui, vous pouvez faire quelque chose pour moi, monsieur. Quittez ma péniche.

– Vous voulez dire… maintenant ? Ou pour toujours ? demanda-t-il d'un ton suffisant.

– Pour toujours, sifflai-je.

Il eut un sursaut, mais se ressaisit immédiatement. Ses yeux sombres étincelaient.

– Eh bien… À votre guise. Nous en reparlerons dans cinq ans. Parce que j'ai besoin de ce bateau.

– J'en ai besoin, moi aussi, déclarai-je d'une voix ferme. Je veux le vendre, vous comprenez ?

– Quoi ? Vendre la péniche de votre oncle ? La seule chose à laquelle il ait vraiment tenu ? Ce n'est pas gentil du tout, commenta-t-il en secouant la tête avec désapprobation, avant de lâcher, railleur : *tss, tss*.

– Oui. Je la vends. Je *dois* la vendre, insistai-je. Arrêtez avec vos « *tss, tss* » et ne faites pas semblant de vous préoccuper de la mémoire de mon oncle. Je vois parfaitement clair dans votre jeu.

– Alors, vendez-la… Vendez-la. Mais je reste à bord, dit-il en se levant et en esquissant une révérence. Je vous envoie le contrat dès demain. Vous l'ignorez peut-être, mademoiselle Beauregard, mais le locataire a lui aussi certains droits dans ce pays.

– Je le sais mieux que vous, monsieur Laforêt, croyez-moi.

Je me levai à mon tour et nous nous toisâmes, le regard hostile.

– Profitez bien de vos derniers jours sur ce bateau. Parce que vous devrez bientôt débarrasser le plancher.

– J'ai du mal à le croire.

– Peu importe ce que vous croyez, monsieur. Je vais porter plainte et vous virer ! lançai-je avec colère.

– Alors je vous souhaite bonne chance ! répliqua-t-il, hilare. Vous en aurez besoin si vous pensez pouvoir me déloger d'ici comme ça.

– C'est ce qu'on verra ! Au revoir, monsieur Laforêt.

Je tournai les talons et montai, furieuse, l'escalier en bois menant au pont. Il était trois heures du matin, et il soufflait un vent glacial. Arrivée dehors, j'en eus le souffle coupé, puis j'entendis l'intrus me rejoindre d'un pas lourd.

– Votre veste, mademoiselle ! fit-il en me tendant ma doudoune vert foncé. Je ne voudrais pas que vous attrapiez une pneumonie. Ça serait dommage, non ? Vous ne pourriez plus porter plainte contre moi.

Je lui arrachai la veste des mains, l'enfilai vivement et sautai résolument sur le quai.

– Vous savez quoi ? Allez vous faire voir ! criai-je alors dans l'obscurité.

Sa silhouette noire se dessinait sur l'arrière-plan du pont Alexandre III éclairé, et je l'entendis rire doucement.

– Vous aussi, mademoiselle Beauregard, vous aussi !

5

Maxime Laforêt comptait manifestement torpiller tous mes projets. Anéantir mes espoirs. Cet homme ne me vaudrait que des ennuis. J'en avais eu la certitude dès l'instant où, faisant irruption sur mon bateau, il m'avait arrachée à mes rêves. Mais je n'allais pas pouvoir m'en débarrasser aussi vite, semblait-il.

Après le désagréable incident sur *La Princesse de la Loire*, j'avais à peine dormi. Le reste de la nuit, je n'avais cessé de me tourner et me retourner dans mon lit, avant de me lever, alors qu'il faisait encore sombre, pour me préparer un thé. Je m'installai à la fenêtre, un mug chaud à la main, et fixai un moment la place vide où se dressaient quatre sapins de Noël décorés de grosses boules rouges, installés la veille sur le petit rond-point pavé de la place Sainte-Marthe. Les lumières dans les branches créaient une atmosphère si paisible et intime… Elles me rappelaient que Noël approchait. Et soudain, Luc me manqua. Lui aurait su quoi faire.

Je me retins une heure entière encore, puis je l'appelai.

– Allô, Luc ? chuchotai-je. Tu peux parler ?

Luc avait par bonheur déjà quitté son domicile, et il était en route pour un rendez-vous.

– Oui, bien sûr, répondit-il avec étonnement. Qu'est-ce qui se passe, ma puce ? Pourquoi appeler si tôt ? Tout va bien ?

Il avait la voix légèrement essoufflée, et j'entendais ses pas pressés sur les pavés.

– Non, rien ne va bien, Luc. J'étais hier sur la péniche, et figure-toi que...

– Ouh là, laisse-moi deviner : un vieux rafiot rouillé, tout juste bon pour la casse...

– Non, non, pas du tout, le bateau est vraiment O.K., l'interrompis-je avec impatience. Maintenant, écoute-moi...

Énervée, je lui parlai de l'intrus sans gêne qui occupait ma propriété, si sûr de son bon droit.

– Bon sang, fit Luc. C'est rageant. Mais ça ne sert à rien de t'échauffer comme ça. Demande de l'aide à ton père. Il est avocat, il saura quoi faire. Il y a toujours une solution.

– J'espère, commentai-je, légèrement déçue par son absence de réaction.

J'aurais souhaité un peu plus d'intérêt, mais les pensées de Luc l'entraînaient déjà ailleurs, apparemment.

– J'ai eu une sacrée frousse la nuit dernière, tu sais ? Quand je me suis soudain aperçue qu'un homme était couché à côté de moi. Je veux dire, je ne savais absolument pas qu'il y avait une troisième clé. En plus, ce Laforêt est un type affreux, il n'en a rien à faire que...

– Oui, ma chérie, je peux imaginer comment tu te sens, m'interrompit Luc. Mais parle d'abord avec ton père.

Luc voulait comme toujours en venir à la fin du coup de fil, et je voulais comme toujours la repousser.

– Tu crois qu'il pourra résilier le contrat d'une manière ou d'une autre ?

– Sûrement.

– Peut-être qu'oncle Albert n'avait déjà plus toute sa tête quand il l'a signé. Pour moi, ce Laforêt a tout d'un escroc.

– Ça se pourrait bien. Mais tout va s'arranger.

– Tu ne veux pas m'accompagner sur le bateau cet après-midi ?

– Avec le type à bord ? Je ne pense pas que ce soit une bonne idée, Joséphine. Appelle plutôt ton père sans tarder.

– Oui, je m'en occupe, Luc.

– Bien. Je suis déjà en retard, trésor. Bonne chance !

– Merci.

Je restai un moment à écouter son souffle.

– Luc ?

– Oui, qu'est-ce qu'il y a encore ?

– Tu m'aimes ?

– Bien sûr que je t'aime. Simplement, j'ai rendez-vous dans trois minutes. Je te rappelle plus tard, O.K. ?

Je hochai la tête, silencieuse, pressant le téléphone contre mon oreille.

– Je t'aime aussi, dis-je alors.

Mais Luc avait déjà raccroché.

★

– Ah, mince alors, *darling*, mais c'est *horrible* ! Tu dois être sous le choc ! s'exclama Cédric en écarquillant les yeux, avant de me considérer, l'air soucieux.

Nous étions installés dans sa cuisine, devant deux bols de café et un sac de croissants et de pains aux raisins odorants, achetés dans ma boulangerie préférée en me rendant au canal Saint-Martin, avant de sonner chez Cédric. J'avais dû attendre un moment avant que l'interphone ne grésille, et je m'étais demandé avec inquiétude si Cédric n'était pas déjà parti pour l'une de ses balades du matin.

– Ouiii ?

– Tu es levé ? avais-je demandé.

– Maintenant, oui. Quelqu'un est encore mort ? Ou tu fais subitement partie des lève-tôt ?

– Ni l'un, ni l'autre. Je dois te raconter quelque chose, Cédric. Je peux monter vite fait ?

– Et comment, tu seras toujours la bienvenue pour un café et une cigarette.

Il restait sur l'évier quelques assiettes et deux verres de vin à moitié vides. Cédric paraissait avoir la gueule de bois. Son compagnon Augustin était rentré de boîte tard, ils s'étaient disputés, avaient discuté jusqu'à une heure avancée de la nuit. « Petite querelle d'amoureux », m'avait assuré Cédric en souriant, mais la réconciliation, qui n'était intervenue qu'au petit matin, n'en avait été que plus belle.

– Je ne peux pas vraiment dire la même chose de ma nuit, déclarai-je en sortant du sac un croissant encore chaud. Tu ne peux pas savoir à quel point j'ai eu peur quand je me suis soudain retrouvée avec ce type complètement ivre à mes côtés, sa main sur ma bouche.

– Oh, je te crois sur parole. Ç'a l'air vraiment, vraiment terrible, déclara Cédric en agitant la main. Moi en tout cas ça m'aurait tué sur place. Qui est cet homme affreux ?

– Pas la moindre idée. Une espèce de marginal qui a réussi, il y a des années, à embobiner mon oncle et à mettre la main sur la péniche. Il affirme qu'il a un contrat de location, qui court encore pour cinq ans. *Cinq ans !*

– Incroyable ! gémit Cédric, compatissant, en tartinant de la confiture sur son croissant.

– Et il ne compte pas déménager. Tu sais ce que ça veut dire ?

– Ça veut dire que tes chances de vendre le bateau à un bon prix diminuent considérablement, compléta Cédric en hochant la tête.

– Voilà. Personne ne veut attendre cinq ans avant d'utiliser une péniche qu'il a achetée, hein ?

– Eh bien, peut-être que si, objecta Cédric. Certaines personnes cherchent à investir dans l'immobilier. Les placements rapportent tellement peu d'intérêts, de nos jours…

– Cédric ! Enfin ! Avec ce mec à bord, je peux remballer la marchandise. Personne ne voudrait d'un locataire pareil. Qui sait si son chien n'a pas déjà rapporté des puces ?!

Je m'ébrouai à la pensée de la couchette dans laquelle je m'étais couchée et où cet homme passait vraisemblablement toutes ses nuits.

– Oh, mon Dieu ! s'exclama Cédric en caressant, horrifié, la fourrure luisante de Nana qui ronronnait, installée sur ses genoux. Il y a un *chien*, en plus ? Un de ces molosses qui bavent ?

Je ne pus m'empêcher de rire.

– Le chien est petit et très mignon, en fait. Le problème, c'est le maître.

– Il va falloir qu'il te paie le loyer, c'est déjà ça.

– Oui, ha ha. Cinq cents euros. Qu'est-ce que tu veux que j'en fasse ?

– Seigneur ! s'écria Cédric en manquant s'étouffer avec son croissant. C'est une blague, j'espère ?

Je secouai la tête, la mine sombre.

– Mais tu pourrais presque demander ça par jour, si tu mettais la péniche sur Airbnb… À quoi pensait ton oncle ?

– Je ne sais pas, répondis-je en haussant les épaules. Peut-être que l'argent n'était pas si important pour lui. Peut-être qu'il n'était plus à même de bien piger la situation. Ou c'était vraiment un prix d'ami, comme l'affirme ce Laforêt. Peut-être y avait-il bien de l'amitié entre eux, va savoir ! Même si je n'arrive pas à comprendre qu'on puisse se lier avec une telle personne.

Et j'arrachai, morose, un bout de mon croissant.

– Peut-être que ton oncle n'avait pas tant d'amis que ça.

– Oui, sans doute. C'était plutôt un solitaire. Mais quand même… Comment a-t-il pu me léguer le bateau, puis conclure un contrat pareil ?

– Eh bien, fit Cédric, tu as dit toi-même qu'il avait rédigé très tôt le testament en ta faveur. Et plus tard, il a peut-être pensé qu'il avait encore beaucoup de temps devant lui. Il ne pouvait pas savoir qu'il souffrirait de démence.

– Oui, mais il n'a pas évoqué ce Laforêt une seule fois, objectai-je.

– Pourquoi l'aurait-il fait ? Il n'a pas non plus mentionné le fait que tu hériterais un jour de sa péniche, n'est-ce pas ?

– Oui, c'est vrai aussi, soupirai-je.

Je devais avouer que je ne savais pas grand-chose au sujet de mon oncle. Pourquoi ne pas m'avoir dit qu'il me donnait son bateau ?

– Il voulait sans doute te faire la surprise, réfléchit tout haut Cédric, en mâchant pensivement son croissant.

– Belle surprise. J'hérite d'ennuis, maintenant.

– Tu devrais peut-être reparler avec ce Laforêt. Je veux dire, en pleine journée, comme deux adultes le font. Vous étiez tous les deux bouleversés, et il était sûrement tout aussi surpris que toi. Fatigué, et saoul. Peut-être qu'il voit les choses autrement aujourd'hui, et qu'il est désolé.

Repensant au sourire insolent de Laforêt lorsqu'il m'avait tendu ma doudoune, je secouai la tête.

– Il n'était pas si saoul que ça. Cet ours mal léché est loin d'être désolé. Et mon intuition me dit qu'il ne cédera jamais de son plein gré, soupirai-je. C'est vraiment trop rageant, on avait déjà un potentiel acheteur sous la main. Papa connaît quelqu'un qui cherche une péniche. J'aurais pu m'éviter les frais d'agence.

– Je comprends, fit Cédric qui but une gorgée de son café au lait, le front plissé. Il faut que tu te débarrasses de ce type d'une manière ou d'une autre. Tu sais quoi ? Tu devrais mettre ton père dans la boucle.

– Oui, Luc m'a donné le même conseil, déclarai-je en souriant.

– Alors ce brave Luc a raison, pour une fois.

– Qui a raison, pour une fois ?

Augustin, en tee-shirt et pantalon de jogging dans l'embrasure de la porte de la cuisine, passait la main dans sa barbe de trois jours, l'air endormi.

– Mmmh, des pains aux raisins, se réjouit-il en glissant la main dans le sachet. Bonjour, Joséphine ! Ça va ?

Il mordit avec délice dans un pain et passa un bras autour des épaules de Cédric.

– Salut, Cécé. Qu'est-ce que vous faites ici de si bon matin, mes jolis ?

– Réunion de crise, expliqua Cédric.

– Oho, lâcha Augustin en approchant une chaise. Ça me paraît palpitant. Je peux participer ?

★

L'autre réunion de crise qui se déroula le soir même, rue de Bourgogne, allait se révéler moins plaisante.

Installés dans la salle à manger autour d'un filet mignon, papa, maman, Pauline et moi discutions de la situation.

Papa, dodelinant de la tête avec circonspection, venait de me poser quantité de questions. Je n'avais pas pu répondre à la majorité d'entre elles, puisque je n'étais pas encore en possession du contrat de location.

– Il va me l'envoyer dans les prochains jours, assurai-je, espérant pouvoir me fier à la parole d'un homme pareil. À condition que ce contrat existe bien… Ce Laforêt ne m'inspire pas une grande confiance. S'il n'a pas de bail à nous montrer, je le ferai expulser. Et allez savoir, il ne payait peut-être plus son loyer, à la fin.

– Mais il doit y avoir un compte, intervint Pauline. Des relevés bancaires. Tu n'as pas posé la question, à Chablis ? Enfin, c'est le genre de chose que l'on demande en premier.

– Non, je n'ai pas posé la question, répliquai-je, énervée par cette Pauline qui, comme d'habitude, se croyait la plus maligne. Pourquoi l'aurais-je fait ? Il n'a jamais été fait mention d'un compte. S'il y en avait un, le notaire me l'aurait sûrement dit. Je ne suis pas idiote, Pauline.

– Ma foi, c'est une chose très facile à vérifier, déclara papa. S'il existe un compte, il figurera dans le contrat de location. Attendons de voir.

– Écoutez, si vous voulez mon avis, tout cela est très bizarre, commenta Pauline en découpant un morceau de son filet mignon, avant de le mâcher avec délicatesse. Vraiment délicieux, maman chérie.

– Merci, Pauline, la remercia maman d'un signe de tête. Au moins quelqu'un qui apprécie ma cuisine.

Les exceptionnels talents culinaires de ma mère avaient été relégués au second plan durant la discussion autour de la péniche, et comme toujours, elle supportait mal de ne pas être au centre de l'attention, même pour quelques minutes.

– C'est vraiment bon, maman, fis-je, contrite.

– Je vois ça, répondit-elle avec un regard de reproche en direction de mon assiette, presque pleine.

Avec toute cette excitation, j'avais du mal à avaler un morceau.

– Mais enfin mange, Joséphine, tu n'as que la peau sur les os.

J'enfournai docilement une fourchette de gratin.

– Mais si Laforêt ne paie pas son loyer, on peut le mettre dehors, non ? demandai-je ensuite.

– Oui, si… répondit Pauline. Mais s'il paie son loyer, ça va être dur, petite sœur. Vraiment désolée.

– Il doit bien y avoir un moyen de se débarrasser de cet homme, objectai-je. Ce n'est pas possible… Il va falloir que j'attende cinq ans ? C'est mon bateau après tout !

– Oui, tu l'as déjà dit cinq fois. Ça ne change rien au fait que les locataires de péniches ont eux aussi des droits. Même quand le propriétaire change, on ne peut tout bonnement pas les mettre à la porte. Remercie le législateur !

– Non, remercie plutôt ton oncle, intervint maman en reprenant un peu de haricots verts. Albert n'a jamais rien réussi dans sa vie. Et on dirait bien qu'il n'a pas été capable non plus de faire correctement son testament. C'est typique de lui. Même après sa mort, ton frère est source d'ennuis et de déceptions, Antoine.

– Isabelle, je t'en prie ! s'exclama papa en s'agitant sur sa chaise rembourrée, mal à l'aise. Arrête avec ça. Il a tout de même légué quelque chose à Joséphine, il n'était pas obligé.

– Oui, et quand bien même, commenta Pauline qui, comme d'habitude, prenait le parti de maman. Il ne s'est pas montré très prévoyant, en tout cas. Avec ce locataire, la valeur du bateau sera nettement réduite, si on veut le vendre. Ça, c'est un fait.

Elle prit le plat à gratin et se tourna vers papa.

– Ça va compliquer la vente aussi. Je ne suis pas du tout sûre que Bailleul veuille encore acheter la péniche dans ces conditions. Tu lui en avais déjà touché un mot, à propos, papa ?

– Oui. Il était enthousiaste quand je lui ai parlé du bateau, et il voulait en savoir davantage. J'ai suggéré que nous nous voyions la semaine prochaine pour déjeuner. Et je trouve que nous devrions le faire quoi qu'il en soit, expliqua papa en souriant à la manière d'un Salomon. Nous aurons le bail d'une manière ou d'une autre d'ici là, espérons-le, et nous pourrons l'étudier. Peut-être n'est-il pas aussi inattaquable que Laforêt semble le croire. À moins que cet homme ait des connaissances juridiques ?

– Laforêt ? demandai-je, au bord du fou rire. Non, certainement pas.

– Eh bien, il connaît sans doute ses droits, objecta Pauline, jouant les Cassandre. De nos jours, le premier crétin qui brûle une voiture les connaît. Au besoin, il faudra proposer un dédommagement à ce monsieur. Peut-être qu'il y consentira.

– Un dédommagement ? Il vit depuis des années sur la péniche pour presque rien, et je devrais lui filer de l'argent, en plus ? répliquai-je, indignée. Jamais !

Je piquai un morceau de filet mignon avec ma fourchette et espérai, sans trop y croire, ne plus jamais entendre parler de Maxime Laforêt. Puisse-t-il s'évaporer, ficher le camp de mon bateau ! Il suffirait qu'il ait des arriérés de loyer et recule devant une procédure judiciaire.

Il ne me fit évidemment pas ce plaisir… Maxime Laforêt tint parole. Deux jours après notre confrontation nocturne sur *La Princesse de la Loire*, son courrier atterrissait dans ma boîte aux lettres. Dans l'enveloppe se trouvait le contrat, auquel Laforêt avait agrafé un petit mot manuscrit que je déchiffrai péniblement.

Très chère mademoiselle Beauregard,

Vous trouverez ci-joint, comme demandé, une copie du contrat de location. Veuillez penser à me communiquer vos coordonnées bancaires, afin que je puisse modifier en conséquence le virement pour la durée du bail. J'ose espérer que vous vous êtes calmée depuis votre scène sur ma péniche. Votre oncle a toujours été un homme très amical et pacifique, mais il semblerait que vous soyez, malheureusement, ma nouvelle propriétaire. J'espère toutefois pouvoir compter sur un bail qui engage les deux parties pour les cinq années à venir.

Si vous deviez avoir d'autres questions, vous pourrez me joindre sur le bateau ou sur mon portable (là, il avait noté son numéro).

Bien cordialement,
Maxime Laforêt

Je lus son mot en grinçant des dents. *Ma* scène sur sa péniche ? Mais c'était lui qui s'était montré grossier et insultant ! Je parcourus rapidement le contrat, puis photographiai chaque page avec mon portable et envoyai le tout à l'étude de mon père. De toute évidence, Laforêt n'avait pas la moindre intention de passer sur la péniche un jour de moins que prévu dans le bail. Mais j'espérais ardemment que Pauline et papa y découvrent une faille ou aient une idée pour le contourner.

Comme papa l'avait supposé, le contrat mentionnait le compte bancaire d'oncle Albert, domicilié dans une agence du Crédit agricole de Champagne-Bourgogne, qui devait *a priori* recevoir les virements de Laforêt.

Quelques jours plus tard, il était clair comme de l'eau de roche que j'avais de mauvaises cartes en main. Le contrat, valide, avait force de loi. Par ailleurs, Laforêt avait toujours payé en temps et en heure, si bien que je ne pouvais pas non plus le poursuivre en justice.

– Quelle poisse ! Qu'est-ce qu'on peut faire, alors ?

– Pas grand-chose, j'en ai peur, répondit Pauline qui m'avait appelée. Tu pourrais essayer de faire résilier le bail pour occupation personnelle. Mais même alors, tu ne pourras pas le virer tout de suite. Le locataire doit être informé six mois à l'avance, et disposer d'un revenu minimum. En plus, tu devras déclarer la péniche comme résidence principale. Et si tu n'y habites pas réellement, tu peux être poursuivie, je ferais très attention à ta place…

Elle se tut quelques instants, puis reprit :

– Non, non, le mieux serait vraiment que tu négocies un deal avec Laforêt. Retourne le voir et propose-lui un dédommagement approprié, il se laissera peut-être infléchir.

– Ah, Pauline… soupirai-je.

La perspective de me retrouver de nouveau devant Laforêt, pour lui demander quelque chose qui plus est, m'était insupportable.

– Je trouve cet homme affreux. Je ne peux pas négocier avec lui. Tu ne pourrais pas t'en charger ? En tant que mon avocate ?

Ma sœur réfléchit un moment, puis :

– D'accord.

Je lui pardonnai alors toutes ses remarques moqueuses, et même son collier de perles.

– Merci, Pauline, dis-je, soulagée.

Une pensée me vint alors.

– Dis voir… Si Laforêt a toujours payé son loyer, il devrait y avoir de l'argent sur le compte, non ? demandai-je avec espoir.

– En principe, oui, fit Pauline.

Puis elle m'expliqua qu'il y avait eu quelques retraits en espèces, les premières années, avant que les loyers ne soient transférés directement à la maison de retraite.

– Tu pourras bien sûr disposer librement de l'argent restant sur le compte, une fois que la banque sera en possession de l'acte de décès et du testament.

– Très bien. Et à combien ça se monte ?

– Eh bien… fit Pauline avant de rire. Ça ne suffira pas pour un tour du monde.

Le compte d'oncle Albert renfermait la coquette somme de 825 euros. Ce qui ne me permettait même pas de payer un mois de loyer.

6

Richard Bailleul était un homme aimable, cheveux brun-roux et lunettes à monture d'or, qui avait la perturbante habitude de cligner des yeux.

Lorsque j'arrivai avec quelques minutes de retard à la brasserie Lipp où nous avions rendez-vous pour déjeuner, papa et Pauline étaient déjà installés avec leur jeune collègue. Papa me fit signe, et quand je me présentai, Bailleul bondit aussitôt, manquant renverser sa chaise, et m'adressa un clin d'œil.

– Enchanté, mademoiselle Beauregard. (Clin d'œil, clin d'œil.) Je me réjouis vivement de faire votre connaissance. (Clin d'œil, clin d'œil.) Votre père m'a déjà tellement parlé de vous ! (Clin d'œil, clin d'œil, clin d'œil.)

– Ah… oui ? fis-je, reculant d'un pas et considérant avec méfiance l'avocat, qui devait avoir à peu près mon âge.

Qu'avait bien pu raconter papa à mon propos, pour que cet homme m'adresse des clins d'yeux avec une telle familiarité ?

– L'année prochaine, M. Bailleul deviendra associé junior dans notre cabinet, annonça papa avec satisfaction. Et il s'intéresse *beaucoup* à ta péniche, Joséphine, n'est-ce pas ?

– Oh oui, effectivement, confirma Bailleul. Vous savez, mademoiselle Beauregard, je rêve depuis longtemps de ce genre de bateau. Et je suis infiniment reconnaissant à votre père d'avoir pensé à moi.

Il souriait et clignait des yeux, et je ne savais plus où regarder au juste. Gênée, je détournai le regard et jetai un coup d'œil interrogateur à ma sœur, tandis que papa entreprenait M. Bailleul.

Pauline eut un sourire insondable, et lorsque nous fûmes tous assis, seulement, je réalisai que les déconcertants clins d'yeux du futur associé junior du cabinet Beauregard étaient de toute évidence de nature nerveuse – un tressaillement involontaire des paupières qui s'apaisa durant le repas, sans jamais disparaître tout à fait.

Tandis que le serveur nous apportait la choucroute spéciale au jarret de porc accompagnée d'une pomme caramélisée, on discuta de choses et d'autres. On loua les mérites du vin et de la nourriture, on se plaignit un peu de la grisaille et du temps pluvieux, des films sans intérêt au cinéma.

Richard Bailleul me souriait chaque fois que je levais les yeux de mon assiette. Il mangeait sa choucroute avec entrain et ne se lassait pas de m'assurer à quel point il se réjouissait de la collaboration avec mon père et ma sœur – deux avocats si brillants, dont il avait encore tant à apprendre ! Papa, quant à lui, ne se lassait pas de louer les qualités du jeune homme, qui constituait non seulement un atout pour le cabinet, mais était aussi un joueur de tennis passionné, et un amateur d'opéras italiens.

– Peut-être auriez-vous envie de m'y accompagner, mademoiselle Beauregard ? Ce serait un honneur. (Clin d'œil, clin d'œil.)

– Quelle idée merveilleuse ! s'extasia papa. Joséphine aime la musique, vous savez ?

– Oui, enfant, elle nous tapait sur les nerfs avec sa flûte à bec, commenta ma sœur, et ils rirent tous.

Apparemment, nous formions déjà une grande famille heureuse.

– Qu'est-ce qu'il a, cet homme ? demandai-je à Pauline lorsque, après le plat principal, nous gagnâmes ensemble les toilettes. Il cligne toujours des yeux ? Ç'a de quoi rendre drôlement nerveux.

Pauline entreprit de se remettre du rouge à lèvres devant le miroir. Elle sourit.

– On s'y habitue. Je ne le remarque même plus. Et puis, à part ça, c'est un homme séduisant, commenta-t-elle avant de presser ses lèvres l'une contre l'autre et de considérer le résultat avec un sourire satisfait. En plus, il vient d'une bonne famille. Sans compter qu'il a l'argent nécessaire pour acheter une péniche. Pour finir, il te trouve charmante, visiblement.

Regardant dans le miroir, elle contempla mes joues rougies et les cheveux brun foncé qui, détachés, tombaient librement sur mes épaules.

– Blanche comme la neige, rouge comme le sang, noire comme l'ébène… Tu pourrais être la sœur de Blanche-Neige.

Elle eut un large sourire, et nos regards se croisèrent dans le miroir.

– Et Richard Bailleul est censé être mon prince ? Vous n'êtes pas sérieux, hein ? Tu as mijoté ça avec papa ? Ou avec maman ? Ce repas est une sorte de rencard-surprise ?

– Pas que, mais oui, répondit Pauline en rangeant le rouge à lèvres dans son sac à main. Pourquoi pas ? Richard Bailleul est un bon parti. Et il n'est *pas marié*.

Elle me fixait de ses grands yeux marron, et l'espace d'une seconde, je crus qu'elle était au courant de ma liaison avec Luc Clément.

– Pourquoi tu dis ça d'un ton si bizarre ?

– Comment ça, bizarre ? s'étonna-t-elle avec naturel. Je veux juste dire qu'on ne trouve pas, à Paris, beaucoup de célibataires de cette catégorie. Et je le trouve très gentil.

Je souris, soulagée. Elle ne savait rien.

– Tu ne rajeunis pas, tu sais, ma chère Joséphine…

– Personne ne rajeunit, ma chère Pauline, rétorquai-je.

– Tu vois très bien ce que je veux dire. Maman commence à s'inquiéter.

– Je sais, mais laisse tomber ! Le prince qui cligne des yeux et moi, ça ne donnera rien.

– Tu ne devrais peut-être pas te montrer aussi catégorique, petite sœur, fit Pauline en glissant une mèche de cheveux derrière son oreille. C'est un homme très gentil, je le répète.

Donne-lui une chance, accompagne-le au moins une fois à l'opéra. Ce serait chouette que la péniche reste dans la famille.

Ce fut son tour de me faire un clin d'œil, avec un air de conspiratrice cependant.

– Merci, mais je choisis mes petits amis toute seule. Même si je dois avouer que ton histoire de péniche est tentante.

– On ne les a encore jamais vus, tes « petits amis »…

– Ça va bientôt changer.

– Oh là là ! Et quand ça ?

– À Noël, laissai-je échapper.

Pauline haussa des sourcils étonnés, et je me mordis la lèvre inférieure. *Pas intelligent du tout, Joséphine*, me réprimandai-je. *Tu l'as laissée te provoquer.*

– Oho, lâcha Pauline. J'ai raté quelque chose, petite sœur ?

– Non, répliquai-je avec vivacité. Oublie ça.

Lorsque nous revînmes à table, papa nous attendait avec impatience.

– Vous voilà, mes enfants ! s'exclama-t-il. Nous étions justement sur le point de parler de la péniche.

Le dessert – une poire au vin caramélisée sur mousse de chocolat – fut servi, puis Richard Bailleul posa quantité de questions sur le bateau. J'y répondis de mon mieux. Je sortis de mon sac la chemise contenant tous les documents, et Bailleul se pencha avec empressement sur la description de la péniche, les photos jointes et le plan.

– C'est précisément ce que j'imaginais, conclut-il, ses paupières tressaillant avec enthousiasme derrière ses lunettes dorées. Ni trop grande, ni trop petite.

Il leva les yeux avant de demander :

– Et donc, vous l'avez héritée de votre oncle ? Quel coup de chance extraordinaire !

– Oui, commenta papa. Ce bateau appartenait à mon frère. Joséphine a elle-même navigué dessus, enfant.

– Charmant… Ça le rend d'autant plus précieux à mes yeux, déclara Bailleul, galant. Vous avez certainement déjà une idée de sa valeur…

– En effet, répondit Pauline, qui s'était renseignée auprès d'un agent immobilier.

J'avais manqué de m'évanouir en l'entendant mentionner la somme que l'on pouvait espérer obtenir de cette vieille péniche. Un prix qui valait naturellement pour un bateau inoccupé.

– Mais commencez par faire connaissance avec la péniche, monsieur Bailleul. Nous parlerons ensuite, si ça vous va ?

Je regardai Pauline avec surprise, et elle me fit signe de rester muette. Peut-être voulait-elle gagner encore un peu de temps avant que « l'affaire » Laforêt ne soit résolue. Laforêt qui ne s'était pas encore manifesté depuis le courrier qu'elle lui avait envoyé.

– D'accord, dit Bailleul. Ça me paraît correct. Quand pourrais-je la visiter ? J'espère que vous ne voyez pas d'inconvénient à ce que je vienne avec un expert ?

Il venait de se tourner vers moi.

– Non, bien sûr que non, assurai-je. La fin de cette semaine vous irait ? Vendredi, peut-être ? Ou samedi ? Il faudrait que je convienne d'un rendez-vous.

– Convenir d'un rendez-vous ? répéta Richard Bailleul qui clignait des yeux, déconcerté. Quelqu'un habite encore sur la péniche ?

– Eh bien, c'est que… commençai-je.

– Il y a bien un locataire en ce moment, m'interrompit Pauline en souriant d'un air innocent au futur associé junior. Un ami de mon oncle, un homme très gentil, très agréable, qui a gardé le bateau en état durant toutes ces années. Mais pas d'inquiétude, il déménage bientôt. Il est déjà informé de l'intention de Joséphine de vendre.

À entendre Pauline, tout s'annonçait très facile. Le gentil locataire, au courant, débarrasserait bientôt le plancher.

– Ah, très bien, fit Bailleul, rasséréné. Parce que, si je l'achète, je compte m'en servir prochainement. Je pourrais faire ma première croisière au printemps.

– Vous la ferez, cher Bailleul, assura papa avant de rire. J'en suis persuadé.

Je trouvais son optimisme remarquable.

– Encore une chose… reprit ce dernier. Il faudra que vous fassiez votre demande de congés en temps et en heure, s'il vous plaît.

Nous rîmes tous, moi y compris, et peu après, nous quittions la brasserie Lipp dans la joie et la bonne humeur.

Dehors, Richard Bailleul me remit sa carte de visite.

– Je me réjouis de vous revoir, mademoiselle Beauregard, déclara-t-il dans un assaut de clins d'œil radieux. Et je suis très curieux de découvrir la péniche.

– Je me réjouis aussi, monsieur Bailleul, répondis-je, souriante, et je constatai avec surprise que c'était la vérité. *La Princesse de la Loire* va vous plaire. Une bonne âme règne sur ce bateau.

Régnait, corrigeai-je *in petto*.

Et j'essayai de chasser l'image de Laforêt qui, ombre sombre sur le pont, ricanait tandis que je m'éloignais.

– *La Princesse de la Loire*? répéta Bailleul. Quel joli nom… Ça parle sûrement de vous, n'est-ce pas?

Je souris, flattée.

– Ah, vous savez… C'est une longue histoire…

– Que vous me raconterez bientôt, peut-être?

– Peut-être. Au revoir, monsieur Bailleul.

Après le repas à la brasserie Lipp, j'avais prévu de passer à la maison d'édition pour y faire mes adieux. Entre-temps, ma traduction achevée, je l'avais envoyée par mail à l'éditrice. Descendant en flânant le boulevard Saint-Germain, je jetai un coup d'œil aux Deux Magots – la façade du café était ornée de dizaines de guirlandes de Noël. Puis je tournai à droite dans la rue Bonaparte, je longeai la rue du Four le temps de quelques pas et empruntai ensuite la rue des Canettes où se trouvait la maison d'édition. *Ma dernière traduction pour les éditions*

Lassalle, voilà la pensée qui me traversa l'esprit lorsque je franchis le porche. La petite arrière-cour pavée paraissait abandonnée. Il n'y avait personne à l'accueil, et quand je frappai à la porte du directeur éditorial, personne ne répondit non plus. Seule Annie, l'une des éditrices, était fidèle au poste ce jour-là. Lorsque j'entrai dans son minuscule bureau, elle me regarda tristement, au milieu des piles de papier et de livres.

– Salut, Joséphine.

– Salut ! Je suis au courant. Je suis tellement désolée… Je voulais passer une dernière fois.

– Oui, fit Annie d'un air abattu. Il faut qu'on voie tous comment aller de l'avant, maintenant. J'ai encore de la chance, dans mon malheur. Je peux faire un remplacement de congé maternité chez Fayeux. J'aurai un boulot garanti pendant quelques mois. Mais Sophie n'a encore rien trouvé. Elle se demande si elle ne va pas s'installer en tant qu'indépendante, devenir agente littéraire, mais ce n'est pas facile non plus… Le partage du gâteau est fait : la plupart des auteurs ont déjà leur agent.

Elle regarda avec mélancolie les cartons déjà fermés, et poursuivit :

– Tout se termine si vite… Et pour toi ?

– Je n'ai pas encore de nouvelle traduction, malheureusement. Si tu as besoin d'une traductrice ou que tu entends parler de quelqu'un qui en cherche une, pense à moi s'il te plaît.

– Bien sûr.

– J'ai vraiment aimé travailler avec vous, repris-je. Quel dommage que les petites maisons d'édition aient du mal à garder la tête hors de l'eau, ces derniers temps… Dis-moi, où est M. Lassalle ? Il m'a écrit une lettre tellement gentille, j'aimerais lui dire au revoir.

– Lassalle a attrapé une grosse grippe. Il y a cette bronchite carabinée qui sévit à Paris. Tu veux que je t'appelle quand il sera revenu ?

– Oui, ce serait adorable.

Je me tus quelques instants, puis demandai :

– Il n'y aura pas de fête de Noël au Bonaparte cette année, hein ?

– Non, très peu probable. Il n'y a plus rien à fêter.

– Les fêtes au Bonaparte, c'était toujours la grande classe ! Je ne les oublierai jamais, confiai-je avant de sourire à Annie pour l'encourager. Et je ne vous oublierai pas non plus. On reste en contact, d'accord ? On pourrait aller boire un café ensemble quand ce sera fini ici. L'année prochaine, peut-être ?

– L'année prochaine, Joséphine, fit-elle en souriant à son tour.

Nous bavardâmes encore un moment puis je pris congé. Je traversai, un peu hésitante, l'arrière-cour où la nuit tombait, sortis dans la rue et tirai la porte cochère derrière moi. Elle se referma pesamment. J'avais du mal à réaliser que, dans quelques semaines seulement, cette maison d'édition n'existerait plus… Mais tandis que je longeais la rue des Canettes décorée pour Noël, je repensai soudain aux paroles du directeur éditorial.

Rien ne prend véritablement fin. Les choses changent, c'est tout.

J'allais m'efforcer de décrocher de nouveaux contrats, écrire à des éditeurs, nouer de nouveaux contacts, pousser de nouvelles portes. J'étais une bonne traductrice, une très bonne même, je devais me faire valoir davantage. Je devais reprendre ma vie en main, quitter ma tour de Raiponce et ne pas attendre des autres qu'ils prennent des décisions à ma place.

Je marchais sous les ballons argentés et dorés, qui prenaient toute la largeur de la rue à la manière d'un baldaquin de lumière, et me laissais envahir par une vague de confiance en moi-même. Je passai devant des boutiques aux devantures étincelantes, remarquai un couple d'amoureux qui, étroitement enlacés devant une bijouterie, cherchaient une bague, et vis une petite fille portant un bonnet rose. Juchée sur les épaules de son père, elle tendait les bras en poussant des cris de joie pour essayer de toucher les ballons chatoyants.

Et pour la première fois depuis longtemps, je me mis à me réjouir à l'idée de Noël.

7

La note manuscrite indiquant le numéro de Maxime Laforêt gisait sur le bureau devant moi, sinistre. Le simple fait de considérer son écriture brouillonne me mettait de mauvaise humeur. Il aurait pu se donner un peu plus de mal. Je plissai les yeux pour lire le dernier chiffre. Était-ce un trois ou un neuf? Je me décidai pour le neuf et pris une profonde inspiration lorsque la sonnerie se déclencha. Je ne le laisserais pas me provoquer une nouvelle fois. J'allais rester parfaitement calme et convenir avec lui d'un rendez-vous pour la visite. Nous étions deux adultes, après tout.

– Allô ? fit juste une voix d'homme.

J'hésitai. Avais-je appelé la bonne personne ?

– Bonjour, déclarai-je en tentant d'adopter le ton le plus professionnel et aimable possible. Je parle bien à… Maxime Laforêt ?

– Pas intéressé, gronda la voix avec irritation.

C'était Laforêt, sans aucun doute, mais avant que je ne puisse ajouter quelque chose, il avait raccroché.

J'en restai sans voix. Pour qui se prenait-il ? J'appuyai de nouveau sur « appeler », bien décidée à ne pas le laisser m'envoyer balader, cette fois.

Il décrocha après la cinquième sonnerie.

– Monsieur Laforêt… commençai-je.

– Écoutez, je n'ai pas besoin d'un nouveau contrat. Même pas au tarif Smartphone-Orange-Super-Plus. Vous gaspillez votre temps, et surtout le mien.

– Non, attendez ! m'écriai-je. C'est Joséphine Beauregard.

– Joséphine Beauregard ? s'étonna-t-il. Comment ça ? Ne me dites pas que vous vendez des contrats de téléphonie mobile, maintenant ?

– Quoi ? Non, bien sûr que non, répliquai-je. D'où vous vient une telle idée ?

– Une dame d'Orange a déjà appelé trois fois ce matin pour me fourguer un nouveau contrat. Cette bonne femme commençait vraiment à me taper sur le système.

– Peut-être, mais ce n'était pas moi, commentai-je d'une voix ferme.

– Aha, lâcha-t-il avant de se taire un moment. Et que me voulez-vous ?

Je l'imaginais bien levant les yeux au ciel. Et je décidai de ne pas tenir compte de son comportement impoli. Il n'était sans doute pas capable de faire autrement.

– Je vous appelle parce que… me lançai-je.

– Je vous ai envoyé le contrat de location. Quelque chose cloche ?

– Non, non, tout est réglo. Hélas.

– Quoi ?!

– Euh… Rien, me hâtai-je de dire. Écoutez, monsieur Laforêt, j'aimerais convenir d'un rendez-vous avec vous.

– Je vous écoute.

– J'ai une personne intéressée par la péniche. Serait-il possible de la visiter vendredi après-midi ?

Il parut réfléchir.

– Vendredi, ça ne m'arrange pas, je serai au mariage de mon ami.

– Ah oui, c'est vrai… L'ami avec qui vous avez fait la tournée des bars, avant de… Ah, laissez tomber.

– Oui, il vaut mieux laisser tomber.

– Et samedi matin ?

– Vous êtes dingue ? Je serai en train de dormir pour récupérer.

– Bon. Samedi après-midi, alors, déclarai-je, tentant de le coincer. À quinze heures.

À ce moment-là, Laforêt aura sûrement cuvé son vin.

– J'ai un rendez-vous.

– J'en étais sûre, soupirai-je.

À ce rythme-là, on ne s'entendrait jamais sur un créneau !

– Vous savez quoi ? Ça ne fait rien, expliquai-je de ma voix la plus amicale. Allez à votre rendez-vous, et nous visiterons le bateau pendant ce temps-là. J'ai heureusement la clé, après tout.

La pensée que Maxime Laforêt ne serait pas à bord me donnait presque des ailes. Cela simplifierait considérablement les choses si cet être mal luné ne se trouvait pas dans nos pattes, à faire des commentaires indésirables.

– O.K., fit-il. C'est tout ? Ou avez-vous autre chose à me dire ?

– Non, c'est tout. Qu'aurais-je d'autre à vous dire, monsieur Laforêt ?

– Eh bien, peut-être regrettez-vous votre comportement de la semaine dernière. Si vous voulez savoir, vous avez drôlement dépassé les bornes !

– Mais je ne veux rien savoir, monsieur Laforêt. Vous ne vous êtes pas comporté comme un gentleman non plus. J'étais sur le point d'appeler la police, si vous vous souvenez bien.

– Oui, et vous vous seriez bien ridiculisée... Parce que vous n'étiez pas autorisée à monter sur la péniche. Sans parler de vous coucher dans mon lit.

Je levai les yeux au ciel.

– Bon... Disons qu'on est partis du mauvais pied, concédai-je.

Cela ne servait à rien de chercher la dispute avec cet idiot pénétré de lui-même. En attendant que le bateau soit vendu, je ne devais prendre aucun risque.

– Nous devrions essayer de nous entendre, monsieur, tant que vous resterez mon locataire en tout cas.

– La première phrase sensée qui sort de votre bouche.

Je me retins de répliquer.

– Dites-moi, avez-vous reçu le courrier de mon avocate ? demandai-je à la place.

– Quel courrier ? Vous voulez toujours porter plainte contre moi ?

Il semblait n'avoir aucune idée de ce dont je parlais.

– Non. Nous voudrions vous faire une proposition, monsieur Laforêt.

– Une proposition ? Vous m'intéressez, là. Pas une proposition *indécente*, quand même ? ricana-t-il.

– Certainement pas, rétorquai-je avec froideur. Mais cela pourrait en effet se révéler intéressant pour vous.

J'espérais bien entendu que Laforêt accepte mon dédommagement. Quelqu'un comme lui pouvait sûrement avoir besoin de la somme proposée par Pauline s'il résiliait le contrat de location – elle n'était pas énorme, mais plutôt convenable pour de l'argent obtenu sans effort.

– Alors là, vous avez toute mon attention, mademoiselle Beauregard, déclara-t-il avec un ton ironique.

– Vous m'en voyez ravie. Je passerai donc faire la visite samedi à quinze heures avec la personne intéressée. Et… Monsieur Laforêt ?

– Oui ?

– J'apprécierais que la péniche soit dans un état à peu près convenable.

Et je raccrochai avant qu'il ne puisse réagir.

Samedi en milieu d'après-midi, un pâle soleil d'hiver éclairait le ciel tandis que, suivie de Richard Bailleul et de son expert, André Petit, je longeais la voie du port des Champs-Élysées en direction du pont Alexandre III.

L'air était glacial, et je vis passer un bateau-mouche venant de Notre-Dame qui se dirigeait vers la tour Eiffel dressée au loin. Les touristes à bord se mirent à agiter joyeusement la main. La Seine qui clapotait contre le quai en pierre faisait se balancer les péniches amarrées.

– C'est encore loin ? s'enquit Bailleul, clignant gentiment des yeux derrière ses lunettes.

Il était excité comme un enfant alors que l'expert, qui nous suivait dans un long manteau noir flottant derrière lui, demeurait impassible.

– Non, on arrive. On la voit là-devant, *La Princesse de la Loire.*

Bailleul poussa une exclamation de ravissement en découvrant le bateau bleu. Il paraissait vide et je sortis la clé de mon sac, soulagée. L'oiseau avait apparemment quitté le nid. Tout se passait comme prévu.

Nous montâmes sur le pont, et pendant que j'indiquais à Richard Bailleul qu'il y avait une barre extérieure et une barre intérieure, M. Petit tâtait les parois et secouait le bastingage. Puis il inspecta les planches et tira dessus pour voir.

– Il y a une zone pourrie ici, expliqua-t-il à Bailleul. Il faudrait remplacer le bois. Ce n'est pas grand-chose.

– Oui, oui, répondit avec un hochement de tête Richard Bailleul qui mourait d'impatience d'entrer.

J'ouvris la porte et passai devant, descendant les marches jusque dans la pièce à vivre. Laforêt avait manifestement tenu compte de ma demande. Tout était bien rangé. Il y avait juste, dans le cendrier sur la table basse, quelques cigarettes écrasées.

Bailleul, derrière moi, parcourut d'un regard satisfait l'espace salon avec son canapé et le petit coin cuisine sous la fenêtre.

– Très beau. Ce que je vois me plaît, confirma-t-il, puis il aperçut le cendrier. Le locataire fume ?

– Je n'en sais rien, déclarai-je avec honnêteté. Je ne le connais pas depuis assez longtemps.

– Ah non ? s'étonna Bailleul en se tournant vers moi. Je pensais que c'était un ami de votre oncle.

– Tout à fait. Simplement, je n'étais plus en contact avec mon oncle depuis quelques années. Il faut dire qu'il vivait en Bourgogne. Et puis il est mort subitement.

– Oh, je comprends… Je comprends, commenta Bailleul avec un clin d'œil compatissant. Veuillez m'excuser, je ne voulais pas me montrer indiscret.

M. Petit tapota l'encadrement des fenêtres, les ouvrit pour les tester.

Un léger grattement derrière la porte de la chambre se fit alors entendre, suivi d'un gémissement.

– Qu'est-ce que c'était ? me demanda Bailleul en clignant plusieurs fois des yeux.

Laforêt avait-il laissé son chien sur la péniche ?

– Ça pourrait être le chien de M. Laforêt. Je pensais qu'il l'avait emmené avec lui.

J'ouvris prudemment la porte et une pelote de laine en jaillit, qui se mit à renifler avec excitation les souliers « Budapest » noirs de l'avocat. Bailleul, qui devait se méfier des chiens, recula en levant les mains.

– Mais d'où sort-il ? demanda-t-il, mal à l'aise, tandis que Filou se mettait à s'intéresser à ses jambes de pantalon.

Ce dernier aboya brièvement, agita la queue et attrapa l'étoffe avec sa gueule.

Je vis Bailleul se figer net.

– Oh, c'est juste Filou, expliquai-je pour tenter de le tranquilliser. N'ayez pas peur, il veut juste jouer.

Et comme s'il obéissait à un ordre, Filou se remit à gémir, avant de tourner en aboyant autour de l'avocat qui ne bougeait plus d'un pouce.

– Filou ! Viens ici ! m'exclamai-je. *Filou !* Stop !

Mais Filou ne m'obéit pas. Aboyant bruyamment, il commença à sautiller autour de Bailleul, qu'il avait choisi pour victime. Il devait le prendre pour un intrus et cherchait à défendre les lieux. Bailleul blêmit.

– Faites sortir ce chien !

Ses paupières tressaillaient nerveusement et je tentai de satisfaire sa demande en me jetant sur un Filou furieux, tandis que M. Petit observait le spectacle, toujours près de la fenêtre.

Il n'était que l'expert et ne se voyait pas dans l'obligation d'intervenir.

Haletante, je parvins à retenir Filou qui ne cessait d'aboyer, et essayait maintenant d'attraper ma main.

– C'est bon… C'est bon… murmurai-je.

Laforêt a vraiment du culot de laisser son chien ici, alors qu'il sait qu'une visite est prévue, pensai-je.

Puis j'entendis une voix que je connaissais bien.

– Filou ! Ça suffit. Assis !

Filou obéit aussitôt.

Planté dans l'embrasure de la porte menant à la chambre, Maxime Laforêt, en marcel et en boxer, nous fixait avec irritation.

– C'est quoi ce cirque ? demanda-t-il. On ne peut pas roupiller tranquillement ?

– Qui est-ce ? s'exclama Richard Bailleul en clignant des yeux.

– Mon locataire, déclarai-je en me redressant. Que je vous présente : Maxime Laforêt, Richard Bailleul.

– Enchanté, bredouilla Bailleul, déconcerté, fixant l'homme à moitié nu, les bras musclés, dont la présence physique s'imposait comme une provocation, à la manière de Marlon Brando dans *Un tramway nommé Désir*.

La situation paraissait dépasser le pauvre avocat.

Laforêt ne dit rien pendant un moment. Il se tenait là, les bras croisés, et grattait un menton où repoussait de la barbe, pensif.

– Aaah… C'est vrai ! La personne *intéressée*. J'avais complètement oublié. La nuit a été longue, fit-il en nous adressant un signe de tête, souriant.

Il ne jugeait visiblement pas approprié de présenter des excuses.

– Ne vous dérangez pas, messieurs-dames, je vous en prie ! Faites comme chez vous. Comment dit-on, déjà ? *Mi casa es su casa.*

Et sur ces mots, passant devant les deux hommes muets de surprise, Laforêt se dirigea vers la gazinière, prit une poêle accrochée au mur et entreprit de se préparer bruyamment une omelette.

– Mais quel cinéma, monsieur Laforêt ! Du grand spectacle, sifflai-je, en colère, après que M. Bailleul et son expert eurent disparu dans l'espace couchage.

Je n'osais pas imaginer à quoi devait ressembler la pièce, avec le lit défait et les vêtements éparpillés par terre.

– Vous débloquez ? repris-je. Nous nous étions clairement entendus, pourtant : vous aviez dit que vous ne seriez pas là.

– C'est vous qui l'avez dit, mademoiselle.

Adossé au plan de travail, il piqua un morceau d'omelette dans la poêle et le fourra dans sa bouche.

– C'est mon bateau, quand est-ce que vous allez le comprendre, à la fin ? Vous ne pouvez pas bousiller ma visite comme bon vous semble. Pour qui vous prenez-vous ?

– Oh, je ne suis que le locataire, mademoiselle Beauregard, dit-il en toute décontraction. Ah, et à ce propos : je compte bien rester.

Il me regardait, sourcils froncés.

– Le courrier de votre avocate est arrivé. Vous pensiez vraiment me mettre dehors avec un dédommagement ? Ce n'est pas une question d'argent, vous allez finir par piger ?

– Et vous, vous pensiez vraiment empêcher la vente de cette péniche ? Avec des actes aussi ridicules ? demandai-je en le fusillant du regard.

Laforêt haussa les épaules, sans cesser de déguster tranquillement son omelette.

– Mais enfin, comment avez-vous été élevé ? Arrêtez de manger et enfilez quelque chose.

– Pas de problème. Dès que ces messieurs auront quitté ma chambre.

L'après-midi ne s'acheva pas sur une bonne note. Bailleul était de plus en plus perturbé, je le remarquais à ses clignements d'yeux. Laforêt avait effectivement mis un jean et un pull, mais il fit ensuite honneur à son nom de famille en arpentant le pont dans ses bottes en caoutchouc et sa veste Barbour couleur de boue, comme un garde-chasse parcourant son territoire. Faisant preuve d'une bonne volonté excessive, il emboîta le pas de M. Petit pour lui rapporter tout ce qu'il fallait savoir sur le bateau de mon oncle. Ainsi, il fut soudain question d'une voie d'eau qu'il avait colmatée sommairement. Du fait que le toit n'était plus étanche.

– Mais seulement quand il pleut très fort, et on peut toujours mettre un seau dessous, hein ? fit-il avant de rire, en me regardant de côté. Ah, encore une chose...

Le garde-chasse se pencha vers M. Petit et lui glissa quelques mots à l'oreille. Je vis Bailleul sursauter.

– Mais ne vous en faites pas : j'ai déjà changé les matelas, ajouta Laforêt avant de sourire largement. À part ça, c'est vraiment un super rafiot.

André Petit eut un hochement de tête circonspect, et la mine de Richard Bailleul s'allongea encore. De mon côté, je faisais contre mauvaise fortune bon cœur, tout en maudissant Laforêt.

Au bout d'un moment, les deux messieurs s'éloignèrent pour se concerter. Finalement, Bailleul me rejoignit en souriant. Chose étonnante, il voulait toujours acheter la péniche – malgré tous les défauts que Laforêt avait décrits avec délectation, ou tout bonnement inventés, pour l'en dissuader.

– Je suis tombé amoureux de *La Princesse de la Loire* dès le premier regard, m'assura Bailleul avec un clin d'œil. Et quand on aime vraiment, on est prêt à tout accepter, n'est-ce pas ?

– C'est joliment dit, monsieur Bailleul, commentai-je en jetant un regard triomphant à Laforêt qui fumait, adossé au bastingage.

Mais vint alors le coup de grâce.

Il se dirigea vers nous d'un pas nonchalant.

– Je ne vous comprends que trop bien, monsieur Bailleul. Vous savez, j'aime cette vieille barque, moi aussi, déclara-t-il en tapotant la paroi de la petite timonerie. N'hésitez pas à passer me voir, de temps à autre, on pourrait peut-être pêcher ensemble ?

Et Laforêt serra la main d'un Bailleul surpris.

– Bon. Heureux d'avoir fait la connaissance de mon nouveau propriétaire, poursuivit-il. Et aux cinq prochaines années sur *La Princesse de la Loire* !

– Qu'entendez-vous par « les cinq prochaines années » ? intervint M. Petit. Le bateau n'est pas libre ?

– Mais… Je pensais qu'il déménageait ? demanda Bailleul en me regardant, dérouté.

– Ah, Mlle Beauregard ne vous l'a pas dit ? fit Laforêt en souriant comme un loup déguisé en agneau. Je continue naturellement à occuper la péniche pour la durée du bail.

Les joues cuisantes, je vis Bailleul se mettre à cligner frénétiquement des yeux.

– Eh bien, le dernier mot n'a pas encore été dit, je pense.

– Si, si, lâcha Maxime Laforêt en m'adressant un regard appuyé. Je pense que si, mademoiselle.

★

Richard Bailleul se montrait inconsolable. Alors que nous avions quitté *La Princesse de la Loire*, M. Petit se hâtant de partir dans son manteau flottant derrière lui, il avait proposé d'aller boire quelque chose.

– Bon, je ne serais pas contre un petit verre, avait-il déclaré, clairement affecté par la visite.

J'avais hoché la tête. Moi non plus, je n'étais pas contre un petit verre après la fâcheuse prestation de Laforêt. Nous avions donc atterri au Grand Palais, brasserie toute proche du pont Alexandre III.

– Je vous dois des excuses, commençai-je, lorsque nous prîmes place à l'une des petites tables. Pour être honnête, ce locataire me pousse à bout. Je ne savais pas du tout qu'il serait à bord. Nous avions proposé une compensation à M. Laforêt, mais apparemment…

– Il n'en veut pas, lâcha Bailleul, achevant ma phrase.

– Je ne pensais pas qu'on pouvait se montrer aussi buté, soupirai-je. Je suis désolée que vous soyez venu pour rien.

– Je suis moi aussi désolé, confia Richard Bailleul avant de prendre une gorgée de son Martini et de me regarder, navré. C'est vraiment trop bête que vous soyez contractuellement liée à ce Laforêt pour une telle durée. Un achat n'est plus envisageable dans ces conditions, bien sûr. Vous pouvez comprendre.

– Bien entendu, répondis-je, puis je tentai de noyer ma déception avec une grande lampée de Campari orange.

– Quoi qu'il en soit, c'était tout de même plaisant de visiter votre péniche. Et qui sait… Peut-être pourrons-nous nous entendre dans cinq ans, sourit Bailleul, qui se donnait du mal pour prononcer ces gentilles paroles.

– Oui, qui sait, répétai-je, abattue.

J'étais tellement furieuse, sur le bateau. J'aurais volontiers frappé Maxime Laforêt avec sa propre poêle, mais à présent, je me sentais juste épuisée. Pourquoi ma vie était-elle toujours si compliquée ? J'avais un petit ami que je ne pouvais pas présenter à ma famille. Une péniche que je ne pouvais pas vendre. J'étais une traductrice sans traductions.

Je sentis soudain la main du prince qui clignait des yeux se poser tout doucement sur la mienne.

– Ne soyez pas si triste, mademoiselle Beauregard. Les péniches sont recherchées. Vous finirez sûrement par trouver un acheteur qui prendra le bateau avec son locataire.

– J'ai peur que ce soit difficile, commentai-je en haussant les épaules.

– Difficile, mais pas impossible, affirma Bailleul en pressant brièvement ma main, avant de la lâcher. J'aimerais cependant entendre l'histoire de *La Princesse de la Loire*. Dans deux semaines, on donne *Turandot* à l'opéra. Vous ne voulez pas m'accompagner ?

★

Après le fiasco avec Richard Bailleul, j'avais, sur les conseils de Pauline, fait appel à une agente immobilière expérimentée, à qui j'avais dès le départ dévoilé toute la vérité concernant la péniche.

– Je comprends parfaitement. Vous devrez sans doute faire quelques concessions, avait expliqué Mme Giry, tout en consultant les documents. Mais on va y arriver. Même si le loyer, bien en deçà des prix constatés, va probablement décourager la plupart des acquéreurs potentiels. Mais bon, il y a toujours des gens qui veulent acheter ce type de bien.

Elle m'avait vraiment redonné courage, mais chaque fois qu'il se présentait un acheteur intéressé – une vieille dame fortunée qui voulait offrir le bateau à son neveu pour ses trente ans en s'y prenant bien à l'avance, ou un douteux propriétaire d'établissements de jeux, qui voulait payer en espèces et sans doute utiliser la péniche pour je ne sais quelles affaires louches (pour n'en citer que quelques-uns) –, mon désagréable locataire savait offrir une prestation de nature à lui faire prendre le large.

Et après l'incident avec M. Wong, un homme d'affaires chinois qui avait fait fortune en lançant une chaîne d'échoppes de *street food* asiatique et caressait le rêve d'investir dans une péniche, même Mme Giry jeta l'éponge.

Tout avait si bien commencé, pourtant. Qu'il y ait un locataire et que le loyer généré soit très bas ne semblait pas déranger M. Wong. Il trouvait la péniche atypique. Et que représentaient cinq années face à l'éternité ?

Après avoir tout examiné dans le détail, il avait joint les mains et s'était incliné avec un sourire poli face à Laforêt qui, souriant lui aussi aimablement, se dressait devant lui tel un géant.

– Vraiment enchanté, monsieur Laforêt, avait-il déclaré dans un hochement de tête et avec un fort accent chinois, puis se tournant vers Mme Giry: quand pouvons-nous signer le contrat?

Mme Giry s'était réjouie un court instant. Mais Laforêt s'était alors gratté le crâne avant d'évoquer des puces et des punaises de lit, et le menu M. Wong, d'effroi, avait battu en retraite, quittant à toute allure la cabine, les jambes flageolantes. Arrivé sur le pont, il avait encore trébuché – sur Filou, qui s'était détaché pour courir entre les pieds du Chinois. M. Wong, paniqué, avait tenté de se dégager; s'emberlificotant encore plus dans la laisse, il avait marché par mégarde sur la queue de Filou, lequel avait poussé un cri de douleur perçant et bondi en l'air. Dans la panique, M. Wong avait fait un pas en arrière, puis un autre, et le petit homme de l'empire du Milieu avait perdu l'équilibre, ses mains avaient brassé l'air et il était tombé dans les eaux glaciales de la Seine, s'enfonçant avant de remonter à la surface, battant des bras et hurlant.

– Je dois avouer que je commence à fatiguer, déclara Mme Giry en me relatant le malheur arrivé au pauvre M. Wong. Chaque fois que je vais visiter votre péniche avec un acquéreur potentiel, je me demande ce qui nous attend.

Je hochai la tête, compatissante. Je ne la comprenais que trop bien. Avec Laforêt, on n'était jamais au bout de ses surprises. Enfin, il avait tout de même sauté à l'eau pour en sortir le Chinois passé par-dessus bord, qui n'avait manifestement jamais appris l'art de la natation.

– On se serait cru dans une mauvaise comédie, il y avait presque de quoi en rire, mais la transaction a échoué, bien entendu. Je le regrette, dit Mme Giry en remontant sur son nez ses lunettes Chanel, rondes et gris clair. Peut-être devrions-nous faire une nouvelle tentative l'année prochaine, mademoiselle Beauregard. Vous savez, au printemps, on vend de toute façon un bateau beaucoup plus facilement qu'en hiver.

Elle joignit alors ses mains soignées en un geste de prière.

– Mais par pitié, faites en sorte que cet homme ne soit plus présent lors des visites, déclara-t-elle, et elle plissa le front, songeuse, réfléchissant un moment avant de murmurer : Je me demande s'il le fait exprès, ou si c'est juste un gros empoté ?

– C'est parfaitement intentionnel, croyez-moi, assurai-je. Je ne sais pas non plus pourquoi il me déteste autant.

Et c'est ainsi que la vente de la péniche fut mise au placard. Cette année, en tout cas, plus aucune visite ne serait organisée.

Au moins, Maxime Laforêt me laisserait tranquille.

★

Le mois de décembre arriva, et je vécus les premiers jours de l'avent avec des sentiments mêlés. Tantôt je m'inquiétais de savoir comment les choses allaient tourner, tantôt je me laissais porter par une joie enfantine, dans l'espoir que tout se déroule selon mes souhaits. J'accompagnai Richard Bailleul à l'opéra et passai avec lui une soirée très divertissante, au cours de laquelle je lui relatai ma croisière avec oncle Albert. Pauline continuait à penser que Bailleul était un bon parti, elle me rebattait les oreilles avec le jeune avocat et parlait dans mon dos avec maman, arborant des mines de conspiratrice.

J'écrivis à quelques maisons d'édition en me proposant pour des traductions, mais j'essuyai de nombreux refus et ne pus décrocher que la traduction d'un roman policier anglais de qualité douteuse. Les droits d'auteur n'étaient pas vraiment royaux non plus, mais j'avais besoin de ce contrat alors je l'acceptai.

– La vie me joue sans cesse de nouveaux tours, avouai-je en soupirant à Cédric. D'abord ce locataire impossible dont je n'arrive pas à me débarrasser, et maintenant un polar.

Cédric éclata de rire.

– Oui, tu es vraiment abonnée aux histoires malheureuses. À propos, et ton amant secret ? Toujours en vie ?

Oui, toujours. Mais Luc avait peu de temps à me consacrer, ces derniers jours. La grippe sévissant à Paris n'avait pas épargné sa femme. Elle était alitée avec une bronchite carabinée, si bien que je voyais rarement Luc. Il faisait des heures supplémentaires au bureau et devait s'occuper d'Agnès et des enfants. Il paraissait très stressé, et je n'osais pas lui demander s'il avait enfin parlé à sa femme. Mais alors que je me plaignais une fois de plus, pendant l'une de nos brèves rencontres, arguant que nous ne pouvions pas continuer comme cela, il avait soudain déclaré avoir une grande surprise pour moi. Que c'était pour bientôt. Il m'avait souri d'un air qui en disait long. Le lendemain, je me rendais aux Galeries Lafayette.

De loin déjà, je vis scintiller, sur le boulevard Haussmann, le grand magasin somptueusement décoré qui, durant les semaines précédant Noël, exerçait une attraction très spéciale sur toute personne en quête de cadeaux. J'entrai et me perdis dans le royaume de la Reine des neiges, qui paraissait avoir transformé ce temple de l'Art nouveau et son immense coupole en un palais aux reflets d'argent. Au bout du compte, je m'achetai une robe en velours bleu nuit extraordinairement jolie. Brodée de minuscules perles aux manches et autour de son encolure ronde, elle affichait un prix exorbitant. Je comptais en faire la surprise à Luc pour Noël quand, comme je me le figurais, il m'accompagnerait chez mes parents.

Cependant, la plus grande surprise devait venir d'ailleurs. Cédric allait m'emmener à une fête de Noël donnée sur le *Rosa sur Seine*. Il se trouve que j'allais y rencontrer quelqu'un dont je n'aurais jamais imaginé la présence en si illustre compagnie.

8

– Il est temps de booster ta situation financière, déclara Cédric ce matin-là, alors que nous partagions un café chez Ten Belles. J'ai une idée…

Il tartina un scone de *clotted cream* et de confiture de fraise, et gémit de délice en mordant dedans.

Nous étions installés sur la petite mezzanine de son café préféré, où il aimait prendre son petit déjeuner, à quelques pas du canal, rue de la Grange-aux-Belles. Un panneau indiquant *Drinking good coffee is sexy* était placé sur le trottoir, près de la porte, et le café y était particulièrement bon – ce qu'affirmait en tout cas mon ami. Je le soupçonnais quant à moi de trouver aussi plutôt sexy le barista à l'allure décontractée posté derrière le comptoir, avec sa barbe de trois jours et son bonnet de laine noir.

– Il est vraiment *adorable*, non ? me demandait-il justement en guettant, à travers les barreaux de la mezzanine, l'homme au bonnet qui plaisantait avec un client.

– C'est la mode, maintenant, de porter son bonnet à l'intérieur ? ironisai-je.

– Ah, Joséphine, tu es à côté de la plaque, encore une fois, répondit Cédric en agitant la main. Le Tout-Paris met ce genre de bonnet. C'est le *must have* de la saison. Tu devrais en porter un toi aussi. Tu veux un autre café crème ?

Et sans attendre ma réponse, il fit signe en souriant au jeune barista, puis rajusta avec soin son écharpe colorée.

– Bon, et ta super idée ? le questionnai-je. Je ne serais pas contre quelques traductions... C'est angoissant de voir l'argent fondre sur mon compte.

– On est d'accord, fit Cédric en se tournant vers moi. J'ai une invitation pour la fête de Noël sur le *Rosa sur Seine*. Tu m'accompagnes ?

– Tu veux parler de ce café sur une péniche ? Quel genre de fête ? demandai-je.

– Eh bien, c'est *la* soirée du monde du livre de l'année. Ça s'appelle « Danser sur le Rosa Bonheur », et c'est le Groupe des éditeurs qui l'organise. Tu sais bien, ils faisaient parfois la fête à La Coupole, avant, mais cette fois ils investissent la péniche. Ils doivent avoir eu une année fantastique.

Je hochai la tête. J'avais, bien sûr, déjà entendu parler de la fête organisée une fois par an par le Groupe des éditeurs – dont faisaient partie bon nombre de maisons d'édition renommées – pour les éditeurs, les agents et les auteurs, mais on ne m'y avait jamais conviée.

– J'ai deux cartons d'invitation, et Augustin n'a pas envie d'y aller. Alors je suggérerais que tu mettes une jolie tenue, que tu glisses des cartes de visite dans ton petit sac à main. On ira à la soirée vendredi et je te présenterai quelques personnes. C'est l'occasion de nouer des contacts. Crois-moi, de bons contacts, c'est déjà un loyer à moitié payé.

– Ha ha, que le ciel t'entende !

Lorsque, ce vendredi soir là, je montai au bras de Cédric sur le *Rosa sur Seine*, ancré non loin du pont Alexandre III sur la rive gauche de la Seine, la fête battait déjà son plein. Le niveau sonore était élevé, le brouhaha de discussions animées se mêlait aux notes d'un saxophone et d'une contrebasse jouant du jazz. Des guirlandes colorées s'étendaient sur toute la largeur du bateau, et l'enseigne lumineuse *Rosa Bonheur*, d'un très beau rose, faisait honneur à son nom. Les invités étaient réunis en grappes, tant à l'intérieur que sur le pont, ils bavardaient et riaient, leurs flûtes de champagne à la main, dégustaient d'appétissants petits fours servis sans relâche sur de grands plateaux en argent… Tout le monde semblait passer un fort bon moment.

Après avoir laissé manteau et cape au vestiaire, nous nous jetâmes dans la mêlée.

– Voilà ! fit Cédric, attrapant deux verres et m'en glissant un dans la main.

Nous trinquâmes et, jetant un regard appréciateur sur ma courte robe en soie rouge, avec laquelle je portais de grands pendants d'oreilles en perles achetés en brocante, il me murmura que la robe m'allait à la perfection et que je devais arrêter de tirer dessus. Puis il parcourut l'espace du regard et scanna le visage des personnes présentes.

– Il y a la responsable éditoriale de Grasselle, là derrière ! s'exclama-t-il. On y va !

Il me présenta une dame rousse d'âge mûr, qui l'accueillit avec enthousiasme d'un « Aaah, monsieur le flâneur ! ». Nous discutâmes un moment, puis elle prit ma carte.

– Joséphine Beauregard ? Vous ne travaillez pas pour les éditions Lassalle, par hasard ? Je crois que j'ai lu certaines de vos traductions. Les Finlandais, c'est bien ça ? Très bon travail.

– Oui, répondis-je avec joie avant de lisser, un peu gênée, mes cheveux noués en un chignon lâche. J'ai travaillé presque exclusivement pour les éditions Lassalle, mais la maison ferme, hélas. Voilà pourquoi je cherche de nouvelles traductions.

– Nous ne proposons presque pas de littérature finnoise, malheureusement, déplora la responsable éditoriale en secouant ses boucles rousses. Je trouve ça très dommage. J'ai aimé *Petits suicides entre amis* de Paasilinna. Je me suis drôlement amusée ! Ces auteurs finlandais ont un humour tout particulier.

– Oh, je traduis aussi de l'anglais, lui assurai-je vivement. Et je pourrais aussi prendre des lectures, bien entendu.

Quelqu'un éclata de rire tout près de mon oreille, et nous échangeâmes un sourire.

Puis la responsable éditoriale me tendit sa carte de visite.

– Vous savez quoi ? Envoyez-moi votre CV et appelez-moi la semaine prochaine. Il se peut que j'aie quelque chose pour vous.

Peut-être avait-elle juste pitié de moi, mais après tous ces refus, je me cramponnais au moindre fétu de paille.

– Avec grand plaisir ! lançai-je.

Elle hocha la tête, puis se tourna vers un homme âgé qui venait de l'enlacer par derrière en s'exclamant : « La plus belle femme de la soirée, la plus belle ! »

– Robert Lafiche, journaliste star au *Figaro*. Il a écrit plusieurs livres pour Grasselle, me renseigna Cédric après m'avoir entraînée plus loin. Il faut qu'on continue à fureter, *darling*. Ils vont danser à partir de onze heures, et ça deviendra compliqué de parler.

– Je trouve les choses déjà assez compliquées. On ne comprend même pas la moitié de ce qu'on dit.

– Ça ne fait rien, commenta Cédric. Le principal, c'est que tu distribues tes cartes, que les gens voient ton visage. En plus, tu es vraiment splendide, aujourd'hui.

Il me guida jusqu'à la table haute suivante, et de nouveau, je souris aimablement, je récitai ma petite rengaine et laissai ma carte de visite. Après avoir bu cinq flûtes de champagne, cela ne me fit soudain plus grand-chose de discuter avec de parfaits inconnus et de les convaincre de mes qualités.

Soudain, quelqu'un s'approcha de moi.

– Bonsoir, mademoiselle Beauregard. Quelle joie de vous voir ici !

C'était Robert Lassalle. Il me sembla qu'il avait un peu maigri, mais avec ses cheveux gris peignés en arrière et son nœud papillon rouge, il en imposait toujours.

– Monsieur Lassalle ! m'écriai-je. Mais quelle surprise ! Je suis passée récemment à la maison d'édition pour vous dire au revoir et vous remercier de votre gentille lettre, mais vous étiez malade. Je suis tellement désolée pour tout ça… Vous allez mieux ?

– De mieux en mieux, mademoiselle Beauregard, de mieux en mieux. Vous savez, une fois qu'on a pris une décision, tout devient plus facile. Et alors que je m'apprêtais à partir à la retraite, voilà qu'on me propose un poste de consultant littéraire. On verra bien ce que ça donne, expliqua-t-il avec décontraction. Mais comment allez-vous ? Vous êtes ravissante.

– Merci. Je suis venue à la pêche aux contrats, avouai-je avec un air malicieux.

– Eh bien, vous êtes au bon endroit alors… sur ce bateau, sourit-il. J'espère que vous attraperez quelques gros poissons.

– Moi aussi, déclarai-je, mais Cédric passait déjà son bras sous le mien et adressait un sourire d'excuse à mon ancien « employeur ».

– Vous permettez que je vous enlève cette jeune dame ?

Il réenroula son écharpe autour de son cou et m'entraîna plus loin.

– Bon, on va aller voir qui traîne sur le pont. Les fumeurs, je suppose. Mais ce sont en général les interlocuteurs les plus intéressants.

Je montai les marches derrière lui en râlant. J'aurais volontiers continué ma discussion avec M. Lassalle.

– Je connais enfin quelqu'un, et tu m'arraches tout de suite à lui.

– *Darling*, tu n'es pas ici pour papoter avec ceux que tu connais, mais avec ceux que tu ne connais pas encore. Nous sommes en mission.

Il s'arrêta un moment sous l'immense vélum qui laissait le regard libre de tous côtés, sortit une cigarette de son paquet et l'alluma.

– Aaah, un peu d'air frais fait du bien après toute cette cohue, fit-il avant de prendre une grande bouffée. Tu ne trouves pas la vue grandiose ?

Il désignait le pont Alexandre III, au parapet en pierre éclairé par ses vieux lampadaires. Derrière s'élevait la tour Eiffel, sa silhouette dorée se détachant sur le ciel sombre.

– Tu savais que la tour Eiffel a été un jour le plus haut édifice au monde ? demanda-t-il.

– À peine croyable. Ça doit dater d'il y a un bon moment.

– Mais c'est toujours le plus beau.

Je hochai la tête, souriante. Pour moi aussi, la tour Eiffel avait quelque chose de particulier.

– Elle dégage un sentiment d'espoir, tu n'as pas cette impression ? m'enquis-je. Comme si elle voulait te dire : n'abandonne jamais !

Cédric opina du chef et écrasa sa cigarette.

– Bon, voyons voir si on peut trouver quelqu'un ici qui dégage de l'espoir.

– Il le faut vraiment ? J'ai froid, objectai-je, et Cédric passa son bras autour de mes épaules.

– Tu vas y arriver. Pense aux traductions. On redescend juste après.

Bras dessus, bras dessous, nous nous dirigeâmes en flânant vers le bastingage où s'entretenaient quelques petits groupes, rassemblés sous une guirlande colorée alternant fanions et lumignons.

– Qui avons-nous là… murmura Cédric.

Il regarda en direction d'une jolie blonde, qui paraissait s'amuser follement des propos de l'homme à ses côtés. Appuyé avec décontraction contre le bastingage, il portait une veste de costume noire sur une chemise d'un blanc immaculé.

Je faillis ne pas le reconnaître dans cette tenue élégante, mais il passa alors la main dans ses cheveux sombres, un geste qui m'était familier.

– Cédric, viens, on redescend, chuchotai-je nerveusement en tirant mon ami par le coude.

Trop tard.

Maxime Laforêt, à deux mètres de nous, me fixait avec surprise.

– Bonsoir, mademoiselle Beauregard, fit-il, avant de lever son verre comme pour trinquer, un sourire amusé aux lèvres. Plus la soirée avance, plus les invités sont beaux.

Il me fallut un moment pour retrouver une contenance. La métamorphose du garde-chasse aux bottes de caoutchouc en dandy chic de boudoir, c'était trop pour moi. J'oscillai légèrement sur mes chaussures vernies à talons, et me cramponnai au bras de Cédric. Avant de m'emporter :

– Mais que faites-vous *ici* ? demandai-je sur un ton de reproche.

– Ah, lâcha Laforêt en haussant les sourcils. Cette péniche aussi vous appartient ?

Je rougis violemment et le fixai avec hostilité.

– Ça alors. La vie nous réserve sans cesse de belles surprises, poursuivit-il avec ironie. Et Paris est un village.

Il se tourna vers la femme blonde qui, accoudée à la rambarde, avait suivi notre petit échange avec attention.

– Que je vous présente : Joséphine Beauregard, propriétaire de mon logement ; Charlotte Besier, éditrice du Groupe des éditeurs et organisatrice de cette fabuleuse soirée.

– Euh… Enchantée, bredouillai-je, et mon cerveau embrumé par l'alcool se mit à travailler.

Que faisait Laforêt sur ce bateau ? À cette soirée ? Dans ce costume ? Aux côtés de cette femme ?

Je le détaillais avec méfiance, et subitement, j'eus une révélation. Maxime Laforêt était un *imposteur* ! À l'image du Félix Krull de Thomas Mann, il vous soutirait de l'argent, il connaissait quelques formules toutes faites et tirait profit de son apparence auprès des femmes. Et il jouait bien son rôle ! Je me demandai un moment si je ne devais pas mettre en garde l'innocente éditrice, manifestement conquise par Laforêt. Lui dire qui était en réalité ce type qui occupait ma péniche pour cinq cents euros par mois et se comportait ici en homme du monde. C'était vraiment incroyable !

Je sentis soudain que Cédric pressait doucement mon bras.

– Hé, Joséphine ! Ça va ? demanda-t-il à voix basse.

– Oui, ça va, Joséphine ? répéta Laforêt qui avait saisi ses mots. Vous n'allez pas nous présenter l'homme qui vous accompagne ?

Ses yeux étincelaient.

– C'est aussi… un locataire ? s'enquit-il avant de se tourner vers Cédric. Méfiez-vous de cette femme. Elle est prête à tuer père et mère.

Il eut un charmant sourire, et l'éditrice gloussa.

Je pris une profonde inspiration. Je n'allais pas me laisser ridiculiser ici, pas par ce… ce moins-que-rien !

– J'ai toujours admiré votre humour si singulier, commentai-je brièvement. Voici Cédric Bonnieux. Chroniqueur à *Paris Match* et… euh… mon fiancé.

Je me mordis les lèvres, mais les mots étaient déjà sortis. Bon sang, mais pourquoi raconter de telles bêtises ? Je devais vraiment être saoule.

Cédric arrangea son écharpe Etro, stupéfait, puis il eut la présence d'esprit de remettre son bras autour de mes épaules.

– Oooh, je vous connais ! s'exclama l'éditrice. Le flâneur, c'est ça ? J'adore vos chroniques !

– Merci, sourit Cédric.

– Enchanté, fit à son tour Laforêt.

Son regard s'attarda un peu trop longtemps sur l'écharpe en soie colorée.

– À ce que je vois, le monde court à sa perte avec classe, déclara-t-il ensuite, et un large sourire éclaira son visage. Le flâneur, tiens, tiens…

– Dites-moi, monsieur Bonnieux, avez-vous déjà envisagé de rassembler vos chroniques dans un recueil ? demanda alors l'éditrice en resserrant son étole de velours blanche.

Et tandis que Cédric et elle échangeaient quelques mots, puis se tendaient leur carte de visite, Laforêt me scrutait de haut en bas.

– Jolie robe, lâcha-t-il.

– Eh bien, vous n'êtes pas le premier à le remarquer, répliquai-je de manière acerbe.

– Mais peut-être un brin trop courte par ce temps, ajouta-t-il en regardant mes jambes. Il ne faudrait pas que vous preniez froid.

– Votre sollicitude me touche profondément.

– Oui, je sais, fit-il en hochant la tête plusieurs fois. Joséphine… Comme Joséphine Baker ?

– Non, comme Joséphine de Beauharnais, rétorquai-je. Et pour le cas où vous l'ignoreriez : c'était l'épouse de Napoléon Ier. Une impératrice.

Et j'inclinai majestueusement la tête.

– Vous m'en direz tant ! Ça explique un certain nombre de choses…

– Que voulez-vous dire ?

– Ah, vous trouverez bien toute seule. Vous êtes une petite maligne.

Au loin derrière lui, la tour Eiffel se mit à scintiller comme à chaque heure tapante. Il était vingt-trois heures, moment que Cédric et Charlotte Besier choisirent pour achever leur petite conversation privée.

– N'hésitez pas à m'appeler, monsieur Bonnieux, déclara l'éditrice avant de se tourner vers Laforêt. Venez, Maxime, je voudrais absolument vous présenter quelqu'un avant qu'on se mette à danser…

– Je vais d'abord retourner nous chercher du champagne au bar.

– Excellente idée. Vous avez toujours des idées si fantastiques, Maxime ! s'exclama Charlotte Besier en rajustant son étole, avant de s'éloigner sur ses talons hauts.

– Vous avez toujours des idées *si* fantastiques, Maxime, sifflai-je à l'adresse de Laforêt, qui s'apprêtait lui aussi à partir. Bon sang, le principal pour vous, c'est de pouvoir manger et boire gratuitement, hein ? Vous êtes un vrai pique-assiette, monsieur Laforêt. Un imposteur. Mais on ne me la fait pas, à moi. Allez, amusez-vous bien au bar à champagne !

Maxime Laforêt, pas impressionné pour un sou, me fit un signe de la main et s'éloigna à grandes enjambées.

– C'est lui, le type qui squatte ta péniche ? s'enquit Cédric après son départ. Franchement, vu la façon dont tu me l'avais dépeint, je l'imaginais tout à fait différemment.

– Et il *est* tout à fait différent, Cédric, commentai-je. Ne te laisse pas duper par son beau costard.

– Il aurait aussi belle allure en simple marcel, assura Cédric, rêveur, et je poussai un gémissement. Pourquoi ne pas m'avoir dit qu'il était aussi séduisant, *darling*? Je visualisais une espèce de Depardieu, un géant monstrueux qui descendrait dix bouteilles de vin par jour.

– Cet homme est le fléau des Carpates. Peu importe son apparence. Et c'est la première fois que je le vois en costume. D'habitude, il se balade en veste cirée et en bottes, on dirait un garde-chasse.

– Et cette histoire de fiançailles ? demanda Cédric en me scrutant, un léger sourire aux lèvres. Dis voir, se pourrait-il que tu veuilles impressionner quelqu'un ?

– Ah, aucune idée, lâchai-je avec irritation. Ce numéro de macho décontracté m'a énervée. J'ai pensé qu'il serait bon qu'il sache que j'avais un homme à mes côtés. Et tu es un homme, non ?

Je tirai sur son écharpe et l'embrassai sur la joue.

– Bien sûr, sourit Cédric. Mais je suis surtout ton ami. Enfin bon, si jamais tu as encore besoin d'un faire-valoir, dis-le-moi.

La musique retentissait maintenant depuis le ventre vitré du bateau, et lorsque nous redescendîmes, un DJ portant des lunettes de soleil se mit à passer des tubes des années quatre-vingt. J'avais la tête qui bourdonnait un peu, du fait du volume sonore des enceintes, de tout le champagne bu, et surtout à cause de cette rencontre inattendue avec Maxime Laforêt.

– On y va ? Je crois que j'ai distribué assez de cartes de visite, criai-je à l'oreille de Cédric, tandis que retentissaient les premières mesures d'un titre des Cure.

– Oooh, *Friday I'm in love…* J'adore cette chanson ! s'écria Cédric avec ravissement. Viens ! *Let's dance !*

Il me prit les mains et m'entraîna sur la piste de danse. Autour de nous c'était la cohue, des corps bougeaient en rythme, des cheveux volaient et des bouches reprenaient le refrain à tue-tête.

Friday I'm in love ! Apparemment, tout le monde attendait ce titre. La piste de danse était pleine à craquer, l'ambiance folle. Nous évoluions avec les autres, et l'espace d'un moment, j'oubliai ma colère et me laissai emporter.

Puis j'aperçus Laforêt dans la foule. Il dansait avec entrain avec l'éditrice blonde et, de toute évidence, il s'amusait beaucoup. Mme Besier leva les bras en riant, et Laforêt, pivotant hardiment sur le côté, se retrouva soudain face à moi.

– *Friday I'm in love*, chantait-il, ses pupilles sombres braquées sur moi.

Il y avait dans ses yeux une expression malicieuse qui me troubla, mais l'instant d'après, il se détournait déjà et se remettait à danser avec Mme Besier, qui poussa des cris lorsqu'il se mit à la faire tourner sur elle-même.

– Il sait danser en tout cas, déclara Cédric un peu plus tard, alors que nous quittions le *Rosa sur Seine*.

– Oui, oui, répondis-je, irritée.
Allez savoir pourquoi ce constat m'agaçait à ce point.

9

Le Grand Bateau était un petit magasin d'équipement nautique, dans une rue latérale au quai de Jemmapes. Je n'y avais jamais prêté attention mais, une semaine après la fête sur le *Rosa sur Seine*, en passant devant un matin, je ralentis le pas malgré moi pour étudier l'étalage où s'accumulaient modèles réduits de bateaux à voiles, compas, cordages, ancres et appareils de navigation. Au plafond étaient suspendues de vieilles lampes de pêcheur en verre bleu et vert, comme celle dans la cabine de ma péniche. De petits écriteaux étaient scotchés à la vitre – des gens cherchaient à vendre ou à louer leur voilier. Je posai mes deux sacs de courses et parcourus les annonces. Peut-être pourrais-je en mettre une ici pour ma péniche ? Je me trouvais pile à la bonne adresse, en tout cas. Seules les personnes s'intéressant aux bateaux venaient ici. Et j'ignorais si l'agente immobilière se remettrait vraiment au travail ; la dernière fois, elle était à bout de nerfs…

Je m'apprêtais à entrer lorsque la porte s'ouvrit sur un homme en train de sortir, un sac à la main.

Je reculai.

– Pardon.

– Hop là ! fit-il.

Et nous nous regardâmes, hébétés.

Maxime Laforêt retrouva le premier l'usage de la parole.

– On pourrait croire que vous me harcelez, mademoiselle Beauregard. Vous surveillez le moindre de mes pas ? Sinon, comment se fait-il que vous surgissiez partout où je me trouve ?

– Mon Dieu ! Seule une personne aussi égocentrique que vous peut penser une telle chose, monsieur Laforêt. Non, rassurez-vous, je ne vous harcèle pas. Je ne harcèle personne, d'ailleurs.

– Compris. C'est sans doute le destin qui nous réunit, alors, déclara-t-il avec un clin d'œil. On dirait que le vendredi est notre journée.

Il s'ensuivit une petite pause, et je sus précisément à quoi il pensait. Parce que j'y pensais, moi aussi.

– La soirée sur le *Rosa sur Seine* vous a plu ? demanda-t-il. Vous avez dansé de façon plutôt débridée.

– Vous pouvez parler.

– Oh, oh. On dirait presque un reproche, commenta-t-il avant de rire. Alors, que faites-vous ici ? Vous ne voulez quand même pas acheter un autre bateau ?

– Non, figurez-vous que j'habite ici. Tout près. Vous êtes donc sur mes terres, en quelque sorte. Et en toute honnêteté, je me demandais si je n'allais pas mettre une annonce dans ce magasin.

– Pour trouver un acheteur pour la péniche ?

– Bien vu. Maintenant que vous avez eu l'amabilité de faire fuir toutes les personnes intéressées, et que même l'agente immobilière a failli jeter l'éponge, il faut bien que j'envisage de nouvelles tactiques.

– Vraiment désolé pour M. Wong, lâcha-t-il, la mine coupable.

– Oh, allez, je n'en crois pas un mot. Vous voulez juste m'empêcher de vendre le bateau. Par pure méchanceté.

– Non, non, ce n'est pas ça.

– Quoi d'autre ?

– Eh bien… Qui sait ? Peut-être que j'aurais envie d'acheter la péniche. Un jour.

– *Vous!* m'exclamai-je avant de rire. C'est la meilleure blague que j'aie entendue depuis longtemps.

– Heureux qu'elle vous plaise, déclara-t-il, souriant. Mais pourquoi dites-vous ça ?

– Parce que… Ma foi… C'est complètement absurde. Je veux dire, un type comme vous, qui traverse la vie comme il peut et n'a même pas de vrai métier, sans parler de revenus fixes… À propos, que faites-vous ? Enfin, si vous travaillez…

Il me fixa, stupéfait, et parut vouloir rétorquer quelque chose. Mais en fin de compte, il haussa juste les épaules. Il était probablement rare qu'on le mette face à lui-même.

– Oh, je vis de choses et d'autres, répondit-il vaguement. Je n'ai pas qu'un seul métier, si on veut. J'aime ma liberté.

– C'est bien ce que je pensais. On peut bien sûr décrire votre situation comme ça.

– Vous m'avez drôlement percé à jour, mademoiselle Beauregard, fit-il avec nonchalance.

– Eh bien, en tant que propriétaire de péniche, c'est mon rôle devant chaque acquéreur potentiel, non ? le raillai-je. Je me dois d'examiner sa solvabilité.

Il poussa un sifflement approbateur.

– Waouh ! Vous vous y connaissez vraiment. Quelle fille en or vous faites ! ironisa-t-il. Bon, plus sérieusement, j'aime bien *La Princesse de la Loire*. Je me suis habitué à elle, d'une manière ou d'une autre.

Et il tendit dans ma direction le sac en papier qu'il tenait devant son torse.

– Regardez, je viens d'acheter de la peinture pour repeindre l'escalier. Je m'occupe bien du bateau de votre oncle, vous savez... Et depuis des années, depuis qu'il me l'a confié.

– Je n'en disconviens pas. Et je vous en suis reconnaissante. Mais vous semblez quand même oublier, par moments, que la péniche ne vous appartient pas.

– En effet, et je le déplore, concéda Laforêt en hochant plusieurs fois la tête.

Comme il paraissait d'humeur tout à fait pacifique, ce vendredi matin là, et raisonnable, je décidai de sauter sur l'occasion.

– Écoutez, monsieur Laforêt...

– J'écoute… m'interrompit-il aussitôt, imitant mon ton professionnel.

Cet homme avait le don de tourner en ridicule tout ce que je disais ! Je fis une nouvelle tentative :

– Non, sérieusement. Nous sommes tous les deux adultes. On ne pourrait pas se comporter comme des êtres civilisés ?

– Bien entendu. Qu'attendez-vous de moi ? Que je porte vos courses ?

Et il regarda avec curiosité mes deux sacs bien remplis, posés sur le trottoir.

– Non, répondis-je en retenant un sourire. Je vais y arriver. Mais peut-être pourrait-on se mettre d'accord ? Décider d'un jour de la semaine où vous quitteriez le bateau, pour que les futures visites puissent se dérouler paisiblement. Ce serait envisageable ?

Il haussa les épaules et parut réfléchir.

– D'accord, grommela-t-il enfin. Vous pouvez avoir le vendredi. Mais pas avant midi.

– Bien, commentai-je. Alors on dit de vendredi midi à samedi midi. Ça vous conviendrait ?

– Si ça peut aider à faire la paix, soupira-t-il.

– C'est le cas. Je peux me fier à votre parole ? demandai-je en le regardant avec insistance.

Je repensais à l'insolence de Laforêt tandis qu'en marcel et boxer, il s'était préparé une omelette. Une situation drôlement décalée…

– Je ne voudrais pas qu'il vous vienne à nouveau l'idée de présenter un show culinaire, précisai-je, souriante.

– Je n'ai qu'une parole, assura-t-il en inclinant la tête sur le côté.

– Quoi ? Pourquoi me fixer comme ça ?

– J'étais juste en train de penser… fit-il, sans achever sa phrase.

– Que pensiez-vous, monsieur Laforêt ?

– Eh bien… Ne vous mettez pas en rogne, mais quand il vous arrive de sourire, vous êtes vraiment jolie, déclara-t-il en dévoilant toutes ses dents, et je levai les yeux au ciel en soupirant.

– Tenez-vous-en à notre accord, monsieur Laforêt. Et vous me verrez peut-être sourire plus souvent.

– Ce serait une joie.

Nous restâmes indécis l'un en face de l'autre. Puis j'attrapai mes sacs et me détournai pour partir.

– Bon…

– Dans un monde idéal, je vous proposerais maintenant d'aller boire un café avec moi, dit-il vivement.

Je lui adressai un coup d'œil méfiant. Que manigançait-il, cette fois ?

– Dans un monde idéal, nous ne nous serions jamais rencontrés, monsieur Laforêt. Merci beaucoup pour la proposition, mais non, pas question.

Je serrai mes sacs plus fermement et tournai les talons.

– Ah, allez ! s'exclama-t-il en se mettant à marcher à côté de moi. Ne soyez pas aussi intransigeante. Je vous tends le calumet de la paix. Pour sceller notre accord. Et me faire pardonner ma « méchanceté ».

Il eut un sourire désarmant, et je m'arrêtai.

– Vous avez de l'argent, au moins ? m'enquis-je en haussant les sourcils.

– Là, vous touchez un point sensible, ricana-t-il. Mais ça devrait suffire pour un tout petit café. Vous n'avez qu'à dire oui.

Je finis par accepter : je ne voulais pas que notre arrangement tout frais en pâtisse. Laforêt insista pour porter mes sacs. Il avait manifestement pour ambition de me convaincre qu'au fond, il était un gentleman.

Dix minutes plus tard, nous empruntions ensemble la rue Sainte-Marthe, passant devant les rideaux métalliques couverts de graffitis et les petits immeubles colorés, qui pouvaient évoquer Cuba.

– Très pittoresque, apprécia Laforêt, tout en remontant à grandes enjambées la voie étroite menant directement à la place. Et donc, vous habitez ici ?

Il regardait autour de lui avec intérêt.

– Oui. Là-haut, précisai-je en indiquant les dernières fenêtres du bâtiment en face duquel nous nous trouvions, et il bascula la tête en arrière.

– C'est drôlement haut. Mais il y a sûrement une super vue.

– En effet. Venez, allons à La Sardine, proposai-je. On peut n'y boire qu'un café.

Je poussai résolument la porte du petit bar à tapas, et Laforêt me suivit.

– Mais enfin, qu'avez-vous mis dans ces sacs ? demanda-t-il lorsque nous nous installâmes à l'une des tables en bois foncé, près de la fenêtre. Des briques ?

Avec un faible gémissement, il déposa les sacs de courses à côté de sa chaise, et les bouteilles de vin, qui se trouvaient près des légumes, du coq, du fromage et des fruits, s'entrechoquèrent. Il y jeta un coup d'œil.

– Tout est pour vous ? Vous avez un problème avec l'alcool ?

Je le fixai avec indignation.

– Hé… Je blague, ajouta-t-il en levant les mains en signe d'excuse.

– Bon sang, c'est d'un drôle, lâchai-je, avant de finalement sourire.

J'avais invité à dîner Cédric et Augustin. Il y aurait du coq au vin – le seul plat que je sache à peu près cuisiner. Ma virée sur le *Rosa sur Seine* avait en effet eu des conséquences réjouissantes : la responsable éditoriale de Grasselle avait bien une traduction pour moi. Et deux maisons plus petites, qui auraient du travail à me confier l'année prochaine, s'étaient manifestées. Ma sortie avait donc porté ses fruits, et j'étais infiniment reconnaissante à Cédric de m'avoir emmenée à cette soirée.

– Le vin n'est pas pour moi seule. Je reçois de la visite ce soir, informai-je Laforêt, qui faisait signe à la serveuse.

Une fois la commande passée, il se tourna de nouveau vers moi.

– Aha, l'homme à l'écharpe Etro, peut-être ? s'enquit-il.

– Vous êtes plutôt curieux, monsieur Laforêt, mais oui, l'homme à l'écharpe Etro viendra aussi, confirmai-je en souriant.

– Un crème, un petit noir, annonça la serveuse en plaçant devant nous les épaisses tasses en porcelaine verte.

Laforêt but une gorgée de son expresso et me fixa pardessus sa tasse.

– Votre fiancé, reprit-il avec une expression amusée.

– Exactement, assurai-je, baissant le visage pour souffler sur la mousse de mon café crème.

– Hum, fit-il, et je sentis sur moi un regard appuyé, puis il arqua les sourcils. Était-ce vraiment votre fiancé ? Je trouve qu'il ne colle pas du tout avec vous.

– Ah oui ? répliquai-je. Et qui collerait avec moi, selon vous ? Non, ne me dites rien, je ne veux pas le savoir.

Et je me bouchai les oreilles, mimant le désespoir.

Maxime Laforêt haussa les épaules, impassible, et me détailla pendant un moment.

– Aucune idée. Je veux dire, vous êtes pas mal du tout… Peut-être plutôt quelqu'un comme moi ? Incroyablement séduisant et viril ? Sans la moindre écharpe en soie ? précisa-t-il avec un large sourire. En tout cas, je pourrais vous défendre à coups de poing contre n'importe qui, si c'était nécessaire.

– Ouais… C'est ça, commentai-je avec un signe de dénégation. Mais ça ne donnerait rien. En plus, vous n'êtes attiré que par mon bateau.

– Oh, est-il si facile de me percer à jour ?

– Plus facile que vous le croyez, monsieur Laforêt, déclarai-je en m'adossant à ma chaise et en croisant les bras, satisfaite. Vous êtes impossible, vous savez ?

– Oui, oui, je sais, dit-il, et ses yeux sombres m'effleurèrent, amusés. Pire encore que ce que vous imaginez.

Maxime Laforêt n'était pas si mal, ainsi que je le constatai avec surprise alors que nous discutions encore une heure plus tard dans le petit bar à tapas. Bien sûr, cet homme avait une conception de la vie totalement différente de la mienne, et il semblait ne rien prendre vraiment au sérieux, mais nos petites joutes oratoires étaient amusantes, et je ne m'ennuyai pas une minute. Le plus beau cependant, c'était que mon déplaisant locataire avait consenti à ma proposition, ce qui me faisait espérer que les nouvelles tentatives pour vendre la péniche d'oncle Albert se dérouleraient de façon un peu plus satisfaisante.

J'offris le second café.

Peu de temps avant de nous séparer, je repensai à une chose que j'avais oubliée depuis le début.

Je me renseignai sur l'armoire fermée, dans le bateau.

– Je ne sais pas du tout où est la clé, répondit Laforêt en haussant les épaules. Ce meuble était déjà fermé quand j'ai commencé à louer la péniche, à l'époque. Je me suis toujours dit qu'Albert y conservait des effets personnels. La clé ne se trouvait pas avec ses affaires ?

– Ça ne faisait pas partie de ce que le notaire m'a remis. Oh non, pourvu que mon oncle n'ait pas mis la clé dans une veste restée à la maison de retraite !

– Ce serait possible, déclara Laforêt. Eh bien, au besoin, il faudra forcer la porte.

– Honnêtement, je préférerais l'éviter. L'armoire a une si jolie marqueterie… En plus, elle paraît plutôt massive.

– Mouais, fit Laforêt. Je veux bien regarder à droite et à gauche. Je n'ai jamais vu cette clé, mais je ne l'ai pas cherchée non plus.

Je remuais le contenu de ma tasse, perdue dans mes pensées.

– Où cacherait-on une clé de ce genre ? Où est-ce que *je* la cacherais ? me demandai-je tout haut, passant mentalement en revue, une fois encore, l'espace intérieur du bateau.

– Peut-être qu'elle est collée sous le meuble ?

– Ou posée sur le chambranle d'une porte.

– Dans la vieille lampe de pêcheur accrochée dans la cabine… Qui sait ?

– Ou derrière le cadre accroché au mur ?

– Vous voulez parler de la photo où votre oncle Albert ressemble un peu à Hemingway jeune ?

– Ouais, celle avec le gros poisson.

– Une super prise, fit Laforêt avec admiration. Très bien, je vais la chercher. Je suis un fin limier. Si elle est sur la péniche, je la trouverai.

Je hochai la tête, et pendant un moment je revis oncle Albert lors de notre croisière, durant les tièdes soirées d'été, quand nous restions sur le pont jusque tard dans la nuit et qu'il me parlait des constellations qui scintillaient sur le noir insondable du ciel. Il m'avait raconté l'histoire de l'orgueilleuse Cassiopée, qui fut bannie et condamnée à rester dans le ciel, ainsi que celle de sa fille, la belle Andromède dont Persée eut le malheur de tomber amoureux – une relation vouée à l'échec mais qui s'était finalement bien terminée.

– Allez savoir quel secret se cache dans cette armoire, déclarai-je, toujours dans mes pensées.

– Peut-être un trésor, proposa Laforêt, enthousiaste. Peut-être qu'il s'y trouve quelques lingots d'or, ou des bijoux de famille de grande valeur.

– J'en doute, lâchai-je en secouant la tête devant cette hypothèse totalement absurde. Mon oncle ne possédait aucune richesse. Vous avez de ces idées…

– On ne sait jamais, répliqua Laforêt. Si je trouve bien la clé, on fait *fifty-fifty*, d'accord ?

– Vous êtes vraiment impossible, répondis-je en riant. Très bien. Si l'armoire est pleine de lingots d'or, on partage.

– Promis ? demanda-t-il en me tendant la main, et je tapai dedans.

– Promis. Mais ne vous avisez pas de l'ouvrir sans moi.

– Ça ne me viendrait même pas à l'esprit, mademoiselle Beauregard, m'assura-t-il. Je tiens à voir votre tête quand on découvrira ces lingots.

Je ris, puis repris :

– Vous savez quoi, monsieur Laforêt ?

– Non, quoi ?

– Je suis vraiment étonnée de constater la justesse de ma première impression. Vous êtes véritablement un petit rigolo. Un flambeur. Un filou. Comme votre chien.

– Pourvu que vous ne vous trompiez pas, rétorqua Laforêt en souriant largement. Je ne voudrais pas que vous regrettiez vos paroles.

– Ça n'arrivera pas, monsieur Laforêt. J'ai une excellente connaissance de l'âme humaine.

★

Je souriais encore en portant mes sacs jusque dans mon appartement mansardé. Mais, ne parvenant pas à joindre Luc, une fois de plus, je me demandai soudain si ma connaissance de l'âme humaine était vraiment si exceptionnelle... Noël approchait à grands pas, et Luc n'avait visiblement toujours pas parlé à sa femme. Depuis qu'Agnès était malade, nous ne nous étions presque pas vus. Et depuis quelques jours, le silence était assourdissant.

Tandis que je préparais le coq, je fus subitement envahie d'un mauvais pressentiment. J'essayai de me tranquilliser, versai une généreuse quantité de vin sur la volaille et nettoyai l'endive. C'était la fin de la semaine et ce moment se partageait toujours en famille, voilà ce que je me disais pour me rassurer. Rien d'inhabituel… Ou alors, Luc avait tout raconté à sa femme et se débattait en plein drame. *Tu pourrais quand même te manifester*, pensai-je.

Je mis le faitout au four et entrepris de dresser la table. Alors que je disposais les sets et plaçais dessus assiettes et verres, mon téléphone sonna. Luc avait-il entendu mes pensées ? Il avait la voix un peu stressée, comme toujours, mais affirma qu'il pensait à moi jour et nuit.

– C'était l'enfer, ici, fit-il à voix basse. Mais j'aimerais t'inviter à dîner demain. À l'Hôtel du Nord. Tu es disponible ?

– Bien sûr, répondis-je, enchantée. Je suis disponible.

Je réalisai soudain que c'était toujours le cas.

– Bon. On se voit à dix-neuf heures trente, alors. J'ai réservé une table à ton nom.

– Mais c'est samedi, demain, déclarai-je, stupéfaite. Tu vas pouvoir t'échapper ? Et Agnès et les enfants ?

– Tout est clarifié, précisa-t-il avant de rire doucement, et je restai un moment silencieuse, incrédule.

– C'est la surprise dont tu parlais ? demandai-je prudemment.

Avait-il vraiment fini par parler à Agnès ?

– Est-ce que tu essaies de me dire que…

– Attends de voir, m'interrompit-il. Je dois raccrocher, mon amour. À demain ! Je t'embrasse.

– Je t'embrasse aussi, Luc.

Après qu'il eut raccroché, je restai plantée au milieu de la pièce. Je me cramponnais à mon téléphone, et mon cœur battait la chamade. J'inspirai profondément plusieurs fois, souriante ; j'avais du mal à réaliser.

– Bon sang, ne cessais-je de murmurer. Bon sang…

J'arrivai finalement à reposer mon portable. Je plaçai sur la table la corbeille garnie de morceaux de baguette, j'allumai une bougie et sortis les flûtes à champagne de la vitrine. J'avais envie de bulles, ce soir ! Puis je relevai mes cheveux et troquai jean et pull contre une robe. En fredonnant, j'appliquai une touche de rouge à lèvres et regardai dans le miroir accroché près de la porte. Une jeune femme aux yeux brillants me souriait.

Un coup d'œil à l'horloge : il était dix-neuf heures quarante-cinq. Cédric et Augustin arriveraient d'ici quelques minutes ; je me réjouissais de cette soirée, impatiente également de leur apprendre la bonne nouvelle.

Je m'approchai de la fenêtre et contemplai la place Sainte-Marthe, où les quatre sapins aux boules rouges et aux lumières jaunes plongeaient les alentours dans une atmosphère chaleureuse. Ce serait Noël dans deux semaines. Et cette fois, tout irait bien.

Mais plus tard, lorsqu'on sonna à la porte et que j'ouvris, remplie de joie, je sus aussitôt que quelque chose n'allait pas.

Cédric, le visage blême, paraissait bouleversé.
– Cédric, qu'est-ce qu'il y a ? demandai-je. Où est Augustin ?
Il secoua la tête, les yeux rougis.
– Augustin ne viendra pas. Il m'a quitté.

10

Ce soir-là, je n'allais pas évoquer ma rencontre avec Maxime Laforêt. Ni l'invitation de Luc à l'Hôtel du Nord, que mon imbécile de cœur attendait avec fébrilité.

Je m'assis sur le lit avec Cédric, et mon meilleur ami me raconta d'une voix brisée ce qui était arrivé, tout en fixant tristement mon boutis indien dont il suivait les motifs du doigt. Nous nous étions calés contre le mur, avec quelques coussins dans le dos. Le coq au vin carbonisait peu à peu dans le four et la nuit descendait doucement sur la place Sainte-Marthe.

Augustin était tombé amoureux d'un homme séduisant, plus jeune, dont il avait fait la connaissance en boîte.

– Ce type lui a complètement retourné le cerveau. Augustin dit n'avoir pas su résister. Que tout est redevenu passionnel et excitant. On s'est disputés toute la journée, tu vois ? fit Cédric en se tournant vers moi, le regard blessé. Et voilà qu'il m'annonce qu'il a besoin de faire une *pause*. Avec moi !

Il laissa échapper un sanglot et s'essuya les yeux.

– Je lui ai dit, alors va retrouver ton adonis ! Dégage ! Je ne veux plus te voir. Et là, il a fait son sac et il est parti. Comme ça ! Après toutes ces années… J'ai essayé de l'appeler, mais il ne décroche pas.

– Mon Dieu, commentai-je, consternée, en passant le bras autour de ses épaules. Je ne peux pas y croire. Mais qu'est-ce qui lui prend ? Vous vous êtes toujours si bien entendus ! Je veux dire… Pour moi, vous avez toujours été le couple idéal. Cédric et Augustin, c'est comme le sel et le poivre, Bonnie et Clyde, comme…

J'essayai de trouver une comparaison plus appropriée :

– Comme Castor et Pollux.

– Castor et Pollux ? Tu le penses vraiment ?

Un petit sourire traversa le visage de mon ami. Songer aux deux frères inséparables de la mythologie grecque, qui cherchèrent la Toison d'or avec Jason et les Argonautes, et que Zeus réunit ensuite à jamais dans la voûte céleste sous la forme d'une constellation, parut le consoler un moment. Puis sa mine s'assombrit de nouveau.

– Oui, moi aussi j'ai toujours pensé qu'on était faits l'un pour l'autre. Mais je me trompais, de toute évidence, lâcha-t-il avant de serrer les lèvres et de hocher la tête avec amertume. J'aurais dû me méfier… Ces dernières semaines, Augustin est souvent rentré tard à la maison. Il s'absentait de plus en plus longtemps, il disait qu'il voulait retrouver un peu d'action dans sa vie.

Cédric baissa la tête, puis se tut un moment.

– D'un autre côté, on a dit dès le début qu'on voulait laisser sa liberté à chacun, et ç'a toujours bien fonctionné jusqu'à présent. Il se trouve qu'Augustin aime sortir, il en a plus besoin que moi. Comment pouvais-je me douter que… que…

Et sa voix mourut.

– Ah, Joséphine, qu'est-ce que je vais bien pouvoir faire ?

– Oh, Cédric… Je suis tellement désolée, dis-je en pressant sa main. Pourquoi l'amour est-il toujours si compliqué ?

Nous restâmes silencieux un moment, le regard dirigé vers la fenêtre. Il faisait maintenant nuit noire, et une grande tristesse régnait dans la pièce. Sur la table à manger, la bougie continuait de se consumer, sa lumière vacillante éclairant par intermittences les assiettes intactes.

– Je ne peux pas imaginer que ça dure longtemps, avec cet adonis, déclarai-je enfin. Peut-être qu'Augustin traverse déjà la crise de la quarantaine, et qu'il a besoin qu'une personne extérieure le rassure.

– Tu crois ? demanda Cédric, une lueur d'espoir dans les yeux. Tu penses qu'il va revenir ?

– Bien sûr qu'il va revenir, assurai-je d'une voix ferme, mais sans certitude.

Comment prévoir les choses en matière d'amour ? Il n'y avait aucune garantie. Mais pourquoi alourdir un peu plus le cœur de mon ami ? J'espérais simplement qu'Augustin réalise vite à quel point il tenait à Cédric. Quel homme fantastique c'était.

– Donne-lui un peu de temps. Je ne peux pas croire qu'il te quitte comme ça, pour quelqu'un rencontré en boîte. C'est un feu de paille, j'en suis sûre. Ça sera vite consumé.

Je me levai et tirai Cédric par la main pour qu'il se redresse.

– Allez, mangeons quelque chose ! Va t'installer.

Cédric rejoignit la table d'un pas hésitant et s'assit sur une chaise.

– Je crois que je ne peux rien avaler, se plaignit-il. Je me sens vraiment pas bien.

– Bien sûr que tu peux. Il le faut, déclarai-je en prenant la bouteille de vin et en remplissant généreusement nos verres. Je parie que tu n'as rien mangé de la journée, avec tout cet énervement. En plus, pour une fois que je cuisine, on va faire honneur au repas, hein ? Il y a du coq au vin.

J'enlevai vivement le couvert en trop, posai les deux assiettes sur le buffet et ouvris le four. Une fumée âcre s'en échappa et j'agitai la main pour la disperser. Cela sentait le brûlé.

– Oh non ! m'exclamai-je.

Dans le faitout gisaient les pitoyables restes du coq nourri au maïs, acheté ce matin-là chez le traiteur. Tout le liquide s'était évaporé et la volaille, qui avait tant rétréci qu'elle se réduisait presque à ses os, était devenue une masse noire informe qui collait au fond du récipient, de même que les légumes.

Je piquai prudemment la chair ici et là.

– Je pense qu'on peut encore sauver quelque chose.

Je commandai finalement une pizza avec des cœurs d'artichaut, du jambon et de l'huile pimentée. Cédric avait refusé ne serait-ce que de goûter au coq carbonisé.

– J'ai beaucoup de sympathie pour toi, Joséphine, mais tu peux oublier, avait-il décrété.

– Tu sais, tu es maudite en matière de cuisine, déclara-t-il plus tard, en découpant à la va-vite un gros morceau de pizza. Tu ferais fuir n'importe quel homme. Mon conseil : laisse tomber !

– Mon coq au vin est inégalable, protestai-je, souriante. Si je n'avais pas dû réconforter un ami dans le besoin, le repas n'aurait pas brûlé.

– Oh, tu as toujours une excuse, répondit Cédric.

Au moins, il avait retrouvé son sens de l'humour.

– Purée, qu'est-ce que c'est fort, fit-il ensuite en tirant la langue. Tu n'as pas réussi à me tuer avec ton coq, alors tu essaies avec une pizza, hein ?

J'étais heureuse qu'il se soit un peu ressaisi.

– Écoute, je trouve que, quand on est au trente-sixième dessous, il faut manger épicé, répliquai-je. Tu te sens toujours mal ?

– Non. Mais je transpire comme un bœuf, expliqua Cédric en attrapant la carafe d'eau, avant de remplir son verre et de boire avec avidité.

– Alors, tu vois ! repris-je.

Il était bien plus de minuit lorsque je raccompagnai mon ami en bas. Je lui avais proposé de passer la nuit chez moi, mais il avait refusé.

– Augustin va peut-être rentrer malgré tout, avait-il dit après un coup d'œil sur son téléphone.

– Il s'est manifesté ?

– Non, avait fait Cédric en secouant la tête, et ses yeux s'étaient assombris.

Nous restâmes encore un moment devant la porte de l'immeuble, contemplant la paisible place aux sapins. La Sardine était fermée, et il faisait sombre aussi à l'intérieur du Galopin et du Sainte-Marthe.

– Bon, lâcha Cédric après une dernière bouffée. J'y vais. Au dodo.

Il écrasa sa cigarette et resserra son écharpe autour de son cou ; je remarquai que sa main tremblait.

– Cédric... Tu sais, je ne suis pas devin, mais je crois vraiment qu'Augustin reviendra. Il serait idiot de ne pas le faire.

– Merci, Joséphine. Tu es une bonne amie.

– Et toi un très bon ami, assurai-je en le serrant contre moi. Appelle-moi ou passe si tu broies du noir, d'accord ? Je serai toujours là pour toi.

– Entendu, *darling*.

Il me fit signe de la main, le sourire mal assuré, puis prit lentement la direction de son appartement.

Je le suivis du regard jusqu'à ce que l'obscurité l'avale, et la compassion me submergea. J'aurais aimé pouvoir mieux le consoler.

De tous les chagrins qui existent, le chagrin d'amour est sans doute le plus solitaire, voilà ce que je pensais en rentrant dans l'immeuble. Pauvre Cédric ! Je n'avais pas osé lui raconter à quel point j'étais heureuse, Luc ayant enfin décidé de jouer cartes sur table. Peu de temps après, allongée dans mon lit, je songeais à notre rendez-vous à l'Hôtel du Nord, je rêvais de nos retrouvailles – et je n'aurais jamais imaginé que moins de vingt-quatre heures plus tard, je me féliciterais à mon tour d'avoir un ami comme Cédric.

11

Ce samedi soir là, j'arrivai à l'Hôtel du Nord dès dix-neuf heures quinze. Je m'assis à « notre » place, une table dans un coin, près du piano noir placé le long du mur. C'est ici, sous la photo dans un cadre doré montrant Jacques Prévert, installé à une petite table du jardin du Luxembourg avec son chien et un verre de vin, que s'était tenu notre premier rendez-vous secret. Après le repas, nous avions monté l'escalier menant à la chambre que Luc avait réservée pour nous, nous arrêtant toutes les trois marches pour nous embrasser.

Je crois que c'était la toute première fois que je me rendais dans ce petit hôtel, au bord du canal Saint-Martin – avec vue sur un pont pour piétons et les arbres derrière lesquels scintillait l'eau. Je passais souvent devant quand, l'été, j'empruntais le quai de Jemmapes, et je voyais les gens prendre leur café au soleil, ou leur repas à l'intérieur, dans le restaurant.

Et puis, par une froide journée de février, voici près de trois ans, j'étais entrée à mon tour. En proie à l'excitation, j'avais, depuis l'entrée, parcouru des yeux le joli café – la banquette en cuir rouge près de la fenêtre, les chaises Thonet noires autour des petites tables. Ensuite, faisant quelques pas hésitants sur les beaux carreaux blanc et bleu foncé, j'avais gagné le bar désuet devant lequel s'alignaient quelques tabourets à l'assise en cuir… Puis je l'avais aperçu.

Luc se trouvait à l'arrière du restaurant auquel menaient quelques marches, assis précisément à la table à laquelle j'étais maintenant installée. Il m'attendait, arrivé bien trop tôt par peur de me rater.

Je souris en repensant à ce moment. Déplaçant mon verre sur la nappe blanche, songeuse, je jetai des coups d'œil réguliers en direction de l'entrée.

Pourquoi aimais-je autant l'Hôtel du Nord ? Peut-être parce que j'y avais passé ma première nuit d'amour avec Luc. Mais je l'appréciais aussi tout court. Ce vieil établissement avait failli être rasé, il y a de nombreuses années. Heureusement, il jouissait d'un passé glorieux. Partout étaient accrochées des affiches et des photos encadrées du célèbre *Hôtel du Nord*, qu'on y avait tourné dans les années trente. Les clichés en noir et blanc des comédiens ne disaient sans doute rien à la plupart des clients, et je dois avouer qu'à part la fameuse Arletty, aucun d'eux ne m'était familier. Mais je connaissais naturellement l'histoire de Pierre et Renée, ce couple d'amants malheureux qui, démunis et désespérés, se rendent dans cet hôtel – un établissement délabré, le seul qu'ils puissent se payer – pour s'enfermer dans une chambre et se suicider ensemble.

Après quantité de péripéties dramatiques, l'histoire attend le dernier moment pour, finalement, connaître une issue heureuse, et le bonheur, dans son aveuglement infini, récompense, une fois n'est pas coutume, les bonnes personnes.

Le serveur s'approcha de ma table.

– Êtes-vous seule ? Voulez-vous commander à boire ?

– Non, j'attends quelqu'un, expliquai-je en regardant une fois de plus la porte.

Déjà dix-neuf heures quarante-cinq… Luc n'allait quand même pas me poser un lapin ? Je lissai nerveusement ma robe et sortis mon portable de mon sac à main pour voir s'il avait cherché à me joindre. Je fixai l'écran en fronçant les sourcils. Aucun message.

Ce matin, j'avais brièvement discuté avec Cédric qui paraissait toujours abattu. Augustin ne s'était pas manifesté, et Cédric essayait de rédiger une chronique pour se changer les idées.

– Au moins, quand je travaille, je ne pense pas à lui, avait-il déclaré.

Il m'avait demandé si j'avais envie de passer chez lui ce soir-là. Après avoir un peu tourné autour du pot, j'avais fini par lui raconter que j'avais rendez-vous avec Luc.

– Il voulait absolument me voir. Un *samedi*. Ce n'était encore jamais arrivé. Il dit qu'il a une surprise pour moi, avais-je commenté avant d'hésiter un moment. Je ne sais pas trop, Cédric, mais à l'entendre, on pouvait penser qu'il avait parlé à sa femme.

– Eh bien, ce serait une très bonne nouvelle, pour changer, avait fait Cédric. Je te souhaite bonne chance !

J'avais mis un terme à la conversation, un brin irritée. Pourquoi Cédric me souhaitait-il bonne chance ? Sans doute son chagrin parlait-il à sa place. Et c'était bien compréhensible.

Mais à présent, tandis que j'attendais Luc à l'Hôtel du Nord et que les minutes s'écoulaient douloureusement, je commençais à douter de ma bonne fortune. Vingt heures moins dix… Je repris mon téléphone, et me demandais si je ne devais pas appeler Luc lorsque j'entendis sa voix.

– Joséphine !

Je levai les yeux, le vis qui se dirigeait vers moi en souriant. Il me donna un baiser et ôta son manteau d'hiver bleu foncé.

– Désolé pour le retard. La circulation… expliqua-t-il en posant son manteau sur la chaise libre et en prenant place dans le coin.

– Pas grave, répondis-je, soulagée. Je pensais déjà que tu ne viendrais plus.

– Tu as toujours de ces idées, déclara-t-il en prenant mes mains dans les siennes. Comme tu es jolie ce soir !

– Eh bien… commençai-je, le cœur battant la chamade. C'est une soirée très spéciale, n'est-ce pas ?

– Tout à fait, approuva-t-il en me regardant, l'air absent. Tu te rappelles la première fois qu'on s'est retrouvés ici, mon amour ?

– Oui, j'y ai pensé, justement, commentai-je, souriante.

Le serveur s'approcha, les cartes à la main.

– Puis-je vous proposer un apéritif? demanda-t-il poliment.

– Vous pouvez, répondit Luc en s'adossant à sa chaise. Apportez-nous une bouteille de champagne! Un Dom Pérignon.

– Waouh, lâchai-je lorsque le serveur s'éloigna. Toute une bouteille... On a quelque chose à fêter?

– Et comment, fit Luc, souriant. Et comment.

Le serveur installa le seau à champagne près de nous, ouvrit la bouteille et remplit nos verres.

Je pris le mien. Il était glacé.

– Et à quoi buvons-nous, Luc?

– À nous, mon amour!

Nous trinquâmes, je bus une gorgée et faillis m'étrangler d'excitation. Il allait le dire maintenant! Enfin. J'attendais ce moment depuis si longtemps...

– Joséphine, ma chérie, fit Luc. En février, cela fera trois ans que nous sommes ensemble...

– Oui, je sais... commentai-je en me redressant.

– À l'époque, nous avons eu notre premier rendez-vous ici, à l'Hôtel du Nord, et nous y avons passé une nuit vraiment merveilleuse. Mais une nuit, c'est trop peu, non? Je voudrais passer plus de temps avec toi, Joséphine.

– Moi aussi, assurai-je en me cramponnant à mon verre de champagne, dans tous mes états.

– C’est pourquoi… commença-t-il en me fixant d’un air lourd de sens, tandis que je buvais ses paroles. C’est pourquoi j’ai eu une idée toute particulière.

Il sortit une enveloppe de sa poche et la posa devant moi.

– Voilà ! déclara-t-il fièrement. Ma surprise !

Je fixais l’enveloppe. Que signifiait tout ce cinéma ? Ne pouvait-il pas juste me dire qu’il avait parlé à sa femme et que nous pouvions fêter Noël ensemble ?

J’arquai les sourcils et secouai la tête en souriant.

– Luc, qu’est-ce que…

– Non, ouvre-la d’abord, m’interrompit-il. Ça va te plaire.

Je pris l’enveloppe, l’ouvris et en sortis avec étonnement le prospectus sur papier glacé d’un Relais & Châteaux qui se trouvait à Nice.

– Qu’est-ce que c’est ?

– Notre hôtel, expliqua-t-il avec un grand sourire. En février, nous allons passer une semaine à Nice. Pour fêter notre anniversaire. J’ai tout mis en œuvre pour pouvoir me dégager cette semaine-là. Alors, qu’en dis-tu ?

Je n’en disais rien du tout.

Luc me fixait, rayonnant, et j’eus soudain la sensation que toute cette affaire était très mal engagée.

– C’est ça ta surprise ? demandai-je. Tu n’avais pas autre chose à me dire ?

Les larmes me montèrent aux yeux.

– Te dire quoi ? De quoi parles-tu ? fit-il en me regardant, décontenancé. Qu’est-ce qui se passe ? Tu n’aimes pas Nice ?

On peut très bien aller ailleurs, ma puce. Mais en février, c'est magnifique là-bas. Les mimosas sont en fleur…

– Luc ! l'interrompis-je. Tout ça est bien joli mais, et Noël alors ? Et. Noël. Alors ?

– Noël ? répéta-t-il, mal à l'aise, et je sus alors qu'il n'avait pas parlé à sa femme.

– Oui, Noël ! De quoi parle-t-on depuis tout ce temps ? Tu voulais t'expliquer avec Agnès, tu voulais lui dire qu'on était ensemble. Tu voulais m'accompagner à Noël chez mes parents. Et maintenant, tu m'offres une semaine à Nice en *février* ? Tu crois que je vais te laisser m'acheter comme ça ?

– Mais je ne cherche pas à t'acheter, qu'est-ce que tu racontes ? Je voulais te faire plaisir, commenta-t-il, abattu. Je pensais que tu serais contente.

– Bon, et pour Noël ? insistai-je.

– Eh bien… commença-t-il dans un haussement d'épaules. C'est compliqué. Tu sais, Agnès…

– Aha, le coupai-je. Compliqué, hein ? Et qu'est-ce qui explique que tu ne puisses pas, enfin, parler franchement à Agnès ?

Je bus une grande gorgée de champagne et me carrai dans ma chaise.

– Je suis impatiente d'entendre ta nouvelle excuse.

– S'il te plaît, Joséphine ! Ne t'énerve pas comme ça, déclara-t-il, tentant de m'amadouer. Je vais lui parler, je veux lui parler, je t'assure, et je vais le faire…

– Tu devrais t'entendre, Luc. C'est lamentable de constater à quel point tu te berces d'illusions.

– Mais elle est encore si malade, Joséphine. Complètement affaiblie par cette affreuse grippe. Comment peux-tu ne pas comprendre ? Laisse-la reprendre du poil de la bête.

– Non, Luc, je ne comprends pas. Agnès ne vit quand même pas ses dernières heures en soins intensifs, si ?

– Non, non, marmonna-t-il. Mais elle ne va vraiment pas bien en ce moment. Laissons encore passer Noël et je lui parlerai, je te le promets.

Je pris une profonde inspiration et sentis ma déception se muer en une colère froide.

– Non, Luc. Ça ne marche pas. Soit tu t'expliques avec Agnès avant Noël, soit on se sépare.

– Je comprends bien que tu sois furieuse, ma puce. Tu en as toutes les raisons. Mais s'il te plaît, réalise, au moins un peu, combien ma situation est délicate.

Je le fixais, silencieuse, repensant à toutes les promesses et tous les serments qu'il m'avait déjà faits tout au long de ces trois années.

– S'il te plaît, Joséphine. Je ne veux pas te perdre, fit-il avec un regard suppliant. Moi aussi je veux être avec toi. Je ferai tout pour y arriver, mais donne-moi quelques semaines. Agnès est encore si fragile… Et les enfants se réjouissent tellement de la venue de Noël…

– Non, tranchai-je en secouant la tête. Tu l'as dit toi-même. On se connaît depuis pas loin de trois ans. C'est assez pour se décider. Si tu me laisses encore tomber ce Noël-ci, c'est terminé !

– C'est vraiment ton dernier mot ? On peut parler de tout, Joséphine.

Je remarquai qu'il jouait avec la carte du restaurant, essayant de gagner du temps.

– On a déjà beaucoup trop parlé, Luc. S'il te plaît, va-t'en, lui demandai-je en remettant le prospectus dans l'enveloppe que je fis glisser vers lui. Et il vaut mieux que tu reprennes ça. Ta femme sera peut-être heureuse d'aller à Nice, voir les mimosas en fleur.

Il eut l'air peiné.

– Joséphine, pourquoi es-tu si dure ? Je n'ai jamais voulu te blesser, crois-moi. Je t'aime.

Il tenta de prendre ma main, mais je la retirai et croisai les bras devant la poitrine.

– Oui, je sais, déclarai-je. Reviens quand tu auras du nouveau à me raconter.

– Bon. Je vais voir ce que je peux faire. Et je t'appelle, d'accord ?

Il attendit un moment, et comme je ne disais rien, il se leva et traversa le restaurant la queue entre les jambes. Je le vis s'arrêter au bar pour régler le champagne. Il avait toujours été de l'ancienne école. Puis il se tourna vers moi, leva la main et eut un sourire contrit, espérant peut-être que je le retienne.

Mais je restai de marbre, impassible. Ce n'est que lorsque Luc Clément franchit la porte de l'Hôtel du Nord que je fondis en larmes.

Le serveur tournait autour de ma table, mal à l'aise.

– Je suppose que vous ne voulez plus rien commander, mademoiselle ? s'enquit-il au bout d'un moment. Puis-je vous apporter autre chose ? Un mouchoir, peut-être ?

Je secouai la tête. Toujours plantée là, je pleurais sans bruit depuis dix minutes environ. Quelques clients regardaient de temps en temps dans ma direction, mais la plupart ne remarquaient pas la jeune femme à la triste mine dans un coin du restaurant.

Le serveur posa un paquet de mouchoirs sur ma table et les poussa précautionneusement vers moi.

– Ne prenez pas les choses trop à cœur, mademoiselle. Ça passera. Il n'y a personne que vous puissiez appeler ? Une amie, peut-être.

– Oui, effectivement, répondis-je en prenant un mouchoir pour essuyer mes larmes.

Je composai le numéro de Cédric.

Cela faisait tellement de bien d'entendre sa voix !

– Cédric ! dis-je simplement.

– *Darling*, qu'est-ce qui se passe ? s'alarma-t-il. Le dîner est déjà terminé ?

– Le dîner est tombé à l'eau, expliquai-je d'une voix tremblante. Mais il reste pas mal de champagne. On se saoule ensemble ?

Il fallut moins de cinq minutes pour que Cédric apparaisse dans l'entrée de l'Hôtel du Nord. Il se dirigea vers ma table d'un pas rapide, son écharpe flottant derrière lui, et me prit dans ses bras.

C'est ainsi que deux amoureux désespérés se retrouvèrent en fin de journée dans le vieil hôtel, chacun malheureux à sa façon. Au moins, aucun de nous deux n'avait l'intention de se suicider. Nous vidâmes la bouteille de champagne jusqu'à la dernière goutte, puis Cédric en commanda une autre.

– Tu as bien fait, *darling*! lança-t-il deux heures plus tard lorsque nous quittâmes l'hôtel, légèrement vacillants.

Honnêtement, nous étions ivres.

– Tu as enfin posé un ultimatum à ce mec. Maintenant, il a pigé qu'il devait se décider. Je suis curieux de savoir ce qui va se passer.

Nous fîmes quelques pas avant d'emprunter le pont-écluse, pour accéder au quai de Valmy.

– Ce qu'il y a de bien, fit Cédric qui s'arrêta un moment, levant l'index de manière docte, c'est que ta situation ne peut que s'améliorer.

– Intéressante théorie, lâchai-je avant de glousser.

Soudain, tout me paraissait terriblement comique.

– Si, si, insista Cédric d'une voix pâteuse. Parce que s'il se sépare de sa femme, c'est bien. Et s'il ne la quitte pas, c'est bien aussi… *parce que*… tu sauras alors que tu peux l'envoyer balader, et concentrer ton énergie…

Il descendit le pont en titubant un peu, glissa sur une marche et perdit brièvement l'équilibre et le fil de sa pensée.

– Qu'est-ce que je disais ? Ah oui… Concentrer ton *énergie* sur d'autres choses, conclut-il avec satisfaction.

Je passai mon bras sous le sien tandis que nous marchions, en oscillant légèrement, sur l'étroit trottoir longeant le canal.

– Un de perdu, dix de retrouvés, tu sais ? déclara-t-il d'une voix traînante. Je parie que tu ne reverras pas ton Luc de sitôt.

Mais Cédric avait tort.

J'allais revoir Luc. Quelques jours seulement après notre explication à l'Hôtel du Nord.

12

Un malheur arrive rarement seul, voilà une vérité première qui se vérifie souvent. Trois jours après le dîner raté avec Luc, mon chauffage rendit l'âme ; j'avais beau taper sur les colonnes en fonte et manipuler dans tous les sens le robinet démodé, rien ne se produisait. La température de l'appartement ne montait pas.

Dès le matin, je m'étais réveillée dans un palais de glace.

– C'est pas vrai ! avais-je pesté en attrapant mes pantoufles fourrées.

Puis je m'étais dirigée d'un pas lourd vers le radiateur accroché près de la porte. Il était froid.

– Il ne manquait plus que ça !

J'appelai M. Crillon, mon propriétaire. Il promit de m'envoyer quelqu'un.

– Quand ? demandai-je. Il fait glacial, ici.

Entre-temps, j'avais enfilé mon pull le plus épais – un vêtement tricoté informe, décoré d'étoiles bleues, qui m'arrivait presque aux genoux et que j'avais acheté il y a bien des années à Helsinki, sous une des tentes du marché de Noël installé près de la cathédrale orthodoxe, alors que j'y effectuais mon année d'études à l'étranger et qu'il neigeait jour et nuit.

– J'ai peur que ce ne soit plus possible aujourd'hui, objecta M. Crillon. Vous n'avez même pas un petit chauffage d'appoint ? Vaut mieux en avoir un sous la main, pour les cas d'extrême urgence.

– Non, répondis-je, songeant que, de toute évidence, je n'étais pas très bien équipée pour les cas d'extrême urgence. J'ai juste un coussin chauffant.

Je n'étais même pas certaine que cet objet hideux que ma sœur Eugénie, médecin de son état, m'avait offert il y a des années, quand je souffrais d'un lumbago après avoir repeint mon appartement, fonctionne toujours. Ayant lu un article établissant que ces coussins étaient souvent à l'origine d'incendies, j'avais, par mesure de précaution, banni la chose au fin fond de mon armoire.

M. Crillon éclata de rire.

– Vous n'irez pas loin avec un coussin chauffant, mademoiselle Beauregard. Pourquoi ne pas vous procurer un petit chauffage d'appoint ? Ce genre d'appareil ne coûte rien.

– S'il vous plaît, monsieur Crillon, me lamentai-je. Personne ne peut passer aujourd'hui ? C'est vraiment urgent. Je suis congelée.

– Je ne peux rien vous promettre, mademoiselle. Je vais faire de mon mieux pour vous dénicher un plombier.

Peut-être que ce sera possible en début de soirée. Sinon, demain... En vous souhaitant une bonne journée.

Il raccrocha, et je regardai par la fenêtre en soupirant.

Il pleuvait, et je n'avais pas la moindre envie de quitter mon appartement. Je tentai de joindre Cédric (peut-être possédait-il ce type de petit chauffage), mais il ne répondit pas. Je réalisai alors qu'il se trouvait toujours à la rédaction, le mardi.

Je décidai d'aller faire un tour en ville. Puisque je devais sortir alors qu'il faisait moche, j'allais profiter de mon achat rébarbatif pour faire un crochet par le Bon Marché, et me procurer les derniers cadeaux de Noël.

Ah, Noël!

Peu de temps après, j'eus un pincement au cœur en arrivant devant cet ancien et sublime grand magasin, rue de Sèvres, et en contemplant les vitrines. Étoiles de papier blanc et guirlandes argentées, mannequins vêtus de robes de soirée, aux pieds desquels s'entassaient des montagnes de petits paquets dorés et argentés. Je songeai à ma robe de velours bleu et ma gorge se serra. Luc ne s'était pas manifesté. Chaque fois que mon téléphone sonnait, je pensais que c'était lui. Mais ce n'était jamais le cas. M'exhortant à bannir de mon crâne toute pensée le concernant, je pénétrai dans le bâtiment aux innombrables étages et aux mille et une lumières.

Un flot d'air chaud m'accueillit tandis que je me mêlais aux élégants clients qui flânaient entre les stands, à la recherche de cadeaux de Noël. Il y avait une certaine affluence pour un mardi matin, mais dans un magasin tel que le Bon Marché, tout se déroulait de manière civilisée, paisible. On ne se retrouvait pas bousculé ou poussé, ce qui rendait la visite très agréable. Je déambulai un moment au rez-de-chaussée, qui accueillait entre autres une fantastique parfumerie et de petits stands exposant de jeunes créateurs. J'essayai quelques parfums, caressai de délicats articles en tricot, achetai des gants en laine rouge pour Eugénie et une douce écharpe bleu nuit pour Pauline, puis j'admirai les bijoux qui scintillaient dans leurs vitrines. Ensuite, je repris ma promenade. Au moins, ici, je ne gelais pas. Je me laissai captiver par maintes jolies choses autour de moi, restai un long moment devant un portant à vêtements où étaient suspendus des peignoirs pour homme. Il y a des semaines déjà, j'avais acheté pour Luc une cravate en soie bleue avec de petits pois rouges – aurais-je seulement l'occasion de la lui offrir ? Je pris un peignoir qui avait la couleur des yeux de Luc, puis le raccrochai avec regret.

Qu'est-ce que j'étais en train de faire ? Je n'aurais sans doute plus besoin d'un peignoir pour Luc. Si j'en croyais les mots de Cédric, mon amant du ministère appartenait déjà au passé. Si seulement cette petite étincelle d'espoir pouvait s'éteindre. Après tout, il se passait sans arrêt des choses tout à fait incroyables, pourquoi ne serait-ce pas le cas pour moi ?

Je continuai de me promener, perdue dans mes pensées, et jetai ensuite un coup d'œil à ma montre. Midi et demi – pourquoi ne pas aller manger un morceau dans le restaurant, plus haut ?

Je me dirigeais déjà vers l'escalier mécanique, passant devant les présentoirs à bijoux, lorsque je repérai soudain un homme qui ressemblait à Luc. Je m'approchai, hésitante. Mais oui, aucun doute : le manteau d'hiver bleu foncé, l'écharpe à rayures, c'était bien Luc. Et il n'était pas seul. Il y avait, à côté de lui, une jolie femme aux cheveux blond foncé. Elle avait peut-être quinze ans de plus que moi, portait un manteau bleu clair avec l'adorable bonnet assorti, elle avait des yeux myosotis et du rouge à lèvres. Son bras passé sous celui de Luc, elle lui montrait, souriante, une montre Cartier dans la vitrine. Luc hocha la tête, et la vendeuse prit la montre dorée au bracelet de cuir rouge foncé.

À distance respectueuse, je regardai la vendeuse présenter la montre et la ranger dans un écrin, tandis que la femme au bonnet, heureuse, se pelotonnait contre Luc et lui donnait un baiser. Puis elle regarda dans ma direction, sans me voir. Mais même si elle m'avait remarquée, cela n'aurait pas été grave. Elle ne me connaissait pas.

Voilà donc à quoi ressemblait Agnès... Elle avait un visage sympathique, et ne se doutait pas le moins du monde que la maîtresse de son mari, à quelques mètres d'elle seulement, réalisait avec stupeur que la femme de Luc Clément n'était pas une harpie, et ne se trouvait pas non plus au fond de son lit, à l'article de la mort. À en croire les apparences, c'était une personne tout à fait charmante, venue avec son mari au Bon Marché durant la pause-déjeuner, pour trouver son cadeau de Noël.

Mme Clément se pencha vers son époux, lui dit quelque chose puis s'approcha d'un stand proposant des sacs à main. Et tandis que Luc, insouciant, sortait son portefeuille pour payer, je quittai ma cachette. Je fis doucement quelques pas vers lui et lui tapotai l'épaule par derrière. Il se retourna, surpris.

En me voyant, il se figea, sous le choc.

– Joséphine ! lâcha-t-il, ses yeux s'agitant nerveusement.

– Coucou, Luc, fis-je gentiment.

Et je notai avec un sourire furibond qu'il coulait un regard en direction de la femme au bonnet bleu clair, qui examinait un sac juste derrière les vitrines à bijoux.

– Shopping de Noël ? demandai-je en haussant les sourcils, railleuse, avant de regarder l'écrin Cartier recouvert de cuir rouge que la vendeuse était en train de glisser dans un élégant sac.

– Voici pour vous, monsieur ! susurra-t-elle. Votre femme profitera longtemps de ce beau cadeau.

– Euh… oui, commenta-t-il en s'en emparant vivement.

Il se passa la main dans les cheveux et jeta de nouveau un regard inquiet vers le stand des sacs à main. Sans doute craignait-il une scène.

– Écoute, ma chérie, le moment est très mal choisi, murmura-t-il.

– Je vois ça.

Je secouai la tête, feignant la compassion.

– La pauvre Agnès. Elle était si malade. Étonnant de constater la vitesse à laquelle elle s'est remise, déclarai-je avec une ironie mordante. Une guérison spontanée, en quelque sorte. Donc tu vas lui parler rapidement, n'est-ce pas ?

Je vis le rouge lui monter aux joues, puis je gagnai la sortie la tête haute, dépliai mon parapluie et disparus sous la pluie.

★

Bien entendu, j'oubliai complètement le petit radiateur électrique. Je me faufilai dans le café le plus proche, fuyant la pluie glacée et mon âme profondément blessée, et j'essayai à nouveau de joindre Cédric, mon confident et compagnon d'infortune. Il décrocha cette fois, et je lui racontai, en colère, ce que je venais de vivre.

– Mais enfin, qu'est-ce qu'il *veut* de moi ? Il a une gentille femme et lui achète des montres Cartier, tempêtai-je.

– Ne le prends pas personnellement, fit Cédric, tentant de me calmer. C'est un homme. Un homme marié tout à fait ordinaire. Nous sommes à Paris. Voilà comment ça marche. C'est la vie.

– Ah oui ? demandai-je, amère. Tu m'en diras tant. Enfin, que pouvais-je bien espérer d'une journée qui commence avec un chauffage cassé ? Je suis impatiente de voir la suite. Jamais deux sans trois, hein ?

Je n'attendais pas de réponse et continuais à m'apitoyer sur mon sort.

– Je ne veux pas t'expédier, *darling*, mais je suis encore à la rédaction, m'expliqua Cédric au bout d'un moment. On pourrait reprendre cette conversation plus tard ? Je serai de retour à la maison en début de soirée.

– Oui, bien sûr. Excuse-moi de t'avoir saoulé comme ça.

– Pas de problème. Qu'est-ce que tu vas faire ? s'enquit-il d'un ton soucieux.

– Aucune idée, répondis-je en haussant les épaules. Peut-être essayer de travailler un peu à ma traduction. Mais je vais d'abord voir si j'arrive à dégoter un de ces radiateurs d'appoint. Sinon, je pourrai bientôt écrire sur les vitres, comme le docteur Jivago. Les fleurs de givre y sont déjà.

L'après-midi, complètement transie, je retrouvai le froid de mon appartement. Au moins, ma quête avait été couronnée de succès. Dans un petit magasin d'électroménager de mon quartier, j'avais fini par trouver un appareil d'occasion qui fonctionnait impeccablement, comme le vendeur me l'avait assuré.

– Il faut juste veiller à ce qu'il ne surchauffe pas, avait-il ajouté en emballant le petit radiateur.

L'appareil se trouvait maintenant au milieu de la pièce principale. J'insérai la fiche dans la prise. Je réglai le chauffage au maximum, une lumière rouge foncé s'alluma à l'intérieur, un léger bourdonnement se déclencha, et bientôt, il faisait plus agréable dans l'appartement. Soulagée, j'accrochai mes affaires trempées dans la salle de bains, et enfilai pull et pantalon de jogging. Puis je me préparai un thé et m'installai à mon bureau. Le radiateur ronronnait et un courant d'air chaud s'enroulait autour de mes jambes. Je me plongeai dans ma traduction, et j'en arrivais au premier meurtre lorsque l'interphone retentit.

Je levai les yeux, surprise. Dix-sept heures trente. Qui cela pouvait-il bien être ? Cédric ? Me levant pour me diriger vers la porte, je repensai soudain à ma discussion avec le propriétaire. *Formidable !* pensai-je, réjouie. Manifestement, M. Crillon avait fini par trouver un plombier qui puisse s'occuper de mon chauffage défectueux.

– Oui ? dis-je après avoir pressé le bouton de l'interphone, mais je n'entendis qu'un grésillement. Allô ? C'est le plombier ? Montez !

J'attendis un petit moment, mais on frappait déjà à ma porte. *Waouh*, pensai-je encore, *les artisans sont vraiment sportifs. Du rez-de-chaussée au quatrième étage en dix secondes... Un record !*

J'ouvris la porte, souriante, et mon sourire se figea aussitôt.

– Qu'est-ce que tu veux ? demandai-je.

Luc se tenait sur le palier. Il tenait un bouquet de roses blanches, qu'il agitait à la manière d'un drapeau.

– La paix. Ne sois pas fâchée, Joséphine.

Il souriait, me suppliant du regard.

– Je n'y crois pas une seconde, lâchai-je.

Je fis un pas en arrière, ce qu'il prit visiblement pour une invitation à entrer.

– Stop ! ordonnai-je en attrapant d'une main le chambranle de la porte, lui barrant le passage. Tu ne crois tout de même pas que je vais te laisser revenir chez moi, Luc ? Après tout ce que j'ai vu au Bon Marché ?

– Je suis désolé, assura-t-il, la tête baissée. Accepte au moins les roses. Elles sont le signe de ma capitulation.

– Le signe de ta *capitulation* ? m'étonnai-je et, troublée, je le laissai me glisser le bouquet dans la main. Qu'est-ce que c'est censé vouloir dire ?

Il haussa les épaules avec impuissance. Il me regardait comme un petit garçon qui aurait quelque chose sur la conscience.

– Je me rends. Je suis désolé de t'avoir menti à propos d'Agnès, j'avais simplement peur de la vérité. Je sais que ça doit être bizarre à entendre. Mais c'est comme ça… Quand je t'ai vue tout à coup ce midi devant moi, au Bon Marché, j'ai réalisé à quel point tu comptais pour moi. Tu me manques, Joséphine. Donne-nous une autre chance…

Je sentais que je chancelais. Luc aussi.

Il fit un pas en avant.

– Je ne veux pas me disputer avec toi. Je ne peux vraiment pas entrer ?

Il me souriait. Mes yeux plongèrent dans les siens, et l'espace d'une seconde, tout fut comme avant.

– On est faits l'un pour l'autre, mon amour, dit-il doucement en m'attirant contre lui. Tu ne crois pas ?

Il couvrit mon visage de baisers, enfouit sa tête contre mon épaule. Cela aurait été si facile de céder à l'instant, de succomber aux belles paroles de Luc, de s'abandonner une fois de plus dans ses bras et d'oublier le reste… Je sentis que le bouquet commençait à m'échapper, et Luc me poussa dans l'appartement en m'embrassant.

– Mais ta femme, protestai-je. Et Agnès, alors ?

– Tout va s'arranger, murmura-t-il. Il faut me croire.

Et j'eus soudain une illumination. Je revis, comme dans un film, tous ces instants où Luc m'avait chuchoté son « Il faut me croire » à l'oreille. Si j'y consentais une fois de plus, les cent prochaines années se dérouleraient de la même façon. Je ne cesserais pas d'attendre. De me bercer d'illusions. Je vieillirais. Et au bout du compte, je me retrouverais les mains vides, seule, parce que j'aurais préféré croire ce que Luc m'assurait, au lieu de prendre moi-même une décision.

J'inspirai profondément et le repoussai sur le palier.

– Non, Luc.

– Non ? fit-il en me regardant, interloqué.

– J'aimerais tellement te croire, Luc, repris-je d'une voix ferme. Tu m'as promis tant de choses ! Mais maintenant, je veux des actes.

On aurait cru entendre l'héroïne d'une tragédie shakespearienne, mais peu m'importait.

– Je ne veux pas de fleurs ni de voyage à Nice dont personne ne doit entendre parler. Je veux un homme avec qui je puisse traverser la vie main dans la main. Je t'ai déjà dit ce que je voulais, mais je vais le répéter : soit tu m'accompagnes chez mes parents à Noël, soit je te raye de ma vie. Tu n'auras qu'à me prévenir quand tu sauras ce que, toi, tu veux.

Et sans attendre de réponse, je refermai la porte, me retournai et m'y adossai.

Le silence régna longtemps dans la cage d'escalier, puis on frappa de nouveau à ma porte.

– Joséphine ? Tu n'es pas sérieuse… Ouvre, s'il te plaît ! Hé, Joséphine, tu vas vraiment me laisser planté là ? Pourquoi crois-tu que je sois venu ? Je sais ce que je veux, tu entends ? demanda-t-il avant de frapper à nouveau. Allez, ma puce, ne sois pas puérile et ouvre. Je vais régler ça, je te le promets. Joséphine ? *Joséphine ?!*

Je tendais l'oreille, le cœur tambourinant dans ma poitrine, retenant mon souffle. Le calme revint, de l'autre côté de la porte. *A priori*, Luc se trouvait toujours devant et attendait que je le laisse entrer. Je respirais profondément – inspiration, expiration, inspiration, expiration.

Enfin, j'entendis ses pas dans l'escalier, un peu indécis, me sembla-t-il. Mais en fin de compte, la porte en bas se referma.

13

Certains matins, on se réveille en espérant que ce soit déjà le soir. Il faisait froid dehors, le radiateur d'appoint tournait sans interruption. Je remontai la couette sous mon menton ; mon humeur s'enfonçait plus bas que terre, et si M. Crillon n'avait pas appelé pour m'annoncer que le plombier passerait examiner le chauffage, je ne me serais sans doute pas levée. Malheureusement, on a tort de penser que se rouler en boule dans son lit résout les problèmes.

Je finis donc par sortir du lit, me préparai un café au lait et philosophai encore un moment sur l'injustice de l'existence. Révoltée contre mon destin, je ramassai les roses éparpillées devant ma porte, commençai par les disposer dans un vase, les jetai ensuite à la poubelle et me demandai soudain si c'était une bonne idée d'avoir renvoyé Luc, courant ainsi le risque qu'il ne donne plus signe de vie. Mais peut-être se manifesterait-il tout de même. Peut-être était-ce justement une bonne chose que je sois restée inflexible, afin que la situation bouge enfin. Voilà comment allaient et venaient mes pensées, et je savais déjà que les journées me séparant de Noël seraient empreintes de cette agitation intérieure. Étions-nous encore ensemble ? Ou séparés ? Était-il vraiment réaliste de supposer que Luc finirait par quitter femme et enfants pour être avec moi ? Se mentait-il à lui-même ? Et moi, est-ce que je me mentais ? *Tant que le contraire n'est pas établi, tout reste possible*, pensai-je avec entêtement, en rinçant ma tasse.

Et si Luc ne me contactait pas d'ici Noël, eh bien je mettrais moi-même un terme à la situation. Les choses seraient enfin claires.

Quand on plaçait le couteau sous la gorge de quelqu'un, il fallait être prêt à s'en servir. Aussi simple que ça.

C'est avec ces pensées héroïques que je me mis à ma traduction. Le roman policier était réellement divertissant et pas très exigeant, et bientôt, je me retrouvai absorbée par un meurtre mystérieux, suivant l'enquêteur anglais à travers le petit village enneigé de Snowhill. Rutherford n'était pas le plus vif des inspecteurs, sa prédilection pour les *shortbreads* riches en beurre, qu'il mangeait avec son thé, ayant un peu entravé sa mobilité. Cependant, même si l'assassin frappait toujours quelques minutes avant que l'inspecteur n'arrive en haletant sur les lieux, Rutherford possédait d'étonnants talents de déduction.

On venait d'entendre, derrière la petite église, un coup de feu qui ne présageait rien de bon, lorsqu'une espèce de détonation retentit derrière moi. La lumière s'éteignit, l'écran de mon ordinateur devint noir.

– Oh non ! Quoi encore ? m'exclamai-je en me retournant.

Le ventilateur du petit chauffage d'appoint s'était arrêté, et l'appareil en surchauffe avait provoqué un court-circuit. J'eus la présence d'esprit de le débrancher, avant de me diriger vers la boîte à fusibles, qui se trouvait malheureusement derrière l'armoire chinoise, dans l'entrée. Je déplaçai le meuble en gémissant, le poussant de toutes mes forces, et soudain, un objet noir placé sur le dessus se mit à osciller dangereusement, et bascula. Je poussai un cri d'effroi lorsque l'objet en question me tomba dessus, et rattrapai juste à temps l'urne de mon oncle.

Il ne manquait plus que ça ! Oncle Albert voulait-il se rappeler à mon bon souvenir ? Je devais vraiment faire en sorte d'acheminer au plus vite ses cendres jusqu'à ce château, avant qu'elles ne connaissent une fin peu glorieuse sur le plancher de mon appartement mansardé. Je plaçai précautionneusement l'urne sur ma petite commode, où se trouvait aussi le trousseau orné d'une ancre argentée. Ce qui m'évoqua Maxime Laforêt. N'avait-il pas promis de me contacter lorsqu'il aurait trouvé la clé de l'armoire ? *Hmmm*, me dis-je, *qui sait s'il la cherche vraiment*. Laforêt n'était pas un modèle de fiabilité… Mais il savait vous faire rire. Parfois. Malgré moi, je souris en repensant à sa théorie des lingots d'or, censés être entreposés sur la péniche, dans cette fameuse armoire. Alors seulement, je réalisai que, durant les deux heures de notre pause-café dans ce bar de la place Sainte-Marthe, je n'avais pas pensé une seule fois à Luc.

Ce Laforêt était incroyablement… *présent*. Et cela ne tenait pas qu'à sa stature. Il dégageait quelque chose de très incarné, à sa manière. On avait toujours l'impression que cet homme se trouvait pleinement à l'endroit où il était, et certaines personnes devaient trouver cela fort séduisant. Il se concentrait sur l'instant présent. De plus, Laforêt n'était pas le genre à beaucoup ruminer ou hésiter, ni à se perdre dans de quelconques fantasmes irréalistes. Lui, au moins, savait ce qu'il voulait. Même si, hélas, concernant la péniche, sa volonté devait se confronter à la mienne.

J'ouvris en soupirant la boîte à fusibles. Le disjoncteur avait bien sauté. J'allai chercher une cuillère en bois et le repoussai prudemment vers le haut. La lumière revint, et mon ordinateur se ralluma lui aussi. Seul le petit radiateur demeura inerte.

Je fus donc très heureuse lorsque, peu après, le plombier sonna finalement – cette fois c'était bien lui – et ramena à la vie mon chauffage, en le purgeant avant de le désembouer.

– Ça se peut qu'il n'y ait pas assez de pression, déclara-t-il en spécialiste de la chose. Vous habitez tout en haut. Et la chaudière est à la cave. Si ça recommence, faudra que j'aille voir en bas. Gardez un œil sur le chauffage. Si les radiateurs redeviennent froids, appelez !

Il avait porté son pouce et son petit doigt à son oreille, mimant un téléphone. Puis il posa sa carte de visite sur la commode et considéra un moment l'urne, décontenancé.

– Votre chien ? demanda-t-il avec compassion.

– Mon oncle, corrigeai-je vivement. Les cendres doivent être dispersées. Sur les bords de Loire.

– Sur les bords de Loire… répéta-t-il. Joli coin. Mais une fois qu'on est dans cet *état*, on ne profite plus trop du paysage, hein ?

Il éclata de rire.

– On ne sait jamais, objectai-je, espérant tout de même qu'oncle Albert profite un peu de sa dernière demeure.

– Vous l'avez dit, commenta le plombier dans un hochement de tête, avant de prendre sa caisse à outils. Bon, j'espère que le chauffage ne vous laissera plus en plan, mademoiselle. C'est quand même un vieux machin. Et sinon…

Il me regardait, faisant encore mine d'avoir un téléphone.

– Sinon, je vous appelle.

★

Le reste de la semaine se déroula sans rien de spectaculaire. Je me plongeai dans mon travail et tentai de refouler l'idée de Noël, de mon mieux. Le chauffage restait chaud, le temps restait mauvais. Et mon humeur ? Lugubre.

Cédric passa un soir et m'apprit qu'Augustin l'avait enfin recontacté.

– Et ? Qu'est-ce qu'il a dit ? m'enquis-je.

– Rien. Je veux dire, on n'a pas vraiment parlé. Il m'a juste envoyé un message en me demandant si on pouvait se voir ce week-end, expliqua Cédric, l'air désorienté.

– Bon, c'est déjà quelque chose qu'il t'ait contacté, assurai-je.

Je ne pouvais pas prétendre la même chose de Luc. L'homme de mes rêves était aux abonnés absents.

– Peut-être qu'Augustin veut juste récupérer ses affaires, déclara Cédric avec un haussement d'épaules. Mais je suis quand même content qu'il se soit manifesté.

Puis il me regarda.

– Et toi ?

– RAS. Mais bon, l'ultimatum n'a pas encore expiré, ha ha ha.

Je grimaçai, tentant d'être drôle, mais je me sentais nauséeuse.

– Si ça continue comme ça, on pourra organiser à Noël le bal des cœurs solitaires, reprit Cédric. Tu es chaleureusement invitée, *darling*.

– Ça ne serait pas la pire des idées. Je redoute déjà le moment où je me pointerai une fois de plus seule chez mes parents. Pourtant, c'est autre chose qui était prévu… soupirai-je.

– Je ne sais pas quoi te souhaiter, avança pensivement Cédric. J'ai toujours pensé que tu méritais mieux que ce Luc.

– Tu ne le connais pas. Il a aussi ses bons côtés, fis-je, déprimée. Tout ça n'est pas facile.

– Quand on veut vraiment quelque chose, c'est très facile, au contraire, objecta posément Cédric, et je lui donnai raison *in petto*. Tu as bien fait en tout cas, Joséphine. Et qui sait ? Je me trompe peut-être sur toute la ligne, et tu auras ton miracle de Noël.

– On verra.

★

Mais les jours passèrent, l'un après l'autre, sans que Luc se manifeste. J'eus en revanche un appel de maman qui voulait savoir comment j'allais, affirmant qu'elle n'avait plus de nouvelles depuis longtemps.

– Tout va bien ? demanda-t-elle.

– Oui, tout va bien. Et chez vous ?

Il n'était pas loin de vingt et une heures, et je venais de m'allonger sur le lit pour lire. J'étais restée assise à mon bureau toute la journée, et j'avais mal au dos.

– Si on fait exception du fait que ton père est toujours fourré au cabinet pour former ce nouvel avocat, ça va, oui. Papa est encore au bureau, je l'attends pour passer à table. J'espère vraiment que l'année prochaine, il pourra mettre la pédale douce.

Elle poussa un soupir, et je ne pus m'empêcher de sourire. Maman était toujours heureuse de se plaindre.

– Mais bon, ce Bailleul paraît avoir une tête bien faite, fit-elle avant de s'interrompre. Enfin, ce n'est pas à toi que je dois le dire, Joséphine. Après tout, tu es allée à l'opéra avec cet homme…

Elle marqua une pause, et j'entendis la question en suspens.

– Tout à fait, déclarai-je l'air de rien. On a passé une très bonne soirée. Et l'opéra était fantastique. Vous pourriez y aller aussi un de ces jours.

– Ah, je ne suis pas très sensible à tous ces airs, ma chérie. Je préfère le théâtre, tu sais bien. Qu'est-ce que vous êtes allés voir, déjà ? *Turandot* ?

Elle posait la question, mais j'aurais parié qu'elle connaissait parfaitement la réponse.

– Oui. *Turandot*, de Puccini.

– Ce n'est pas l'histoire de cette princesse qui ne veut pas de mari ? demanda-t-elle d'un ton lourd de sens.

– Tu raccourcis drôlement, maman, mais oui… C'est *grosso modo* l'intrigue.

– Et ?

– Et… *quoi ?* À la fin, il se présente à la cour un homme capable de résoudre les trois énigmes que lui pose la fille du roi, on ne lui coupe pas la tête et les deux se marient. Satisfaite ?

Je poussai un soupir d'agacement, et maman soupira aussi.

– Non, répondit-elle. Je voudrais savoir, est-ce que vous avez prévu de vous revoir ? Bailleul et toi ?

– Maman, s'il te plaît ! C'est un interrogatoire ou quoi ? Il est possible qu'on se revoie, mais rien de prévu pour le moment. Je suis très occupée, tu sais ?

– Oui, je sais. Pauline me l'a déjà dit.

– Que t'a dit Pauline ? demandai-je.

– Eh bien, que tu es très occupée, justement, éluda-t-elle.

Une nouvelle petite pause, puis elle reprit :

– C'est quand même dommage, pour Bailleul. Pourquoi mordre tous les hommes gentils qui t'approchent, ma fille ?

– Mais, maman ! lâchai-je, abasourdie. Qu'est-ce que tu racontes ?

– Je veux juste que tu sois heureuse, Joséphine.

– Je suis heureuse, maman, mentis-je. Très, très heureuse.

Si je le répétais assez de fois, peut-être finirais-je par y croire moi-même.

– Tu te nourris comme il faut, au moins ?

– Maman, j'ai plus de trente ans, pas treize. Bien sûr que je mange assez. Tiens, vendredi dernier, j'ai préparé un fabuleux coq au vin, annonçai-je avant de sourire, chose qu'elle ne pouvait pas voir.

– Oh, bien ! Tu as eu de la visite ?

– Oui. Un ami est venu.

Je n'avais jamais présenté Cédric à mes parents.

– Et figure-toi qu'il m'a emmenée à une soirée géniale sur une péniche, repris-je. Le *Rosa sur Seine*. On a même dansé.

– Ah, fantastique ! Et comment s'appelle donc cet ami, je le connais ?

– Il s'appelle Cédric, maman, fis-je avec un sourire en coin. Et non, tu ne le connais pas. Mais je vous le présenterai sûrement un jour.

Maman parut tranquillisée. Dans son esprit, sa benjamine menait une vie d'ermite. Traduire des livres écrits en finnois constituait sans doute à ses yeux l'étape précédant l'autisme, quelque chose de déconcertant, pour le moins.

– Tu voudrais venir déjeuner dimanche ? Eugénie et les enfants seront là aussi. Tu pourrais amener ton Cédric.

Je n'imaginais rien de plus agréable que de m'installer, en compagnie de mon ami homosexuel, à la même table que la famille parfaite de l'aînée de mes sœurs, et d'être encore interrogée sur ma vie privée par cette petite curieuse de Camille.

– C'est très gentil, maman, mais je dois vraiment avancer dans ma traduction. Et la semaine d'après, c'est déjà Noël de toute façon.

– Papa aussi serait content de te voir, commenta-t-elle, puis elle réfléchit un moment. Et que donne la vente de la péniche, au fait ?

– Au point mort, pour l'instant. Il y a certaines… complications.

– Oui, j'en ai entendu parler. Ce locataire a l'air affreux. Un vrai *monstre !*

Je me mis à rire.

– Ah, tu sais, maman, il n'est pas si affreux. On finira bien par s'arranger, tôt ou tard.

C'est seulement après avoir raccroché et m'être de nouveau allongée sur mon lit pour reprendre ma lecture, que je réalisai que, pour la première fois, j'avais dit quelques mots gentils au sujet de Maxime Laforêt.

Et comme s'il avait capté mes pensées, ce dernier m'appela le soir même.

– J’ai de bonnes nouvelles, mademoiselle Beauregard, annonça-t-il, et il en vint sans détour à la raison de son coup de fil. J’ai trouvé la clé. Vous ne devinerez jamais où.

14

Le lendemain, vers midi, alors que je longeais le quai d'un pas pressé, en direction du pont Alexandre III, je vis que Maxime Laforêt m'attendait déjà, me guettant depuis la péniche. Il portait son inévitable veste Barbour et leva la main pour me saluer lorsqu'il m'aperçut. À côté de lui était assis Filou, qui se mit à aboyer avec excitation lorsque je m'arrêtai devant *La Princesse de la Loire*.

– Bonjour, monsieur Laforêt ! m'exclamai-je, essoufflée, en voulant monter sur le bateau.

Fébrile, je faillis trébucher sur le gros anneau de fer auquel était amarrée la péniche.

– Attendez ! fit Laforêt en me tendant une main que j'attrapai avec reconnaissance. Je ne voudrais pas que vous tombiez à l'eau comme ce pauvre M. Wong.

Il me hissa à bord, et nos regards se croisèrent.

– Il vaut mieux ne pas en parler. C'est un chapitre très sombre, déclarai-je en lâchant sa main.

Nous restâmes un moment l'un en face de l'autre, baignés par la lumière du soleil qui se reflétait dans les fenêtres du bateau. Un ciel d'un bleu éclatant se déployait au-dessus de la Seine, et il faisait si froid que nos souffles montaient devant nos visages sous la forme de petits nuages blancs.

– Bon, lançai-je finalement en enfonçant mes mains dans les poches de ma veste.

Filou renifla nerveusement les jambes de mon pantalon et se mit à remuer la queue – un signe d'invite.

– Qu'est-ce qu'on attend ? m'étonnai-je. On n'entre pas ?

– On est vendredi, fit Laforêt.

– Oui... Et ?

– Il est déjà douze heures. En fait, je ne devrais plus me trouver là, expliqua-t-il avec un large sourire. À moins qu'on ne fasse une exception ? J'imagine qu'aucune visite n'est prévue ?

– Ne racontez pas de bêtises, monsieur Laforêt, rétorquai-je en levant les yeux au ciel. On ne visite que l'armoire, aujourd'hui. Où est la clé ?

Laforêt sortit de sa poche une lourde clé en laiton et me la tendit.

– Voici l'objet du délit, plaisanta-t-il.

Je voulus m'en saisir, mais il se mit à l'agiter avec désinvolture au-dessus de sa tête.

– Quelle récompense pour la personne honnête qui l'a trouvée ?

– Eh bien, la moitié du trésor, assurai-je avec un clin d'œil. Comme convenu. Je tiens toujours parole, monsieur Laforêt. Et maintenant, vous allez me la donner, cette clé ?

Et je la lui arrachai de la main.

– J'espère que vous n'avez pas ouvert l'armoire ?

– J'ai eu beaucoup de mal à m'en empêcher, déclara-t-il, amusé. L'idée de tout cet or était très tentante.

D'un geste vif, il repoussa les cheveux qui tombaient sur son front.

– Mais moi aussi, je tiens parole.

– Tant mieux.

J'ouvris la porte de la péniche et descendis les marches menant à la cabine. Filou m'accompagna, remuant toujours la queue, suivi de son maître qui emprunta l'escalier d'un pas pressé.

– Vous ne voulez même pas savoir où j'ai trouvé la clé ? demanda-t-il.

Déjà arrivée près de l'armoire, je me retournai.

Laforêt se tenait là, bras fièrement croisés, attendant qu'on l'applaudisse.

– Bon, où l'avez-vous trouvée ? demandai-je avec un sourire conciliant.

– Vous ne devinerez jamais.

Il s'approcha du portrait encadré d'oncle Albert et l'ôta du mur.

– Elle était collée *derrière* la photo ? Mais je vous en avais donné l'idée !

– Pas tout à fait, corrigea-t-il en retournant le cadre. Il n'y avait rien là derrière.

Il me regardait d'un air lourd de signification.

– Seulement, quand j'ai décroché la photo, j'ai remarqué quelque chose, indiqua-t-il en montrant le revêtement en bois. Ici. Regardez bien. Vous voyez ?

Je m'approchai et considérai l'acajou luisant.

– Hmmm, fis-je en passant la main le long des panneaux de lambris, avant de constater avec étonnement : il y a une espèce de fissure.

– Exact. Mais ce n'est pas une simple fissure, expliqua Laforêt en appuyant sur le haut du panneau, qui s'ouvrit.

Derrière se trouvait un petit compartiment.

– Incroyable ! m'exclamai-je, surprise. Non, ça ne me serait jamais venu à l'idée, en effet. Un compartiment secret ! Qui aurait pu s'en douter ?

Et je lançai un regard admiratif à Laforêt.

– Donc, c'est là que vous avez trouvé la clé ?

– Affirmatif, répondit-il, rayonnant. Apparemment votre oncle tenait beaucoup à ce que personne ne découvre cette clé trop vite. Mais je vous avais bien dit que je la trouverais si elle était sur la péniche.

Il appuya sur le compartiment pour le refermer.

J'étais impressionnée.

– Pas mal, monsieur Laforêt, vous auriez fait un bon détective.

– Je ne voudrais pas manquer de modestie, mais vous n'êtes pas la première à le dire, déclara-t-il avec un large sourire, et je ne compris pas alors le double sens que recelaient ses paroles. Et maintenant, ouvrez l'armoire, je veux voir les lingots d'or!

Il me fit un clin d'œil complice, et je gloussai nerveusement. La situation avait quelque chose de tout à fait irréel. Nous nous trouvions maintenant devant la vieille armoire, tels deux aventuriers devant le trésor de Toutânkhamon. Mais qu'y avait caché oncle Albert?

– Eh bien… commençai-je.

Je mis la clé dans la serrure. Elle glissa dans l'ouverture comme dans du beurre.

– C'est la bonne, chuchotai-je, triomphante, et mon cœur se mit à battre plus vite.

– Bien sûr que c'est la bonne, me glissa Laforêt à l'oreille. Allez-y, ouvrez!

Je sentais son souffle sur ma nuque, et la chair de poule descendit le long de mon dos.

– C'est parti!

Excitée, je fis deux tours de clé, et la porte s'ouvrit avec un léger grincement.

Nous nous penchâmes en avant, au summum de la curiosité.

– Ah bah zut alors! lâcha Laforêt.

– Quoi? Vous vous attendiez vraiment à trouver de l'or?

– Non. Mais ç'aurait été formidable de découvrir un trésor avec vous.

Il n'y avait naturellement pas de lingots dans l'armoire de mon oncle. Mais ce que nous y trouvâmes se révélait avoir bien plus de valeur. C'était le secret de sa vie.

L'intérieur de l'armoire accueillait trois rayons. Et dans chacun, je récoltai divers souvenirs qui, mis ensemble, s'assemblaient comme les pièces d'un puzzle.

Un vieux flacon de parfum avec un bouchon pointu, évoquant un petit toit, voilà le premier objet qui attira mon attention. Je le pris en main. *Chamade*... Une fragrance historique de la maison Guerlain qui, me semblait-il, existait toujours.

Surprise, j'ouvris le flacon de verre orné d'une étiquette dorée et humai son contenu. Une odeur à la fois fraîche et fleurie m'enveloppa. Je sentis de la bergamote et de la jacinthe, ainsi que des effluves de jasmin et de rose. Je m'interrompis un moment, fermai les yeux et pris une profonde inspiration. Il y avait... du lilas... Et dessous, je notai du vétiver et du santal... Ce parfum me faisait penser à un pré fleuri en plein été, aux sols des forêts et aux bois verts.

Soudain, réapparut dans ma tête l'image qui avait surgi dans mon rêve, sur la péniche. La Pagode de Chanteloup, le pique-nique, la princesse aux longs cheveux blond satiné...

J'ouvris les yeux et remarquai sur moi le regard interrogateur de Laforêt.

– Qu'est-ce qui se passe? On dirait que vous avez eu une apparition.

– C'est le cas.

En proie à l'excitation, je me tournai de nouveau vers l'armoire et sortis du deuxième rayon un petit sac brodé de minuscules perles de corail, dont la fermeture couleur bronze résistait un peu. À l'intérieur se trouvaient une mèche blond satiné et une autre brun foncé, qui reposaient dans deux compartiments voisins, doublés de soie.

Étrange.

Le cœur battant, je m'intéressai alors au rayon du bas, abritant un coffret en bois laqué de rouge. Je le pris et le posai par terre. J'ouvris précautionneusement le couvercle et écartai le papier de soie qui s'y trouvait.

Avec un léger bruit de froissement, il dévoila son contenu, si précieux aux yeux de mon oncle.

Une carte postale jaunie montrant le château de Sully qui, entouré de douves, se dressait dans le soleil couchant avec ses tours fortifiées pansues et son pont de pierre. Au dos, une unique phrase: *Je t'attendrai.*

Un médaillon argenté, abritant la photo pâlie d'une jeune femme aux yeux clairs et au sourire ravissant.

Un CD de Françoise Hardy, qui paraissait remonter aux débuts du Compact Disc. Je retournai le boîtier, affichant une photo de la chanteuse jeune, et parcourus les chansons dont je ne connaissais pas la plupart.

Il n'y a pas d'amour heureux, Le Temps de l'amour, Tous les garçons et les filles, Mon amie la rose…

– Françoise Hardy ? commenta Laforêt, qui s'était accroupi à côté de moi. Montrez…

Il me prit des mains le CD et contempla la chanteuse, aux cheveux brun clair tombant aux épaules, qui souriait timidement, le regard mélancolique.

– Ah là là, je craquais pour elle moi aussi. Quelle icône ! J'ignorais qu'Albert avait un faible pour Françoise Hardy. Ah, cette chanson est très populaire, ajouta-t-il ensuite en tapotant le boîtier. Tous les garçons et les filles de mon âge se promènent dans la rue deux par deux… Un grand succès, à l'époque.

– Oui, je la connais celle-là, fis-je en hochant la tête.

Laforêt se pencha par-dessus mon épaule.

– Ah, et ici : *Le Temps de l'amour*. Vous vous souvenez ? Elle est très belle aussi.

Et il se mit à chanter les premières mesures.

C'est le temps de l'amour
Le temps des copains
Et de l'aventure
Quand le temps va et vient
On ne pense à rien
Malgré ses blessures
Car le temps de l'amour
C'est long et c'est court
Ça dure toujours
On s'en souvient

– Yéyé ! conclut-il à voix basse.

Je souris.

– D'où connaissez-vous cet air, monsieur Laforêt ?

– On s'en souvient, répéta-t-il.

Il considéra un moment le vieux CD, songeur.

– C'est exactement comme elle le dit, non ? Jeune, on est le roi du monde. On cherche l'aventure, on a dans les yeux un ciel bleu infini… Certaines choses ne changent jamais.

– Oh là là. Quel poète, monsieur Laforêt, le raillai-je. Auriez-vous une fibre sentimentale dont j'ignore tout ?

– Ah, mais que savez-vous de moi ! s'exclama-t-il dans un haussement d'épaules. Vous ne voyez que ce que vous voulez voir, mademoiselle Beauregard.

– Comme tout le monde, non ? demandai-je.

– On met le CD ?

Sans attendre ma réponse, il se leva et se dirigea vers le buffet, sur lequel trônait un petit lecteur CD noir. Il y plaça le disque puis s'installa derrière la table, pour griffonner quelque chose dans un carnet de notes et ouvrir son ordinateur portable.

Et, fouillant le coffret, je continuai à explorer les traces du passé d'oncle Albert, tandis que résonnaient doucement à l'arrière-plan les chansons mélancoliques de Françoise Hardy.

Mais ce n'était pas mon oncle qui, à l'origine, admirait la chanteuse. Comme les autres objets qu'il conservait dans l'armoire, ce CD devait avoir été le cadeau d'une femme. Je le compris en découvrant le petit paquet de lettres, autour desquelles on avait noué un ruban bleu.

Je défis prudemment le nœud et pris la première lettre, hésitante. Puis la deuxième, la troisième… Toutes ces missives provenaient d'une certaine Laurence, et c'étaient sans conteste des lettres d'amour que cette femme avait écrites à mon oncle.

Mon chéri, tu n'es parti que depuis une heure,
et tu me manques déjà tellement que je…

Mon bien-aimé, je m'étonne que nous nous soyons
rencontrés alors que nous venons de mondes si différents.
Quel bienheureux hasard ! Je ne peux pas encore le concevoir
tout à fait. J'aimerais te faire découvrir mon univers,
veux-tu me dévoiler le tien ?

Albert, mon Albert que j'aime par-dessus tout, comme nous
tous j'ai un cœur qui ne peut rien promettre, mais je te jure
qu'à tes côtés, quelle que soit l'aventure, je pourrais…

Retenant mon souffle, comme si je commettais un acte interdit, je lus les pages couvertes d'une encre bleu pâle. Et bientôt je fus plongée dans un autre monde, où j'en appris beaucoup sur mon oncle, mais qui devait aussi me réserver certaines énigmes. Un monde aussi éloigné de moi que la lune, et dans lequel, à ma grande surprise, je me retrouvai.

Mon bien-aimé, je ne dors pas encore, je rêve les yeux ouverts. Notre excursion à Chanteloup, cette magnifique journée d'été infinie, nos baisers secrets – je vais m'en nourrir les semaines à venir, jusqu'à ce que nous puissions de nouveau être ensemble. Comment va ta nièce ? Êtes-vous bien rentrés à Paris ? Quelle petite fille attachante ! Tu imagines, si nous avions un jour un enfant, nous aussi...

J'arrêtai de respirer malgré moi.

Notre excursion à Chanteloup ? Ta nièce ?

Je compris alors : j'avais moi-même participé à cette excursion ! Lors de cette journée baignée de soleil, dont je ne me rappelais plus les images que de manière floue, j'avais fait la connaissance du grand amour de mon oncle, sans m'en douter.

Je pris avec excitation la lettre suivante. Que leur était-il arrivé ? Pourquoi n'avaient-ils pas fini ensemble ?

Je me remis à lire, et je réalisai rapidement que cet amour rempli d'espoir faisait route vers un dénouement tragique.

Les missives de Laurence devenaient de plus en plus empreintes de tristesse et de désespoir. Elle ne savait pas quoi faire, sa mère la pressait d'épouser son fiancé. Où était passé Albert ?

Pourquoi ne te manifestes-tu pas, mon amour ? Je n'ai plus de nouvelles... N'as-tu pas reçu mes lettres ? J'attends ta réponse...

Que dois-je faire ? Je ne peux plus attendre...

Tu arrives trop tard, Albert... Comment aurais-je pu savoir... Je ne t'oublierai jamais... Ta Laurence profondément malheureuse...

La dernière missive renfermait des mots d'adieu. Laurence souhaitait le meilleur à mon oncle et écrivait que cela lui brisait le cœur de ne plus jamais le revoir. Et elle terminait par les paroles de la chanson de Françoise Hardy : *Il n'y a pas d'amour heureux...*

Émue, je rassemblai les lettres et nouai le ruban bleu autour. Quelque chose avait terriblement mal tourné dans cette histoire, mais quoi ? La jeune femme paraissait inconsolable, et de toute évidence, oncle Albert avait lui aussi pleuré la perte de son grand amour, finalement devenu aussi inaccessible que la constellation d'Andromède qu'il m'avait montrée lors de notre croisière. Pour une raison ou une autre, il était arrivé trop tard, il avait raté le moment-clé, et Laurence, dans son immense tristesse, avait dû en épouser un autre.

Cependant, durant cet été avec lui sur la péniche, tandis que nous visitions les châteaux de la Loire et pique-niquions près de la Pagode de Chanteloup, à l'ombre des arbres, oncle Albert se montrait encore gai et insouciant. Puis il avait commis une erreur. Il avait fait attendre Laurence trop longtemps. Ce qui avait eu des conséquences tragiques.

Quelle triste histoire, pensai-je, étrangement touchée, tenant toujours le petit tas de lettres qui, soudain, pesait le poids du malheur. Lorsque je le remis en place, je découvris, tout au fond du coffret, un dernier objet que je pris d'abord pour une autre lettre.

Ce n'en était pas une.

C'était une carte en papier vergé jauni, encadrée d'un filet noir. Et dessus se trouvait, en écriture cursive, le nom de la femme qui avait écrit toutes ces lettres – cette femme qui avait offert à mon oncle le médaillon contenant son portrait :

Laurence de Béthune.

Je considérais, stupéfaite, l'avis de décès sobre sur lequel figuraient trois roses fanées. Se pouvait-il que Laurence de Béthune soit morte avant oncle Albert ?

Je parcourus rapidement les dates de naissance et de décès. Je savais très peu de choses sur cette jeune femme qui portait *Chamade*, se retrouvait dans les chansons de Françoise Hardy, attendait le soir oncle Albert sur le pont du château entouré de douves et avait, par ailleurs, rédigé les plus belles lettres d'amour qu'il m'avait été donné de lire. Puis je me mis à soupçonner des liens de cause à effet, en comprenant que la malheureuse Laurence de Béthune était morte, à l'âge de vingt-neuf ans seulement, au château de Sully.

Elle était alors plus jeune que je ne l'étais moi-même, et je cherchai en vain, dans la liste des personnes endeuillées, le nom de mon oncle. Apparemment, la jeune femme et lui ne s'étaient plus vus après le mariage de Laurence. Entre la dernière missive adressée à Albert et le jour de son décès ne s'étaient écoulées que deux années. L'avis n'indiquait pas de quoi la princesse de Béthune était morte. Pouvait-on mourir d'avoir le cœur brisé ?

Je fixais l'avis de décès, oppressée. La mort précoce de cette jeune femme me bouleversait. Comment mon oncle s'était-il senti en l'apprenant ? Manifestement, il n'avait jamais surmonté cette histoire. Ne s'était jamais pardonné son erreur. Voilà pourquoi, dans sa lettre d'adieu, il me souhaitait d'avoir la main plus heureuse en amour que lui. Et me conseillait de ne pas rater le moment-clé.

Était-ce pour cette raison qu'il avait commencé à boire, comme le prétendaient mes parents et Pauline ? Pour noyer sa douleur ?

Oncle Albert avait tenté d'oublier cette femme. Et quelques années plus tard seulement, il s'était mis à tout oublier – sa famille, nous, jusqu'à son grand amour, Laurence de Béthune. La maladie lui avait volé tous ses souvenirs.

Je secouai la tête, pensive, et appuyai l'index contre mes lèvres. J'avais toujours apprécié mon oncle – sans savoir qu'il était un jour devenu si malheureux. L'histoire des deux amants du château de Sully m'attristait profondément. Puis je repensai soudain aux paroles prononcées par oncle Albert, lors de ma dernière visite à Chablis.

– Ah, c'est toi ! Ma petite princesse de la Loire. Tu m'as enfin retrouvé ?

À l'époque, j'avais cru qu'il parlait de moi. Mais je savais maintenant qu'il avait vu apparaître devant lui une tout autre personne. Une princesse aux cheveux blond satiné, qu'il espérait tant revoir qu'il avait demandé, dans son testament, que ses cendres soient dispersées non loin du château de Sully. Afin qu'ils soient réunis pour l'éternité.

– Mauvaise nouvelle ? demanda doucement Laforêt.

Je laissai retomber l'avis de décès et levai les yeux avec surprise. Tout s'était effacé autour de moi, y compris Maxime Laforêt. Combien de temps s'était-il écoulé ? Dix minutes ? Une vie entière ?

Il se tenait près de moi, l'air interrogateur, et Françoise Hardy chantait toujours à l'arrière-plan. Alors seulement, je remarquai que des larmes coulaient sur mes joues. Je m'essuyai vivement les yeux, replaçai l'avis dans le coffret en bois et en refermai le couvercle avec détermination.

– Ah, si l'on veut, déclarai-je en essayant de reprendre pied dans le présent. Je viens seulement de comprendre que je n'ai jamais été la princesse de la Loire qui a donné son nom au bateau.

– Non ? s'étonna Laforêt en haussant les sourcils. J'en aurais pourtant donné ma main à couper, mademoiselle Beauregard. Vous qui portez le prénom d'une impératrice…

Il m'adressa un clin d'œil et sortit un mouchoir en tissu de la poche de son pantalon.

– Ne vous en faites pas, il n'a pas servi, précisa-t-il avec un large sourire en me voyant le prendre, hésitante.

15

Cet après-midi-là, mon locataire et moi allions encore passer un moment dans la péniche, et partager une omelette au jambon.

Laforêt avait insisté.

– Je ne vous laisserai pas partir tant que vous n'aurez pas mangé un morceau. Vous n'avez pas l'air dans votre assiette, mademoiselle Beauregard. Sincèrement, je vous trouve pâlichonne. Je ne voudrais pas que vous tombiez dans les pommes, qu'est-ce que je ferais de vous ?

Il avait souri avant de reprendre :

– Allez, asseyez-vous un moment. Je vais nous faire des œufs. Je parie que vous n'avez encore rien mangé.

Il m'installa d'autorité sur le banc, puis s'affaira dans le coin cuisine. *L'omelette doit être le seul plat qu'il sache préparer*, pensai-je tandis qu'il remuait les œufs. Peu de temps après, il vint à table avec la poêle. Le jambon sentait divinement bon, l'omelette était dorée, et je constatai que j'avais bel et bien faim.

– Je peux comprendre votre déception, déclara-t-il en s'asseyant près de moi et en me jetant un regard de regret. Notre petite chasse au trésor a tout du fiasco, si vous me permettez ! On fantasme sur ce que contient l'armoire, et qu'est-ce qu'on y trouve ? Un tas de vieilleries. J'espérais mieux, franchement.

Il servit l'omelette dans nos assiettes.

– Eh bien, pour moi ce sont bien plus que des vieilleries, commentai-je, perdue dans mes pensées. Ces objets racontent une histoire. Même si j'ai des questions qui restent sans réponse…

Je piquai un bout d'omelette et le fixai, songeuse.

– Dites-moi… Mon oncle vous a-t-il déjà parlé de sa vie ? Raconté des choses personnelles, je veux dire. A-t-il jamais mentionné une Laurence de Béthune ?

Laforêt réfléchit un moment, puis il secoua la tête.

– Pas que je sache… On parlait surtout des virées qu'on pouvait faire en péniche. De la pêche et des vins qu'il pouvait me conseiller. Et bien entendu, des châteaux de la Loire. Votre oncle les aimait beaucoup. Amboise, Sully, Chambord, Azay-le-Rideau… Des demeures anciennes vraiment somptueuses, on ne peut que tomber en admiration devant elles. Quant à moi… Eh bien, j'étais souvent là-bas aussi, à cause de… à cause de mon travail dans les jardins, précisa-t-il, une lueur amusée dans les yeux. On avait de quoi bien discuter, vous savez ?

Il jeta un coup d'œil au coffret en bois, toujours sur le sol.

– C'est *elle* qui a écrit toutes ces lettres à votre oncle ? Cette Laurence, je veux dire. La femme dans le médaillon.

– Oui. Mais de toute évidence, ils n'ont pas pu se retrouver, en fin de compte. Laurence est morte très jeune. Vraiment tragique, soupirai-je, et je me remis à manger lentement.

– Pas de bol, lâcha Laforêt, prosaïque. Qu'est-ce que vous allez faire de ces affaires ?

– Je ne sais pas. Je crois que je vais les laisser dans l'armoire, pour l'instant.

Je bus une gorgée du vin que Laforêt m'avait servi, et me demandai si je n'allais pas, le moment venu, jeter à l'eau tous ces souvenirs avec les cendres d'oncle Albert, depuis le petit pont du château de Sully. Tout serait ainsi réuni. Les lettres d'amour, la vieille carte postale, les cendres, le parfum, le médaillon argenté avec la photo et le petit sac accueillant les deux mèches de cheveux. Alors, la princesse de la Loire n'attendrait plus son bien-aimé en vain. Je l'espérais, en tout cas.

– Vous êtes si calme, qu'est-ce qui vous travaille ? s'enquit Laforêt dont les yeux reposaient sur moi avec intérêt. Allez, oubliez le fourbi dans l'armoire ! Toutes ces choses appartiennent au passé. Vous ne devriez pas vous casser la tête. Considérez plutôt l'avenir. Votre propre vie. C'est toujours le meilleur choix.

– Vous avez sans doute raison, soupirai-je. Encore une chose : vous avez passé du temps avec mon oncle, à l'époque. Avez-vous eu l'impression qu'il était malheureux ?

– Malheureux ? répéta Laforêt en haussant les épaules, puis il réfléchit. Aucune idée. Il ne s'est jamais plaint, en tout cas.

Mais il ne me paraissait pas particulièrement heureux non plus. Je veux dire, votre oncle avait bon cœur, mais il m'a toujours fait l'effet d'un solitaire. Il n'était pas très sociable. Il ne regardait jamais les femmes quand on allait boire quelque part. Contrairement à moi.

Il eut un large sourire.

– Oui, je vous crois sur parole, assurai-je.

– Y aurait-il une pointe de critique ?

– Mais non, qu'est-ce qui vous fait penser ça ?

– Eh bien, vous avez toujours quelque chose à me reprocher, mademoiselle Beauregard.

– Pas toujours. Votre omelette est plutôt bonne, je dois dire.

– Serait-ce le début d'une formidable amitié ? ironisa-t-il.

– Restons-en plutôt à l'omelette.

– Entendu, fit-il et il bondit sur ses pieds, insouciant, pour rejoindre le buffet de la cuisine. Voudriez-vous encore un peu de ma fantastique omelette ?

Il tapait sur la poêle avec sa cuillère, et Filou, resté tout ce temps bien tranquille dans son petit panier, releva la tête et gémit doucement.

– Non, vraiment pas, j'ai assez mangé, assurai-je en souriant. Je ne suis pas habituée à ce genre de portion. Mais votre chien en veut peut-être une bouchée, pas vrai Filou ?

Filou manifesta son accord en aboyant et remua la queue avec enthousiasme lorsque Laforêt fit glisser une partie de l'omelette dans son écuelle. Je me levai et remis le coffret dans l'armoire. Puis j'en refermai la porte.

– Je devrais me mettre en route maintenant, annonçai-je avec un signe de tête en direction de Laforêt. Merci pour votre aide, en tout cas.

– Tenez, dit-il en prenant le CD dans le lecteur et en le rangeant dans son boîtier. N'oubliez pas ça.

Il s'approcha et me tendit le CD.

– Vous savez quoi, je vais l'emporter, expliquai-je. En souvenir.

Je pourrai réécouter tranquillement à la maison les chansons de Françoise Hardy. Pauvre Laurence… Je mis le CD dans ma poche et, soudain, je pensai à ma propre histoire d'amour, pas tout à fait heureuse non plus.

Il n'y a pas d'amour heureux… J'en eus un élancement au cœur, et je soupirai malgré moi. Laforêt s'en aperçut aussitôt.

– Hé ! Qu'est-ce qui vous arrive ? Qu'est-ce qui vous tracasse comme ça ? Quand même pas cette vieille histoire ?

Je secouai la tête en le regardant. Maxime Laforêt était sans doute la dernière personne dont les conseils en amour pouvaient se révéler utiles.

– C'est à cause des lingots d'or ? fit-il en haussant les sourcils. Non, ce n'est quand même pas à cause des lingots ? Ha !

Il pointa son index sur moi.

– Je parie que vous en attendiez plus vous aussi, hein ? Vous pouvez me le dire.

Il me fit un clin d'œil et je ne pus m'empêcher de sourire.

– Vous ne pouvez pas rester sérieux, pour une fois ?
– Pourquoi ? demanda-t-il en me scrutant. Ça améliore les choses, peut-être ? Alors, honnêtement, à quoi pensiez-vous ?
– Oh, je me disais que… Enfin…
Mais qu'est-ce que je faisais ? Je n'allais tout de même pas m'épancher auprès de ce Laforêt !
Je fixais ses yeux sombres, remplis d'espoir.
– Oui ? m'encouragea-t-il.
– Est-ce que *toutes* les histoires d'amour se terminent mal ?
– Mais non ! lâcha Maxime Laforêt avec surprise. Non ! Qui raconte de telles bêtises ?

Maxime Laforêt n'avait sans doute aucune idée de la vie telle qu'elle était réellement. Il ne travaillait pas, c'était un écervelé incapable de nourrir des sentiments profonds. Mais cet après-midi-là, ses paroles me consolèrent, en quelque sorte. Il me raccompagna jusqu'au pont et me promit de veiller sur le contenu de l'armoire. Quant à moi, je lui promis de ne pas l'importuner trop vite avec la vente de la péniche.
– Ah, super, l'année va bien se terminer alors. Mais pas d'inquiétude, le vendredi, je ne me montrerai pas ici… Le bateau sera tout à vous, déclara-t-il généreusement.
Et il me regarda avec satisfaction quitter la péniche et prendre la direction du pont de la Concorde. Visiblement soulagé d'avoir de nouveau son petit royaume pour lui seul.

★

Plus tard, lorsque je passai à la maison le CD de Françoise Hardy, je constatai qu'il y avait en réalité des morceaux témoignant du bonheur d'aimer avec insouciance. *Le Temps de l'amour* en particulier me plaisait. Il émanait de cette chanson une atmosphère de renouveau et une légèreté qui me manquaient un peu ces derniers temps.

Je restai assise un long moment à mon bureau, tentant de me replonger dans ma traduction. Mais la pensée d'oncle Albert et de la princesse de la Loire morte bien trop tôt éclipsait toutes les investigations de l'inspecteur grassouillet, qui venait de tomber sur son troisième cadavre et ne savait toujours pas qui était le meurtrier.

Finalement, j'éteignis l'ordinateur.

Je me levai, fis quelques pas dans l'appartement, me préparai un sandwich, m'approchai de la fenêtre puis me rendis dans la petite entrée, où l'urne trônait toujours sur la commode.

Cette excursion dans le passé m'avait plus remuée que je ne le pensais, je subissais toujours le poids de l'enchaînement tragique des événements, découvert de manière si inattendue. Par ailleurs, je me reprochais de ne plus être allée voir mon oncle depuis des années – j'aurais pu lui rendre visite à une époque où il aurait peut-être été encore capable de me parler de Laurence de Béthune.

Mais peut-être qu'il ne t'aurait rien raconté du tout, pensai-je alors. *Même pas quand il était encore en assez bonne santé pour se souvenir.*

Cette histoire constituait son secret, et il valait mieux emporter certains mystères dans sa tombe. *Ne demande pas pourquoi*, m'écrivait-il dans sa lettre d'adieu. *Ne demande pas pourquoi.*

Peut-être avait-il raison. Relater une histoire triste n'en faisait pas une histoire positive. Et le temps ne guérissait pas toutes les blessures que la vie vous infligeait. Oncle Albert avait tout de même trouvé réconfortante l'idée que ses cendres soient dispersées là où sa bien-aimée était décédée. C'étaient ses dernières volontés, et il m'avait chargée de les exaucer – peut-être parce qu'il me faisait confiance, peut-être aussi parce que j'étais le seul membre de notre famille à avoir connu la femme qu'il aimait.

Je posai la main sur l'urne.

– Ne t'inquiète pas, oncle Albert, dis-je tout haut, et je me sentis d'humeur très solennelle. Je ne t'ai pas oublié. Nous irons bientôt au château de Sully. Je te le promets.

J'aurais sans doute été extrêmement étonnée d'apprendre que je respecterais *très* bientôt ma promesse. Et j'ignorais aussi que ma décision spontanée de partir pour Sully-sur-Loire serait stimulée par la nécessité soudaine de ne pas rater le moment-clé.

Ce soir-là, j'allai me coucher tôt. Un dernier coup d'œil à mon portable me révéla que je n'avais pas de message.

Cédric ne m'avait pas contactée, Luc non plus. Et ce serait Noël dans une semaine tout juste.

J'eus cette nuit-là un sommeil agité, accompagné de rêves confus. Et je dormais encore lorsque le téléphone sonna. Je me redressai, l'esprit embrouillé, et regardai mon réveil. Sept heures et demie ! Qui appelait un week-end à sept heures et demie ? J'enfonçai la tête sous l'oreiller, mais la sonnerie demeurait insistante. Finalement, je tâtonnai entre les livres et ma tasse de thé, sur la petite table d'appoint marocaine à côté du lit, jusqu'à trouver mon portable.

– Qui me dérange ? demandai-je en me laissant retomber dans mon oreiller avec un grognement. Je dormais.

– C'est moi, *darling* !

– Cédric ? Qu'est-ce qu'il y a ? soupirai-je. J'ai passé une très mauvaise nuit.

– Et moi j'ai fait nuit blanche, répliqua Cédric, dont la voix paraissait étonnamment réveillée.

– Ah… lâchai-je, essayant de mettre de l'ordre dans mes pensées.

– Augustin devait passer, tu te souviens ?

– Exact, fis-je, la mémoire me revenant lentement. Il voulait te parler.

J'espérais qu'il n'y ait pas eu de nouveau drame…

– Alors, qu'est-ce qu'il a dit ? m'enquis-je.

– Il a dit que c'était définitivement fini, déclara Cédric dont la voix tremblait un peu.

– Quoi ? m'exclamai-je, bien réveillée cette fois. Oh mon Dieu !

Pauvre Cédric !

– Oui. Il est arrivé dévasté, et quand je lui ai demandé s'il voulait prendre ses affaires, il a fondu en larmes et m'a demandé pardon, précisa Cédric, le souffle saccadé.

– Tu veux dire que c'est fini avec l'adonis ?

– C'est ce que je dis depuis le début, *darling*, tu m'écoutes ? Augustin était bouleversé. Il n'arrêtait pas de répéter qu'il avait fait une erreur monumentale. Il m'a dit qu'il n'aimait que moi, qu'il en était sûr maintenant. Et aussi que ce type était complètement superficiel, qu'il s'était laissé aveugler, qu'il ne comprenait pas du tout comment ça avait pu lui arriver. Qu'au bout de quelques jours seulement, il avait eu de très mauvaises sensations. Et il m'a demandé si j'acceptais de le « reprendre ».

Cédric marqua une pause.

– Et alors ? demandai-je, le souffle court. Tu lui as pardonné ?

Cédric se taisait.

– Cédric ? Tu es toujours là ? Ne me fais pas languir comme ça, je vais avoir un infarctus.

– Bien sûr que je lui ai pardonné, reprit Cédric avec des sanglots dans la voix. Je l'aime.

Il se mit à pleurer de soulagement, et je faillis fondre en larmes moi aussi.

– Oh, Cédric, dis-je finalement. C'est merveilleux ! Je suis drôlement contente pour toi. J'espère qu'Augustin apprécie que tu ne lui en veuilles pas.

– C'est le cas, déclara Cédric. Il a dit que ça ne coulait pas de source et qu'il aurait compris que je le vire. Mais comme tu le sais : *Love means never having to say you're sorry.*

– Quelle formule stupide ! me moquai-je.

– Oui, plutôt *old school*, je suis d'accord, fit Cédric avant de rire, ravi. Et tu ne connais pas la meilleure ? On ira ensemble fêter Noël chez la sœur d'Augustin, comme prévu. Noël en famille... J'aime ça.

Je souris. La sœur d'Augustin, Béatrice, habitait dans les Vosges, le lieu de leur enfance. C'était apparemment quelqu'un de charmant et sa petite fille, Coralie, était la filleule d'Augustin. Lui et Cédric étaient en adoration devant la fillette, qui appelait ce dernier avec un grand naturel « oncle Cédric ». Depuis de nombreuses années, mes deux amis y passaient les vacances de Noël, avant d'aller skier.

– Maintenant, je me réjouis vraiment à l'idée de Noël, expliqua Cédric avec bonheur, et je sentis mon cœur s'alourdir.

À quoi ressemblerait mon Noël à moi ?

– Bon, il n'y aura pas de bal des cœurs solitaires, en fin de compte, disait justement Cédric. Mais peut-être que tu auras quand même droit à une belle surprise.

– Sûrement. Tu seras le premier que j'appellerai, en tout cas. Même si ça doit être en plein milieu de la nuit. Ce ne sera que justice.

J'essayais de chasser mes sombres pensées.

– Bien, répondit Cédric.

– Et où est Augustin, en ce moment ?

– Il prépare le petit déjeuner.

– Alors, laisse-le te gâter.

– J'y compte bien. Et... Joséphine ?

– Oui ?

– Merci de m'avoir redonné courage.

– Je l'ai fait avec plaisir. J'ai toujours su qu'Augustin reviendrait. On ne peut qu'être amoureux de toi.

– Si tu le dis.

Nous rîmes, et j'entendis un cliquetis de vaisselle à l'arrière-plan.

– Aaah, voilà Augustin. Mmmh... Ç'a l'air délicieux. Ce sont des œufs pochés ? ... *Darling*, je dois raccrocher. On se voit demain ?

Sa proposition me faisait plaisir, mais je préférai décliner.

– Non, Cédric. J'ai pas mal à faire ici. Profitez d'abord de votre réconciliation. Et bonjour de ma part à Augustin. Dis-lui que je lui pardonne, moi aussi.

– Je le ferai. Mais il faut absolument qu'on se voie avant notre départ. Et appelle-moi s'il y a du nouveau.

– Promis, déclarai-je, et je coupai la communication.

Je me préparai une grande tasse de café au lait et retournai au lit. Je tentai de lire, mais impossible de me concentrer. Mon regard ne cessait de se poser sur l'armoire à vêtements, à laquelle était accrochée ma robe de velours bleu.

Je me demandais si j'entendrais encore parler de Luc.

Le samedi passa, le dimanche se traîna, le lundi finit par s'écouler. Le mardi, j'avais le moral dans les chaussettes. Je pris la cravate à pois et la fourrai tout au fond du tiroir.

Et le mercredi, deux jours avant Noël, Luc appela.

16

Parfois, quand on attend trop longtemps et avec trop d'impatience quelque chose d'important, et que cela se produit enfin, il arrive qu'on se retrouve submergé par un sentiment d'accablante fatigue. Peut-être s'agit-il d'une réaction physique, d'une sorte d'autodéfense. Comme si le corps s'efforçait brutalement de retarder une réaction qui lui réclamerait des efforts.

Lorsque, ce mercredi matin là, je vis enfin s'afficher sur l'écran de mon portable le nom de Luc – ce nom tant attendu ! –, je ne ressentis rien, hormis une grande hébétude. Je m'installai dans le fauteuil en osier et décrochai.

– Bonjour, Luc.

– Bonjour, ma puce.

Puis aucun de nous ne dit rien pendant un moment, et dans ce silence, mon cœur se rappela qu'il existait encore. Le sang se remit à circuler dans mes veines, j'étais plus que réveillée et je percevais les battements dans ma poitrine.

– Toujours là ? s'enquit Luc.

– Oui, répondis-je, la bouche sèche. Qu'est-ce qu'il y a ?

J'avais posé cette question comme s'il s'agissait d'un coup de fil parfaitement ordinaire.

– Je voulais savoir comment tu allais.

– Bien. Et toi ?

– Pas très bien, déclara-t-il d'une voix misérable.

– Pourquoi ? le questionnai-je, mon cœur tambourinant follement.

J'ai parlé à Agnès, pensai-je. *Mais tu vas le dire, espèce de crétin !*

– J'ai parlé à Agnès, expliqua Luc.

– Quoi ?! m'exclamai-je en pressant le portable contre mon oreille, le souffle court.

Et puis, comme il restait muet, je demandai finalement :

– Et… alors ?

– C'était affreux.

– Oh, mon Dieu ! lâchai-je en hochant la tête.

Je pouvais l'imaginer… Personne n'avait jamais prétendu qu'apprenant mon existence, Agnès allait sourire et lui souhaiter beaucoup de bonheur.

– Elle a emmené les enfants chez ses parents, et nous avons parlé jour et nuit, reprit-il, hésitant. Mais en fin de compte, elle m'a pardonné.

– Elle t'a… *pardonné* ? balbutiai-je, déconcertée. Comment ça, elle t'a pardonné ?

Je ne comprenais plus rien. Qu'est-ce qu'Agnès avait bien pu lui pardonner ? Qu'il ait une maîtresse secrète depuis trois ans ? Qu'il la quitte ?

– Tu sais… commença Luc d'un ton triste. Ça ne s'est pas du tout passé comme je l'imaginais, ma puce…

– De quoi parles-tu, Luc ? Qu'est-ce qui s'est passé ?

Sa femme avait-elle été renversée par un bus ? Avait-elle un amant elle aussi ?

– Eh bien, se lança-t-il, hésitant. Agnès a trouvé le ticket de caisse de l'Hôtel du Nord… celui de la bouteille de champagne.

Il se racla la gorge, gêné, et je repensai à notre soirée ratée, lorsqu'il avait voulu m'offrir ce séjour à Nice.

– Cette trouvaille n'aurait eu aucune conséquence, poursuivit-il, si je ne lui avais affirmé avoir été au Café Marly, pour retrouver un vieil ami qui ne venait à Paris que ce jour-là. Tu te rappelles, c'était un samedi et il fallait que je trouve une excuse pour m'éloigner de la maison. Bon, toujours est-il que quelques jours plus tard, elle t'a vue en train de me parler au Bon Marché, alors elle s'est méfiée et elle a mené sa petite enquête…

– Aha, fis-je. Et après ?

Il ne fallait pas sous-estimer la sympathique femme au bonnet bleu clair.

– Ah, ma chérie, soupira Luc. Elle a tout découvert ! Elle a parlé aux serveurs de l'Hôtel du Nord, avec les gens de la réception… Et ils se souvenaient très bien de nous. Ensuite, elle a trouvé sur mon répondeur un message de toi que j'avais oublié de supprimer. « Qui est Joséphine, chéri ? », voilà ce qu'elle m'a demandé. « Et depuis combien de temps ça dure, entre vous ? » Finalement, j'ai tout avoué. Je te jure, c'étaient les pires heures de mon existence.

– Eh ben dis donc ! Vraiment désolée, assurai-je, songeant qu'il n'était pas étonnant qu'il ne m'ait pas contactée plus tôt. Bon. Tu vois, Luc, tout ne s'est peut-être pas déroulé de manière idéale, mais maintenant au moins, le plus dur est passé.

Je me renfonçai dans mon fauteuil, incapable d'y croire. Luc avait rompu avec Agnès. À moins que ce ne soit le contraire. Ce qui revenait au même, au bout du compte. Pour autant, étrangement, je ne sentais toujours pas l'euphorie monter. Sans doute la nouvelle n'avait-elle pas encore atteint toutes les fibres de mon corps.

– Oui, déclara Luc, abattu. Ça ne se serait sans doute pas bien terminé à la longue, de toute façon. Toutes ces cachotteries, ce jeu de cache-cache… On ne pouvait pas continuer comme ça.

– Tu m'accompagnes à Noël, alors ? demandai-je avec prudence.

– Écoute, Joséphine, fit-il, et le ton de sa voix ne me plut pas du tout. Je dois t'annoncer quelque chose, et c'est pour ça que je t'appelle. Tu… Je veux dire… Tu sais ce que j'éprouve pour toi. Mais à l'instant même où Agnès, après avoir tout découvert, m'a dit que je pouvais déménager tout de suite, faire mes bagages, lorsqu'elle m'a demandé si toutes ces années avec elle ne signifiaient rien, nos enfants, ce que nous avions construit ensemble, j'ai ressenti une peur immense. Comme si je venais de me réveiller brusquement, tu comprends ?

Non, je ne comprenais pas.

– Et c'est là que j'ai réalisé que ma vraie vie, ma place, était auprès d'Agnès et des enfants…

– Mais nous alors ? demandai-je, assommée. Ce n'était pas vrai, peut-être ?

– Ah, Joséphine, murmura Luc. Nous deux c'était… un rêve merveilleux. Mais on ne peut pas vivre éternellement dans un rêve.

– Un rêve peut devenir réalité, rétorquai-je. Si on le souhaite vraiment, il se réalise.

Il soupira.

– Tu vois, ma chérie, si on veut être réaliste, il faut bien avouer que j'étais trop âgé pour toi…

– Ça ne t'avait jamais dérangé jusqu'à présent.

– Je sais, je sais. Mais tu mérites un autre homme que moi. Quelqu'un avec qui tu puisses traverser la vie main dans la main, comme tu me l'as balancé à la figure, l'autre fois à l'hôtel, précisa-t-il avec un rire penaud. Et ma main doit tenir celle d'Agnès. Je suis désolé de l'avoir réalisé si tard… Agnès m'a pardonné, et j'espère que tu me pardonneras aussi.

– Ta décision est prise, alors, commentai-je, la gorge nouée.

– Oui, je me suis décidé, répondit-il doucement. On ne se verra plus, ma puce, même si ça me brise le cœur de devoir te dire ça. Mais Agnès a été très claire : si on se revoit, c'est fini.

– Je ne voudrais pas te revoir non plus dans ces conditions, déclarai-je d'une voix catégorique. Je te l'ai déjà dit clairement.

Je me montrais très courageuse…

– Je sais, fit Luc. Tu vas me manquer, mon amour. Merci pour ta compréhension. Et joyeux Noël quand même.

– À toi aussi, répondis-je d'une voix blanche.

Il y eut un léger craquement lorsque la communication fut coupée. Luc avait raccroché. Je laissai retomber le téléphone, avec la sensation d'un léger craquement dans ma poitrine aussi. Là où se trouvait le cœur.

Je posai mon portable sur la petite table ronde à côté du fauteuil et regardai fixement par la fenêtre pendant un moment. Même si je me doutais depuis belle lurette de l'issue de cette histoire, même si je l'avais toujours su au fond, j'étais anéantie. Je venais sans doute de me réveiller après un rêve. J'étais tombée de mon petit château en nuage, et le choc était douloureux, malgré tout.

Je contemplai ma robe bleue, accrochée à l'armoire à vêtements. Ce serait Noël dans deux jours. *Super timing*, pensai-je.

Je ne pouvais, hélas, pas rester assise dans le fauteuil en osier pour le reste de ma vie. Je finis donc par me lever. Il était midi, et je ne me sentais pas du tout dans mon assiette. J'épluchai une banane et mangeai un yaourt. Puis j'allai chercher la cravate de Luc dans son tiroir et la fis disparaître dans la poubelle. Je lavai la vaisselle dans l'évier. Je m'habillai et me coiffai. J'étendis le boutis bigarré sur mon lit, le lissai mécaniquement et répartis dessus les coussins. Finalement, je repris mon portable et fixai pendant un moment le contact de Luc, avant de le supprimer.

Ensuite, je pris une profonde inspiration et appelai Cédric.

– J'avais promis de téléphoner s'il y avait du nouveau.

★

Il y avait, sur la place devant l'église Saint-Sulpice, un petit marché de Noël avec des tentes blanches où se pressaient des gens en vestes et en manteaux épais. Ils discutaient et riaient, s'arrêtaient soudain puis repartaient en découvrant un objet plus beau encore. Il régnait une atmosphère joyeuse, annonciatrice de Noël – exception faite de mon humeur à moi. Et il faisait froid, très froid, pas comme à l'époque de mes études à Helsinki, mais j'avais tout de même l'impression que cet hiver ne finirait jamais. J'enfonçai mon bonnet et me félicitai d'avoir pensé aux gants. Le front plissé, je me frayai un chemin dans les passages étroits entre les stands, près desquels les gens se bousculaient pour acheter jouets de Noël, étoiles colorées, personnages en bois, bijoux, vêtements tricotés et cartes nostalgiques ornées de paillettes argentées. Les lampions de couleur accrochés aux tentes étaient allumés, baignant les lieux de lumière. Même le Café de la Mairie, vers lequel je me dirigeais d'un pas décidé, avait revêtu ses habits de fête. Il était situé en face de la nef latérale de l'église Saint-Sulpice, qui se dressait sur la place, aussi imprenable qu'un château fort. Et devant m'attendait mon fidèle chevalier, Cédric.

Il avait de nouveau entrepris l'une de ses promenades pour *Le Flâneur* – cette fois tout autour de l'église Saint-Sulpice – et m'avait demandé si je pouvais le rejoindre. Soulagée, je courus vers lui et me jetai dans ses bras.

– *Shit happens, darling,* déclara-t-il un peu plus tard lorsque nous fûmes installés au chaud dans la véranda du café, avec chacun un chocolat chaud. Ne le prends pas au tragique. Tu redeviens une femme libre.

– J'ai toujours été une femme libre. Plus libre que je l'aurais voulu, ajoutai-je avec amertume, songeant que le mot « liberté » signifiait aussi qu'on n'avait rien à perdre. J'ai gaspillé trois ans de ma vie avec cet homme, et je me retrouve seule.

Les larmes me montaient aux yeux.

– J'aurais trouvé ça chouette pour une fois de ne pas me retrouver seule à Noël, repris-je.

– Mais tu n'es *pas* seule, répliqua Cédric. Si tu veux, tu peux nous accompagner dans les Vosges. J'en ai parlé avec Augustin, la maison de sa sœur est assez grande. Et après, tu viendras skier avec nous. On va bien s'amuser ! En plus, on rencontre toujours des gens géniaux quand on skie.

Et il leva les yeux au ciel, enthousiaste.

– Je ne veux pas rencontrer des gens géniaux, objectai-je d'une voix sans timbre. Et je ne sais pas skier non plus.

– Eh bien, tu apprendras. Sois un peu plus ouverte. La chose la plus stupide que tu puisses faire serait de te retirer dans ta coquille, assura-t-il avant de faire signe au serveur. Deux autres chocolats chauds, s'il vous plaît !

Puis il m'adressa un regard encourageant.

– Allez viens, Joséphine, ça nous ferait plaisir.

– C'est très gentil de votre part, mais non, fis-je en secouant la tête. J'ai une famille chez qui je peux aller...

Une petite grimace plaintive m'échappa.

– C'est juste que j'aurais tellement aimé... J'aurais tellement aimé... Ah, et merde !

Je plaquai la main contre ma bouche et essayai de ne pas pleurer. Cédric me caressait l'épaule pour m'apaiser.

– Ça va s'arranger, assura-t-il. Tu vas rencontrer un autre homme. Beaucoup plus gentil que cet idiot de Luc. Ma petite boule de cristal me l'a dit. Dès le début de l'année prochaine, on t'en trouvera un autre. Tu repars de zéro, tu as toutes tes chances ! Alors, tu dis quoi de mon plan, il est bon, hein ?

Il me sourit, tentant de me consoler.

J'essayai de sourire aussi, les yeux humides.

– Ah, Cédric. Tu es toujours si gentil. Mais tu sais...

Je ne savais pas comment décrire ce que j'éprouvais. Je fixai à travers les parois vitrées l'église qui se découpait nettement sur le ciel sombre, toutes les lumières dehors, les gens qui déambulaient bras dessus, bras dessous, et brusquement j'eus le sentiment de n'être réellement à ma place nulle part. Ni rue de Bourgogne, où maman préparait sans doute déjà la parfaite fête de Noël, ni désormais aux côtés de Luc.

– C'est Noël dans deux jours, mon cœur me fait terriblement souffrir et je ne sais pas du tout quel chemin prendre, conclus-je avec tristesse.

– Tu vas y arriver, *darling*, déclara Cédric en pressant ma main. On y arrive *toujours*. Tu sais bien que « rien n'est plus fort que le cœur humain, qui se brise à maintes reprises et pourtant continue de vivre ».

– Oui, Cédric, je sais.

Je connaissais moi aussi le beau poème de Rupi Kaur*.

* Rupi Kaur, *Le Soleil et ses fleurs*, traduction de Sabine Rolland, Nil éditions, 2019.

17

L'air sentait la neige lorsque, le 24 décembre, je pris le chemin de l'appartement de mes parents. Je ne nourrissais pas de grandes attentes. J'allais me retrouver là-bas dans ma nouvelle robe, et ce serait aussi affreux que l'année passée. Mis à part que j'allais sans doute attraper un rhume, aussi : mon chauffage venait à nouveau de me laisser tomber.

Ce matin-là, Cédric et Augustin avaient rappliqué sans prévenir, pour me dire au revoir. Contrairement à moi, ils se réjouissaient de cette période de Noël. Cédric avait déposé son petit sac de transport chic pour chat, un Louis Vuitton, dans lequel se trouvait Nana, sa petite chérie, qui les accompagnait naturellement à la montagne. Puis il s'était frotté les bras en frissonnant.

– Mon Dieu, qu'est-ce qu'il fait froid dans ta cahute ! Tu es déjà devenue trop pauvre pour chauffer ? Ou tu fais des économies à la noix ? avait-il demandé en détaillant mon épais pull en tricot et mes pantoufles fourrées. Allume donc le poêle, Miss Scrooge !

Je m'étais dirigée vers le radiateur pour en tâter les colonnes. Le thermostat était tourné au maximum, mais l'appareil était froid.

– Oh non ! Ce stupide chauffage est retombé en panne ! m'étais-je écriée, levant les mains avec désespoir et pensant au radiateur d'appoint cassé, dans l'armoire. Et ça m'étonnerait qu'un plombier vienne encore aujourd'hui. Vous savez quoi ? Je commence à en avoir plus que marre. On dirait que l'univers tout entier se ligue contre moi. Je vais finir par mourir de froid, tout bonnement.

– Ne dis pas de bêtises ! s'était exclamé Cédric. Fais-nous plutôt un petit café. Tu vas aller chez tes parents tout à l'heure, de toute façon, tu auras chaleur et réconfort.

– Oui, surtout du réconfort, avais-je répliqué avec un sourire ironique. Ce sera sûrement très réconfortant quand tout le monde me soumettra encore à un interrogatoire serré. Et que Camille voudra savoir pourquoi sa tante n'a toujours pas de mari.

J'avais mis plusieurs cuillerées de café moulu dans la cafetière expresso en inox, et tandis qu'elle gargouillait et sifflait sur la cuisinière, dégageant au moins un peu de chaleur, je songeais qu'il valait peut-être mieux, quand même, ne pas finir gelée et profiter de l'hospitalité de maman. Cette dernière partait de toute façon du principe que, comme le reste de la famille, je passerais la période de Noël rue de Bourgogne. « Pourquoi avoir un si grand appartement, sinon ? » répétait-elle toujours, et tout le monde – à part moi, bien entendu – considérait comme le summum du confort de passer ensemble les fêtes de Noël, et de partager tous les repas, du petit déjeuner au dîner.

J'étais allée chercher deux tasses à expresso dans l'étagère et les avais posées sur la table, devant Cédric et Augustin.

– Tenez. De quoi vous réchauffer.

Cédric avait bu une gorgée de café et s'était ébroué.

– Dis donc, ça secoue! C'est quoi cette mixture? Il y a de quoi tuer un colosse, avait-il affirmé avant de sortir un petit paquet. Tiens, pour toi. Joyeux Noël, Joséphine!

C'était un parfum, *Quelques Fleurs*, et Cédric avait insisté pour que je l'essaie tout de suite. Je m'étais donc mis un peu du précieux liquide derrière les oreilles et sur les poignets.

– Aaah, je le savais! avait lancé Cédric, ravi. C'est tout simplement irrésistible sur toi, *darling*... Qu'est-ce que tu en dis, Augustin?

– Oui, tout à fait magique, avait commenté Augustin en reniflant mon poignet. Ça sent... comme un printemps en plein cœur de l'hiver.

★

Comme un printemps en plein cœur de l'hiver, pensais-je à présent, transie, empruntant la rue de Varenne et me dirigeant vers la rue de Bourgogne. Les talons de mes chaussures à brides résonnaient dans la rue déserte, et le froid s'invitait à travers mes semelles peu épaisses. L'hiver avait vraiment fait son entrée à Paris, et le printemps me paraissait encore bien loin. Une rafale de vent glacé m'accueillit lorsque je tournai à l'angle de la rue, faisant s'envoler les basques du manteau qui couvrait à peine mes genoux.

Après le départ de Cédric et d'Augustin, j'avais emballé les derniers cadeaux puis, prise d'un accès de détermination héroïque, prête à braver le froid et plus encore, je m'étais faite particulièrement jolie pour le réveillon.

Après un court combat intérieur, j'avais fini par enfiler la robe de velours brodée de perles, j'avais cherché dans la commode des collants fins et j'avais bouclé mes cheveux, qui retombaient en ondulations souples autour de mon visage. Maman serait aux anges de constater que, pour une fois, j'étais convenablement coiffée. Une large barrette ornée de strass brillait à l'arrière de ma tête, empêchant mes cheveux de retomber sur le front. J'avais appliqué du mascara et un rouge à lèvres carmin. Ce soir, je voulais qu'au moins, on ne puisse rien reprocher à mon apparence.

Mes talons claquant sur le sol, je longeais donc en toute hâte la rue de Bourgogne, serrant plus fermement le sac contenant mes cadeaux. Je m'interdisais de penser à Luc. Tout ne pouvait que s'arranger, mais sûrement pas ce soir.

Tout en approchant de l'immeuble de mes parents, je pensais avec regret que j'aurais aimé pouvoir encore me réjouir que ce soit Noël – comme avant, lorsque j'étais enfant. Mais il s'était passé tant de choses, depuis. Des attentes avaient été déçues, des espoirs anéantis – et voici deux jours seulement, mes rêves irréalistes avaient éclaté comme une bulle de savon.

Je dois avouer que je ne me sentais pas au mieux de ma forme ce 24 décembre-là, et je vivais comme un cauchemar la perspective d'arriver une fois encore au réveillon comme la « pauvre Joséphine ». Je me faisais déjà une idée assez précise de la façon dont la soirée se déroulerait...

Comme chaque année, toute la famille se réunirait autour de la longue table ovale de la salle à manger, tout le monde admirerait avec quantité de « Aaah » et de « Oooh » la vaisselle de Noël aux baies rouges et aux feuilles vertes, qui ne sortait qu'une fois par an, le sapin orné de véritables bougies qui, somptueusement décoré, trônait devant la fenêtre en saillie, les petits paquets disposés dessous. Tout le monde vanterait les mérites du fantastique repas mitonné par maman, comme toujours. Ferait l'éloge du châteauneuf-du-pape que papa, pour fêter cette journée, avait remonté de la cave, et qui attendait ouvert sur la table. Mon père, cette fois encore, ne manquerait pas de raconter l'anecdote associée : lors d'un séjour printanier à Avignon, avec maman et nous enfants, il avait dû, au moment de revenir, faire expédier nos valises par le train, afin de faire de la place, dans le coffre, aux caisses de vin rouge qu'il avait achetées – grisé par l'enthousiasme – dans une cave viticole du village de Châteauneuf-du-Pape, dans le Vaucluse.

Après le champagne et la terrine de gibier au confit d'oignon, servie habituellement en hors-d'œuvre, la conversation décollerait vraiment. Et après que mes sœurs auraient révélé toutes les nouvelles témoignant de la vie de rêve qu'elles menaient ; après que les petits auraient gigoté à table, Camille ne cessant de demander quand viendrait enfin le moment d'ouvrir les cadeaux ; après que papa, ému, aurait porté un toast à sa merveilleuse femme Isabelle et que maman lui aurait pressé la main avec un sourire comblé, l'intérêt soutenu de la tablée (les sujets de discussion venant à manquer) viendrait se porter sur l'enfant à problèmes de la famille – moi. Et je n'avais, hélas, comme toujours, aucune nouvelle réellement positive à annoncer. Le miracle de Noël n'avait pas opéré, cette année non plus.

Quelques minutes plus tard, je m'arrêtais devant l'immeuble majestueux. Je sonnai un coup bref et composai le code. Le battant de la porte s'écarta d'un seul coup. Tandis que je me glissais dans l'entrée, puis montais d'un pas hésitant jusqu'au deuxième étage, j'espérais juste surmonter peu ou prou cette soirée. En haut, la porte de l'appartement s'ouvrit et la lumière envahit le palier, en compagnie de rires gais. Et un fumet de dinde et de marrons parvint jusqu'à moi.

Showtime, pensai-je et je décidai de faire un effort. Affichant un sourire, je dis bonjour à Camille qui, vêtue d'une robe rose, bondissait avec excitation dans ma direction.

– Elle est là ! Elle est là ! piaillait-elle gaiement. Joséphine est arrivée.

Et soudain, j'eus tout de même l'espoir que ce soit un Noël agréable.

Un vœu pieux… La soirée s'acheva sur une catastrophe due sûrement, en grande partie, à mon hypersensibilité.

Au début, tout se passa bien. Mes sœurs étaient là avec maris et enfants, et après des embrassades enjouées et beaucoup de « Ça va ? », nous nous étions retrouvés debout devant le piano à queue noir – sur lequel la petite Camille et sa mère nous joueraient plus tard quelques mélodies de Noël –, buvant notre champagne.

Je descendis résolument deux verres, et après que tous les membres de la famille m'eurent complimentée sur ma robe, je commençai à me sentir mieux.

Même maman effleura, admirative, le velours de la robe ornée de petites perles au col.

– Très beau, déclara-t-elle, et pour une fois, enfin, elle paraissait satisfaite. Elle te va à ravir. Où l'as-tu achetée ? Tu devrais porter plus souvent ce genre de chose, Joséphine.

– Eh bien, ce n'est pas tous les jours Noël, maman, objectai-je. En plus, en temps normal, je ne peux pas me permettre des vêtements aussi chers.

– Dommage, vraiment regrettable, lâcha maman, et je sentis que cela pouvait constituer le point de départ d'un assez long discours.

Papa le sentit aussi et intervint :

– Tu es vraiment ravissante ce soir, Joséphine ! s'exclama-t-il en passant le bras autour de mes épaules. Mais on va manger, maintenant. À table, la famille ! Je salive en pensant à la dinde depuis ce matin.

Et il m'entraîna vers la salle à manger.

– Qu'est-ce que c'est, ce formidable parfum que tu portes ?

– *Quelques Fleurs* d'Houbigant, répondis-je en souriant de fierté. On me l'a offert pour Noël.

– Oh ! fit maman.

Marchant près de nous, elle se tourna brièvement vers Pauline et lui adressa un regard de conspiratrice.

– Houbigant ! dit-elle d'un air appréciateur. Qui t'a offert un parfum si coûteux ?

– Un ami, expliquai-je, et je remarquai du coin de l'œil que Pauline poussait Eugénie du coude.

– Ah, un ami ! répéta maman d'un ton lourd de signification. Tu ne veux pas nous en dire plus sur ce gentil jeune homme ? Il semble avoir bon goût, en tout cas.

– C'est juste un ami, maman, répliquai-je légèrement agacée, et si papa ne nous avait pas poussées vers la table, la situation aurait pu, dès ce moment, échapper à tout contrôle.

Assise entre Pauline et lui, je me mis à manger ma terrine de gibier en silence, tandis que les autres discutaient de leurs projets de vacances. Eugénie déclara en souriant qu'elle avait besoin d'une petite pause dans son travail exigeant de chirurgienne et de scientifique. En février, elle s'envolerait donc pour l'île Maurice avec Guy et leurs deux enfants.

– Il y a des chutes d'eau et des étoiles de mer rouges dans la mer, s'exclama Camille comme sur commande. Elles sont grandes cooomme ça !

Indiquant la taille d'une gigantesque étoile de mer imaginaire, elle renversa un verre. Par bonheur, il n'y avait que de l'eau dedans, car maman soupirait déjà : « La belle nappe. »

– Bon, ça ne fait rien, ajouta-t-elle aussitôt après.

On passait beaucoup de choses à la charmante enfant.

– La petite est toujours si pleine de vie, commenta en souriant ma sœur la plus âgée. Elle a ton tempérament, Guy. C'est une bonne chose que César soit un enfant si calme.

Le petit César, assis dans sa chaise haute, pensif, s'efforçait de goûter à la terrine de gibier dans laquelle il plongeait régulièrement sa petite cuillère en argent.

Pauline n'avait pas d'aussi grands projets de voyage.

– On part fin mai sur la Côte d'Azur, en voiture, tranquillement, pas vrai chéri ? Il ne fera pas encore trop chaud à ce moment-là.

– Oui, on passe par Nice et Antibes, confirma son mari dans un hochement de tête, et après on loue une petite maison pas loin de Saint-Tropez, en pleine nature. Mais on sera quand même vite sur la plage de Pampelonne.

Je baissai la tête et pensai, amère, aux mimosas de Nice qui fleuriraient sans moi. Pour un peu, j'allais dire :

– Pourquoi ne pas aller à Nice en février, pour la floraison du mimosa, il paraît que c'est particulièrement beau. Je peux vous recommander un très bon Relais & Châteaux.

Mais je me tus, naturellement. Je ne me sentais pas bien. Je buvais mon vin en espérant qu'on m'oublie. Et tout se passa bien pendant un moment. Principalement parce qu'après l'inévitable discours de Noël de papa et l'hommage rendu à sa merveilleuse épouse, il y eut une surprise qui, dans un premier temps, éclipsa tout. Ou plutôt, jeta dessus une lumière crue.

Pauline lâcha sa bombe avant même le plat principal.

– Ma chère famille, fit-elle soudain en levant son verre. Nous avons une autre raison de trinquer.

Ses joues étaient roses, ses yeux brillaient.

– L'année prochaine, à Noël, il y aura une personne de plus à table. Enfin, se reprit-elle avec un sourire malicieux, et les pointes de ses cheveux sombres s'agitèrent vers l'avant, peut-être pas nécessairement à table.

Elle marqua une pause calculée.

– Bertrand et moi allons avoir un enfant. Une petite fille.

Le silence régna pendant un moment.

Puis maman faillit s'évanouir de joie, tandis que papa affichait un sourire incrédule.

– Eh bien, c'est allé vite, déclara-t-il, tandis que tous les autres lâchaient des exclamations, riaient et applaudissaient.

Quant à Camille, elle courait autour de la table en criant :

– Je vais avoir une cousine, je vais avoir une cousine !

– Quelle nouvelle formidable, conclut papa en levant son verre. C'est notre plus beau cadeau de Noël, n'est-ce pas Isabelle ?

Nos verres s'entrechoquèrent, maman pleura un peu, très émue, puis elle rejoignit Pauline et la serra brièvement dans ses bras, avant de disparaître dans la cuisine pour sortir du four la dinde farcie aux marrons.

Pauline, un sourire heureux aux lèvres au milieu de tout ce tohu-bohu, profitait en future mère de toutes ces félicitations. Elle en était déjà au quatrième mois et personne ne s'était douté de rien, pas même papa qui la voyait pourtant presque tous les jours.

– Hé, pourquoi tu ne m'as rien dit, vieille cachottière ? demandai-je en pensant à toutes nos rencontres de ces dernières semaines, à cause de la péniche.

– Tu ne me racontes pas tout non plus, petite sœur, si ? Ne devais-tu pas nous amener quelqu'un ce soir ?

– Tu as mal compris, commentai-je en maudissant une fois encore Luc qui m'avait laissée tomber.

– Tiens, tiens, lâcha Pauline en jouant avec son collier de perles.

Sa petite fille serait sûrement, un jour, tout aussi parfaite qu'elle.

– Tu veux être la marraine ?

– Si on ne peut pas l'éviter, répondis-je. Mais je te préviens tout de suite, je ne pourrai pas faire de gros cadeaux.

Je faisais comme si cela ne signifiait rien pour moi, mais bien entendu je me réjouissais qu'elle m'ait posé la question. J'étais également heureuse pour elle, mais envahie en même temps d'un étrange sentiment de vide. L'année prochaine à

Noël, Pauline aussi aurait un enfant. Il y aurait alors deux familles heureuses chez les Beauregard. Quant à moi, je serais très probablement toujours assise seule à table, à traduire des romans finnois dans mon grenier. Super perspective, non ? Je vidai mon verre et sentis poindre l'auto-apitoiement.

La dinde, que maman apporta et posa fièrement sur la table, rencontra un franc succès. Elle était énorme et marron doré, et papa la découpa en expert avec les cisailles à volaille. Et après que l'excitation concernant l'agrandissement de la famille fut un peu retombée et que la nourriture fut distribuée sur les assiettes, mon tour vint finalement.

Je ne me rappelle plus comment la querelle commença, au juste – je crois que papa évoqua Richard Bailleul sans arrière-pensée, et souligna à quel point il avait été prévoyant de l'embaucher au cabinet, puisque Pauline serait bientôt absente pour un petit moment. Ensuite, la discussion dériva sur ma péniche, que l'avocat n'avait hélas pas achetée. Et en fin de compte, il fut mentionné que j'avais accompagné Richard Bailleul à l'opéra, ce qui avait visiblement échappé à Eugénie.

– Oh, mais c'est nouveau… Tu sors avec un avocat? demanda-t-elle.

– Non, rétorquai-je, sans pouvoir éviter que ma voix adopte un ton quelque peu hostile.

Tandis que papa discutait avec Guy et Pauline, et que Camille se mettait à pleurnicher parce qu'elle ne voulait pas déballer ses cadeaux après le dessert mais tout de suite, ma sœur aînée parlait en chuchotant avec maman. Malgré le brouhaha, je perçus des bribes de leur conversation : « ... Je trouve ça très dommage moi aussi... bon parti... Mais figure-toi que Pauline a dit... »

Cramponnée à mon verre de vin, je tentais d'avoir l'air la moins concernée possible.

– Bon appétit, déclara maman une fois que l'assiette de chacun fut garnie, et elle regarda autour d'elle avec gaieté. Puis ses yeux s'arrêtèrent sur moi.

– Maintenant que Pauline nous a fait cadeau d'une si merveilleuse surprise, on se demande tous quand tu vas nous révéler la grande nouvelle, Joséphine.

– De quelle grande nouvelle parles-tu, maman ? m'étonnai-je.

– Eh bien, déclara-t-elle en souriant, ta nouvelle robe, ton parfum coûteux... On est capables d'en tirer les conclusions qui s'imposent, ma puce.

– Maman, laisse tomber, répliquai-je, irritée, et j'entendis Eugénie glousser. Je ne sais pas ce que tu t'imagines, mais c'est n'importe quoi.

Naturellement, maman n'avait pas tout à fait tort en faisant cette supposition ; bien sûr que j'avais pris la robe dans l'emballement d'une vision de bonheur, mais celle-ci s'était révélée fausse, et cela ne me fit réagir qu'avec plus de violence.

– Bon sang, je ne peux plus m'acheter une nouvelle robe sans que toutes les alarmes se déclenchent, ici, ajoutai-je sur le ton de la rébellion. Et arrête de m'appeler *ma puce*, j'ai plus de trente ans.

J'avais entendu le dernier « ma puce » dans la bouche de Luc, et cela n'arrangeait pas vraiment les choses. Manifestement, n'importe qui pouvait s'immiscer dans ma vie quand ça lui chantait. Parce que je restais la petite.

Maman referma la bouche, visiblement vexée. Puis elle la rouvrit : la curiosité l'emportait.

– Et moi qui pensais que tu allais nous dire que, toi aussi, tu serais bientôt accompagnée, fit-elle. Pauline me l'a raconté…

– Que t'a raconté Pauline ?

Je fixais ma sœur, et notre discussion devant le miroir des toilettes de la brasserie Lipp me revint. Pauline haussa les épaules en guise d'excuse. J'aurais pu l'étrangler. Évidemment qu'elle s'était dépêchée de tout répéter à maman !

– Eh bien, que tu as un petit ami, répondit maman. Et que tu comptais nous le présenter à Noël. Alors, quand vient-il ? Demain ?

Tous les yeux se braquèrent sur moi. Je sentis le sang jaillir dans mes joues, baissai le regard et pris une longue gorgée de vin rouge. *Reste calme !* m'ordonnai-je.

– Pauline a raconté des âneries, répliquai-je en m'adossant à ma chaise.

– Comment ? lâcha maman qui parut déconcertée un moment, avant de reprendre avec détermination : mais non. Toi-même tu m'as parlé de cet homme, Joséphine !

– Vraiment ?

L'alcool commençait à embrumer mes sens. Je n'avais jamais parlé à maman de Luc Clément. De quoi était-il question ? Je fixais les visages des autres convives, qui attendaient, fascinés, et suivaient notre échange avec un certain goût du sensationnel. Même Camille, pour une fois, gardait fermée sa jolie petite bouche.

– Mais oui ! Il était venu chez toi la dernière fois qu'on a parlé au téléphone. Tu ne te rappelles pas ? Cédric. Ton ami. Pourquoi tu ne nous le présentes pas ? s'étonna maman, reproche vivant. Mais enfin, Joséphine, pourquoi faut-il toujours que tu compliques autant les choses ? Pourquoi es-tu toujours si renfermée ? On est une famille, non ? On veut tous ton bien, c'est tout.

– Oui, petite sœur, présente-le-nous, demanda Pauline en écho. On est tous impatients de le connaître. À moins que cet homme ne soit un fantôme ? Le fantôme de l'opéra, peut-être ?

Elle avait lancé la balle dans l'assemblée ; Eugénie la saisit et dégaina le scalpel.

– Non, elle ne sort plus avec le fantôme de l'opéra, plaisanta-t-elle. Son petit ami n'est peut-être pas… présentable.

Elle sourit dans ma direction, avant de déclarer :

– Ce ne serait pas le premier crève-la-faim que tu nous ramènerais. Qu'est-ce que c'est, cette fois ? Un salarié modeste ou un poète désargenté ?

Je ne savais pas si je devais rire ou pleurer. Je me retrouvais ici avec ma famille, que j'aimais, et tous bavassaient dans mon dos et s'imaginaient les histoires les plus incroyables.

Alors, une immense colère s'empara de moi.

– Vous savez quoi, vous pouvez tous aller vous faire voir! m'exclamai-je. Cédric Bonnieux est un chroniqueur reconnu. Il est intelligent et il a un goût exquis. Il possède un appartement immense au bord du canal Saint-Martin, mais surtout c'est une personne géniale…

– Tout ça me paraît formidable! s'écria papa. Allez, les enfants, on ne va quand même pas se disputer à cause de ça… Où est le problème?

– Exactement, pourquoi s'énerver? fit Pauline.

Mais on ne pouvait plus m'arrêter.

– Cédric est mon ami, repris-je d'une voix forte. Et il est homo.

Ce fut soudain le silence autour de la table. Je finis mon verre, le reposai et demandai à la cantonade:

– Tout est clair, maintenant? Ou il y a encore des questions?

– Qu'est-ce que ça veut dire homo, maman? demanda Camille.

Le réveillon de Noël s'acheva pour moi sans que je touche à la dinde. Je crois qu'après ma révélation, maman fut tentée de tomber une seconde fois dans les pommes, mais finalement, elle se leva avec indignation et se précipita dans la cuisine, suivie de Pauline, sa fille préférée.

Après qu'Eugénie eut tenté de lui expliquer avec circonspection la signification du mot « homo », Camille saisit qu'on ne pouvait pas nécessairement attendre d'un homme qui en aimait un autre qu'il vous donne des cousines, et elle demanda pourquoi tante Joséphine ne pouvait pas choisir un homme normal.

Papa essaya encore de sauver l'ambiance en affirmant que tout cela était parfaitement normal aujourd'hui, que chacun avait évidemment le droit de disposer de sa sexualité comme il l'entendait, puis il demanda si je ne pouvais pas, malgré tout, amener mon ami.

– Enfin, je veux dire… Vous êtes ensemble ? s'enquit-il, déconcerté.

– Non, bien sûr que *non*, papa, répondis-je, à bout de nerfs, avant de me verser un autre verre de châteauneuf-du-pape.

Une perplexité générale régnait à table ; quant à maman, elle pleurait dans la cuisine. Au bout de quelques minutes, Pauline revint et prétendit que je devais l'accompagner et m'excuser auprès de notre mère.

– M'excuser de quoi ? rétorquai-je. De ne pas avoir de mec ?

– Non, d'avoir gâché sa fête de Noël. Écoute, ça fait des jours qu'elle s'affaire en cuisine, qu'elle prépare tout, et toi tu es méchante avec elle.

– D'accord… C'est *moi* la coupable de tout, maintenant… De mieux en mieux ! m'exclamai-je en bondissant. C'est pourtant toi qui n'as pas su tenir ta langue, très chère sœur !

Quelle chance que je ne me sois pas laissée aller à lui parler de Luc, finalement…

– S'il vous plaît, les enfants, pas de dispute ! C'est Noël, enfin, intervint papa en se tordant les mains de désespoir, puis il se tourna vers moi.

– Maman se fait du souci pour toi, c'est tout, fit-il sur un ton apaisant.

– Oui, parce qu'elle ne me croit capable de rien. Aucun de vous ne croit en moi. Tout le monde pense que je ne suis bonne à rien.

– Mais pas du tout, Joséphine, soupira papa. Tu sais bien comment est ta mère. Tu es son petit bébé et la seule qui ne soit pas encore en couple. Elle en souffre, voilà tout.

Et l'on entendit un sanglot de reproche venir de la cuisine.

– *Elle* en souffre ? Allô ? Qu'est-ce que vous attendez de moi, au juste ? Que j'aille me poster dans la rue avec un panneau « Toujours disponible » autour du cou, pour que maman ne souffre plus et qu'elle puisse enfin annoncer à ses amies qu'il y aura un nouveau mariage chez les Beauregard ? répliquai-je, énervée.

– Ce n'est pas bon que tu sois toujours aussi seule, Joséphine. Tu pourrais peut-être accepter effectivement un autre rendez-vous avec Richard Bailleul, vous vous êtes très bien entendus, non ? L'amour peut s'épanouir ensuite, tu sais ? fit papa en me regardant avec candeur.

– Oh mon Dieu ! lâchai-je dans un gémissement. S'il vous plaît ! Arrêtez de chercher à me caser. C'est insupportable. Je n'ai pas besoin d'un homme pour être heureuse. Quand est-ce que vous allez le comprendre ?

– Qui a besoin des hommes ? demanda Eugénie en haussant les sourcils, espiègle, puis elle glissa à Pauline : peut-être qu'elle est plus attirée par les femmes, maintenant.

Et elles pouffèrent de rire.

– J'ai entendu ! m'exclamai-je. Vous savez quoi ? Je m'en vais, comme ça, vous pourrez poursuivre tranquillement votre parfaite petite fête de Noël. Je suis clairement de trop, de toute façon.

Je pris mon sac à main, arrachai mon manteau et mon écharpe du portemanteau, et tandis que je me ruais vers la porte d'entrée, j'entendis encore Eugénie dire, offusquée :

– Mais enfin, qu'est-ce qui lui prend ? On a quand même encore le droit de plaisanter. La petite est toujours si susceptible…

Excédée, je claquai la porte derrière moi.

18

Je longeais la rue de Bourgogne d'un pas précipité. Il faisait froid, mais je ne m'en rendais pas compte. L'adrénaline coulait dans mon corps, mon cœur tambourinait dans ma poitrine. Hors de moi, je ne savais pas quoi faire de ma colère, quoi faire de moi-même. Je voulais juste m'en aller, quitter ce cinéma que je n'aurais pas pu supporter un instant de plus. Toute la famille s'amusait à mes dépens, papa s'inquiétait de savoir ce que j'allais devenir et maman était profondément offensée que j'aie gâché le réveillon de tout le monde. Quant à moi, j'étais déçue, blessée, bouleversée, écorchée vive… et j'avais clairement bu trop de vin rouge.

Non loin, rue Saint-Denis, Luc fêtait Noël en famille. Cédric et Augustin s'étaient réconciliés. Tous célébraient Noël ensemble, confortablement installés, et moi je me retrouvais dans la rue, sans foyer.

Les larmes me montèrent aux yeux tandis que je continuais à avancer, encore et encore, prenant la rue suivante, puis celle d'après ; tentant d'avoir les idées claires alors que je tournais dans les beaux quartiers, passais devant le musée Rodin, le musée Maillol, le ministère de l'Éducation nationale, devant la mairie du septième arrondissement et toutes les fenêtres éclairées des hôtels particuliers. La nuit était calme, les rues désertes. Il n'y avait personne dehors, j'affrontais seule l'obscurité.

Une silhouette se détacha brusquement d'un mur, et j'eus la frousse de ma vie. Un vieil homme avançait en traînant les pieds sur les pavés, solitaire. Il tenait une bouteille, et titubait en se dirigeant vers moi.

– Joyeux Noël, mademoiselle, balbutia-t-il en me dépassant d'un pas vacillant.

– Joyeux Noël, murmurai-je d'une voix enrouée.

Les Parisiens à la dérive se rencontraient la nuit sur le trottoir et échangeaient des vœux. Voilà donc de quoi serait fait mon Noël… Le spleen m'envahit.

En sanglotant, je tournai dans la rue suivante. J'imaginais qu'à la maison, dans la salle à manger, tous – déconcertés par ma sortie spectaculaire – finiraient par s'accorder à dire, autour de la bûche de Noël, que mon comportement était absolument inadmissible. Et peut-être l'était-il, d'ailleurs. Pourquoi m'étais-je laissée provoquer à ce point ? Pourquoi disjoncter ? J'aurais tout simplement pu ignorer les remarques moqueuses, les questions gênantes. J'aurais dû dire : « Ça ne vous regarde pas, ma chère famille, on change de sujet ! » Mais je n'en étais plus capable. Trop de choses s'étaient accumulées, ces dernières semaines – et cette soirée avait constitué la fameuse goutte d'eau faisant déborder le vase.

Je songeai qu'on lisait régulièrement dans les journaux qu'à Noël, en famille, il arrivait souvent que les émotions bouillonnent, parce que de vieux fossés se rouvraient et que des schémas d'enfance dont on se croyait libéré depuis longtemps réopéraient. Piètre consolation… Fixant les fenêtres éclairées, tout là-haut, je sentis une tristesse sourde s'emparer de moi.

Petit à petit je me calmai, je ralentis l'allure. Sentant maintenant le froid qui s'insinuait le long de mes bas en soie, je me demandai où je me trouvais. Je regardai autour de moi et constatai que j'étais rue de Grenelle, presque sur la place des Invalides. Manifestement, j'avais tourné en rond. Il aurait suffi de quelques pas pour retourner rue de Bourgogne, mais je m'y refusais. Je ne voulais pas non plus rentrer chez moi – l'idée d'un appartement glacial me déprimait. Quant à Cédric, il n'était pas là, et Luc appartenait au passé.

Je m'arrêtai un moment, désemparée. Mon regard tomba sur la tour Eiffel qui se dressait entre deux bâtiments, et paraissait toute proche – une proximité trompeuse.

À ma gauche brillait la coupole dorée du Dôme des Invalides, à ma droite, au bout de l'esplanade des Invalides, les quatre piliers du pont Alexandre III tranchaient sur la nuit d'encre, et la lumière des candélabres à trois branches, de part et d'autre, se brouillant, dessinait un large ruban doré traversant la Seine. Un spectacle incroyablement beau ; s'il n'avait pas fait aussi froid, je serais tout bonnement restée là pour l'admirer, attendant que tout s'arrange.

Alors, comme attirée par un aimant invisible, je pris la direction du pont Alexandre III. Je trébuchai sur le chemin de gravier inégal passant sous les arbres de l'esplanade, et peu de temps après, tandis que je traversais le pont scintillant, j'accélérai instinctivement l'allure. Tout à coup, je savais où j'allais passer la nuit.

Arrivée de l'autre côté, le cœur battant, je descendis les marches menant au fleuve, où étaient amarrées les péniches. Certaines étaient plongées dans l'obscurité, et dans d'autres, la lumière était allumée. Je longeai le quai obscur, il n'y avait pas âme qui vive et j'étais sûre que Maxime Laforêt ne serait pas là non plus. Un homme comme lui avait sûrement quelqu'un avec qui partager les festivités. Repensant à l'éditrice blonde, je me demandai s'ils étaient ensemble. Apparemment, il n'y avait que moi qui restais sur la touche, ce soir-là – comme dans cette chanson de Françoise Hardy où tous se promènent dans la rue, main dans la main, alors qu'elle-même est seule.

Encore quelques pas, et je me retrouvai près de l'embarcadère. Je fouillai dans mon sac et y pêchai l'ancre argentée, qui me parut soudain avoir tout de la bouée de sauvetage. Quelle bénédiction d'avoir ce bateau ! Il serait ce soir mon refuge, mon foyer, ma consolation.

La Princesse de la Loire, flottant dans l'ombre, paraissait abandonnée. Elle tangua un peu quand je sautai à bord. Mais lorsque j'ouvris la porte, j'entendis des aboiements à l'intérieur. Quelques instants plus tard, Filou bondissait à ma rencontre, et derrière lui apparaissait son maître, les cheveux en bataille.

Oh non, pensai-je. *Qu'est-ce que je fais maintenant?*

Cramponnée à mon sac à main, je fixais Laforêt, mal à l'aise.

– Tiens, tiens... Qui avons-nous là? fit-il, souriant, en haussant les sourcils de surprise. Je ne m'attendais vraiment pas à vous voir ce soir, mademoiselle Beauregard. Qu'est-ce qui me vaut l'honneur?

Il avait l'air interloqué, mais se reprit aussitôt. Peut-être n'était-il pas seul, et j'interrompais un tendre tête-à-tête. Ce serait très embarrassant. Le rouge me monta aux joues.

– Je... euh... Je ne voulais pas déranger, déclarai-je avec gêne. Je pensais qu'il n'y aurait personne... En plus... Nous avions un accord, non? C'est vendredi, après tout. Vous ne devriez pas être sur le bateau.

– Mais c'est *Noël!* répondit-il, sincèrement étonné. Je ne savais pas que notre accord valait aussi pour Noël.

Il plissa le front, incrédule, et inclina la tête sur le côté.

– Ne me dites pas que vous êtes venue me contrôler? demanda-t-il, me prenant manifestement pour une cinglée.

– Non, bien sûr que non, assurai-je en tentant de sourire, sans succès. Je voulais juste... venir sur ma péniche.

– Vous n'avez personne avec qui faire la fête?

Il me détaillait avec surprise, et je vis subitement ce qu'il voyait : une jeune femme bouleversée avec du rouge à lèvres et des yeux barbouillés de mascara, en robe de fête, avec une barrette pailletée dans les cheveux et aux pieds, des chaussures vernies de noir.

Je lui répondis en secouant la tête, muette.

– Et votre ami si coquet, alors ? s'enquit-il.

Ma gorge se noua.

– Voici la situation, annonçai-je d'une voix tremblante. Mon ami coquet n'a jamais été mon petit ami, mais un bon ami. Et l'homme qui était mon vrai petit ami n'existe plus depuis avant-hier, pour moi en tout cas. Il fête gentiment Noël en famille, et ma propre famille se moque de moi, et…

– Je comprends, fit Laforêt qui ne comprenait visiblement rien du tout.

Il se passa la main dans les cheveux, déconcerté, et m'adressa un regard compatissant.

– Ç'a l'air vraiment affreux.

– C'est vraiment affreux, confirmai-je. La soirée a été un désastre, tout est allé de travers, et maintenant… et maintenant… C'est Noël, et je… je suis… toute seule…

Je sentis les larmes me monter aux yeux, une fois encore. *Reprends-toi, Joséphine, reprends-toi*, pensai-je. *Ne pleure pas.*

Et je me mis quand même à pleurer.

– Allons, allons ! lâcha Maxime Laforêt avec consternation. Ce n'est pas une raison pour pleurer, enfin. Commencez par entrer.

Il passa le bras autour de mes épaules et me conduisit à l'intérieur de la péniche, Filou nous escortant en remuant la queue.

– Bon sang, vous tremblez ! Évidemment, vous êtes encore habillée beaucoup trop légèrement, pesta-t-il pendant que je pénétrais dans le bateau, claquant des dents. Ce ne sont vraiment pas des vêtements faits pour se balader en pleine nuit, mademoiselle Beauregard. Depuis combien de temps traînez-vous dehors par ce froid ? Vous allez attraper la mort.

Dans la pièce à vivre, l'atmosphère était chaude et agréable. Laforêt fit quelques allées et venues, allant chercher dans une armoire une couverture à carreaux en laine qu'il posa sur mes épaules, puis il m'entraîna vers le banc d'angle. Sans cesser de renifler, j'essuyai mes larmes et regardai autour de moi avec curiosité. Sur la table se consumait une bougie solitaire, un verre à moitié plein était posé à côté d'une bouteille de vin rouge. Il ne paraissait y avoir personne d'autre sur la péniche.

Laforêt me tendit un mouchoir propre.

– Votre usage des mouchoirs en tissu est sujet à l'inflation ces derniers temps, constata-t-il en soupirant. Il faut vraiment que ça change, je n'en ai pas tant que ça.

Après l'avoir accepté, reconnaissante, je le suivis des yeux tandis qu'il se dirigeait vers la cuisinière où mijotait, dans un grand faitout, un plat qui répandait un alléchant parfum de viande braisée et de vin rouge.

Laforêt en souleva le couvercle et remua le contenu avec une cuillère en bois, puis il goûta et eut un hochement de tête satisfait. Il se tourna alors vers moi, s'appuya contre le buffet et croisa les bras.

– Bon, mademoiselle Beauregard, écoutez-moi bien. Je sais que c'est votre bateau, et je sais aussi que le vendredi, je suis censé avoir déguerpi. Mais comme vous le voyez, je suis là, et seul en plus, comme le veut le hasard. Si ce n'est pas un signe ! s'exclama-t-il avec un large sourire. Je trouve qu'on devrait tirer le meilleur parti de la situation et passer ensemble cette soirée visiblement ratée. Deux âmes en peine doivent se montrer solidaires, non ? À moins que vous ne soyez assez froide et sans cœur pour me mettre à la porte le soir du réveillon.

– Nul ne pourrait être aussi froid et sans cœur, commentai-je en souriant au milieu de mes larmes, puis je me mouchai et roulai le mouchoir en boule. Compte tenu des circonstances, je trouve votre proposition tout à fait acceptable, monsieur Laforêt.

– Vous m'en voyez ravi, assura-t-il avant de s'intéresser de nouveau au faitout et de baisser le feu. J'espère que vous aimez le bœuf bourguignon ?

– Vous avez de la chance, j'adore ça.

– Non, c'est *vous* qui avez de la chance, parce que vous allez manger le meilleur bœuf bourguignon de votre vie ! lança-t-il, très sûr de lui comme toujours.

– Si vous le dites ! répliquai-je.

Je sentis que la chaleur des lieux se répandait peu à peu dans mes membres, et que je commençais à me détendre.

– Mais oui, déclara-t-il avec un sourire réjoui. Je suis un homme bourré de qualités. Si seulement vous vouliez bien le voir, chère Joséphine…

Le salut vient parfois de là où on ne l'attend pas. Cette soirée qui allait se révéler longue et douce, je la dus à un homme que j'avais, semble-t-il, sous-estimé dans les grandes largeurs. Tandis que nous mangions, buvions et parlions, il arriva une chose que je n'aurais jamais crue possible : Maxime Laforêt sortit surprise après surprise de son chapeau. Je vis avec étonnement tous mes préjugés s'effondrer. On aurait dit un jeu de dominos – ils basculaient l'un à la suite de l'autre. Au bout du compte, je me retrouvai tout à fait désarmée, sans que le vin soit en cause. Ou du moins pas seulement.

Laforêt ne m'avait pas fait une promesse en l'air… Son bœuf bourguignon était sans aucun doute le meilleur que j'aie jamais dégusté. Moi qui avais soupçonné l'homme d'être capable au mieux de préparer une omelette, voilà qui me détrompait. Contrairement à moi, Laforêt ne maîtrisait pas qu'un plat. En d'autres termes : c'était un bon cuisinier. Mais aussi un hôte agréable et un interlocuteur amusant. Plus d'une fois, ses histoires me firent rire. Et pas une fois il n'évoqua les singulières circonstances de mon irruption sur la péniche.

Après le repas, seulement, il s'adossa à son siège et me considéra, pensif.

– Vous vous sentez mieux maintenant ?

Je hochai la tête.

– Vous n'allez pas me raconter ce qui s'est passé ce soir ? Pourquoi être venue ?

– Hmmm, fis-je en passant le doigt sur le bord de mon verre de vin, indécise. Vous voulez vraiment parler de ça ?

– Oui. Primo, je sais écouter, deuzio, nous formons une espèce de communauté d'infortune, et troisio…

– Troisio ?

– On y viendra plus tard.

Je relevai la tête, mais ne lus aucune moquerie dans ses yeux bruns.

C'est ainsi que je me confiai à Maxime Laforêt, lui relatant les funestes circonstances qui m'avaient menée sur le bateau.

– Je ne pouvais pas savoir que vous seriez ici, fis-je en conclusion.

– En effet, répondit-il en souriant. Mais maintenant vous êtes sûrement contente que j'aie été là, non ?

– Eh bien… commentai-je, avant de sourire à mon tour et d'avouer : eh bien oui. Mais vous, pourquoi étiez-vous ici, au juste ?

– Mes projets ont brusquement changé. J'étais invité en réalité, mais l'arrivée d'un petit Enfant Jésus a tout chamboulé, expliqua-t-il en haussant les épaules. Ce genre de chose arrive, à Noël.

– C'est une énigme ? Quel Enfant Jésus ?

Laforêt se reversa du vin, tandis que j'attendais la suite avec impatience.

Il s'empressa alors de m'expliquer que je devais sa présence sur la péniche au fait que son meilleur ami – celui qui s'était récemment marié – avait dû annuler le réveillon au dernier moment parce que son épouse, prise de contractions prématurées, devait aller à l'hôpital. Si bien qu'il n'avait pas non plus fait la connaissance de la sublime Florence – la cousine de la femme de son ami, qu'on avait invitée pour lui.

– Toute une histoire… Mais la mère et l'enfant se portent bien. Et mon ami passe la soirée à l'hôpital.

– C'est allé drôlement vite, déclarai-je, souriante. Vous ne m'aviez pas dit qu'ils venaient seulement de se marier ?

– C'est pour ça qu'ils l'ont fait. Enfin, pas que. Je n'avais jamais vu une mariée enceinte aussi heureuse, expliqua-t-il en me regardant par-dessus son verre, avant d'ajouter : vous réalisez votre chance, maintenant ? Il s'en est fallu d'un poil que je ne sois pas là. Et au lieu de vous, j'aurais eu à mes côtés la sublime Florence.

– Peut-être, mais vous aussi vous avez eu beaucoup de chance, répliquai-je. Pour un peu, vous auriez dû avaler tout seul votre bœuf bourguignon.

Je commençais à m'amuser, alors je repris :

– Et qui sait si faire la connaissance de la sublime Florence aurait été si fantastique… Je sais d'expérience que ces rendez-vous arrangés ne marchent pas, la plupart du temps.

– Tiens, tiens, fit-il en me regardant un peu trop longuement. Jolie robe, au fait !

– Vous n'êtes pas le premier à le dire ce soir, répondis-je, et la phrase me fit repenser à notre rencontre sur le *Rosa sur Seine*. Dites donc, qu'est-ce que vous faisiez l'autre jour à la fête des éditeurs ?

– La même chose que vous.

– La même chose que moi ? demandai-je avant de rire. J'y étais à titre purement professionnel.

– Moi aussi, sourit-il.

– Et l'éditrice blonde, alors ? insistai-je.

– Purement professionnel, pourquoi vous ne me croyez pas ? s'enquit-il en haussant les épaules.

– On ne peut faire confiance à un homme tel que vous. Je l'ai senti dès notre première rencontre.

Faisant tourner le vin dans mon verre, je me souvins en souriant de notre première rencontre fortuite, lorsque Maxime Laforêt m'avait très clairement fait comprendre qu'il ne quitterait pas mon bateau.

– Bon sang, qu'est-ce que j'étais furieuse contre vous, ajoutai-je en secouant la tête. C'est bizarre, quand même…

– Qu'est-ce qui est bizarre ? Que vous ayez été furieuse contre moi ?

– Non. Je vous ai trouvé si odieux à l'époque. J'avais envie de vous envoyer à tous les diables. Et maintenant c'est Noël, je suis avec vous sur ma péniche et, en fait, je trouve la soirée très…

Je ne finis pas ma phrase.

– Agréable ?

Je confirmai en opinant du chef, soudain intimidée.

Il haussa les sourcils et sourit.

– Puis-je vous révéler un secret, mademoiselle Beauregard ?

Je relevai la tête, et mon cœur se mit soudain à battre un peu plus vite.

– Je ne vous ai jamais trouvée odieuse. D'accord, j'ai eu la surprise de vous trouver dans mon lit, vous avez hurlé, vous m'avez insulté… Mais je ne vous ai jamais trouvée odieuse, répéta-t-il en se penchant vers moi pour glisser une mèche de cheveux derrière mon oreille, ses yeux sombres subitement tout près. Et maintenant…

– Et maintenant… quoi ? demandai-je à voix basse, mais je connaissais déjà la réponse.

– Je vais enfin t'embrasser, Joséphine.

Les choses n'en restèrent pas à un simple baiser. Bien sûr que non… C'était tout simplement trop bon pour s'arrêter en si bon chemin. Ce 24 décembre-là, nous allions nous rapprocher autant que deux êtres humains peuvent se rapprocher. Tant que nos lèvres se réunirent encore et encore, en de délicieux baisers. Tant que la petite couchette de la péniche se révéla parfaite pour nous deux. Tant que j'oubliai presque que Maxime Laforêt était un vagabond et un imposteur. Lorsque nous nous retrouvâmes finalement allongés l'un à côté de l'autre, le cœur affolé, je sus soudain que c'était mon plus beau Noël depuis longtemps – peut-être même le plus beau de toute ma vie. Je m'endormis dans les bras de Maxime, et je m'y sentis tellement bien, tellement en sécurité, que j'eus l'impression d'être enfin arrivée chez moi. Lorsque je me réveillai au milieu de la nuit et que je trouvai à mes côtés un homme qui ne m'était plus si étranger, la pensée me traversa que les choses devaient sans doute finir ainsi. Qu'oncle Albert avait peut-être bien une idée derrière la tête en louant son bateau à Maxime Laforêt, et pas à un autre. C'est alors que je pris une décision.

– Bon, très bien, déclarai-je en me redressant.

– Qu'est-ce que tu veux dire par « Bon, très bien » ? m'interrogea Maxime, intéressé, en s'appuyant sur son coude.

– J'ai changé d'avis. Je ne vais pas vendre la péniche. Je n'aurais pas dit non à un peu d'argent, mais je pense que je peux m'en tirer sans.

J'avais de nouveau des contrats, je ne me retrouvais plus face au néant, et si je continuais à ce rythme-là, je m'en sortirais bien avec mes traductions.

– Donc si tu veux, tu peux rester sur le bateau.

– Pour les cinq années à venir, tu veux dire ? demanda-t-il en me fixant avec attention.

– Aussi longtemps que tu voudras, imbécile, précisai-je en lui ébouriffant les cheveux.

– Oh, serait-ce une déclaration d'amour ? s'enquit-il avant de rire doucement.

– Peut-être, répondis-je avec un sourire songeur. Mais j'ai quand même une condition…

– Oh là là. J'imagine que je vais devoir te payer le double du loyer actuel, soupira-t-il avec un air de désespoir comique. Mais pas de problème, j'y arriverai.

Il fit courir son doigt le long de ma cuisse, et d'agréables frissons me parcoururent.

– Non, Maxime, pas la peine, et puis tu n'as pas d'argent, commentai-je généreusement.

– Quelle est la condition, alors ?

Je le regardai en souriant. Il ne savait rien de l'urne, toujours posée sur ma commode, ni du projet audacieux qui commençait à prendre forme dans ma tête.

– Tu m'emmènes au château de Sully. Avec *La Princesse de la Loire*. Je voudrais entreprendre la croisière que j'avais faite à l'époque avec oncle Albert. Tu en es ?

– Bien sûr que j'en suis, assura Maxime qui s'étira voluptueusement dans les oreillers puis fit glisser sa main sur mon ventre. Quand est-ce qu'on part ?

Je souris :

– Maintenant !

– Maintenant ? répéta-t-il et sa main se figea. Tu veux dire maintenant ?

– Oui ! m'exclamai-je, les yeux brillants. Pas plus tard que maintenant.

Je repensais à l'oncle Albert, à ce qu'il m'avait confié dans sa dernière lettre. J'allais saisir le bonheur à deux mains, je ne raterais pas le moment-clé. Et c'était pas plus tard que maintenant.

J'embrassai un Maxime déconcerté, puis lui fredonnai à l'oreille les premières mesures du *Temps de l'amour*.

– Je trouve que c'est le bon moment pour l'aventure, pour l'amour et tout ce dont on aura envie de se souvenir.

Maxime eut un rire incrédule.

– Waouh ! fit-il, admiratif. J'ai su dès le premier instant que tu étais un peu givrée, mais je ne te croyais quand même pas capable de ça.

Il attrapa en soupirant ses habits éparpillés devant la couchette, et s'habilla.

– Le capitaine est prêt ! s'écria-t-il en se tournant vers moi. Alors, princesse, que fait-on ? En ce qui me concerne, on peut partir.

– Minute, répondis-je en souriant. Quelqu'un va nous accompagner.

– Quoi ? demanda Maxime, ébahi. On n'y va pas que tous les deux ?

19

Deux heures plus tard, nous étions installés dans le taxi qui nous ramenait place de la Concorde. Nous traversions en toute fluidité le Paris nocturne avec, entre nous, sur la banquette arrière, l'urne d'oncle Albert.

Deux heures – le temps qu'il avait fallu pour trouver un taxi, aller à mon appartement, remplir un petit sac de voyage avec l'essentiel, prendre l'urne sur la commode et sauter de nouveau dans le taxi qui nous attendait en bas, place Sainte-Marthe.

J'appuyai ma tête contre le dossier et regardai par la vitre, tandis que la voiture empruntait le boulevard Haussmann à vive allure. La voie était vide, l'aventure avait commencé. De temps en temps, le chauffeur de taxi jetait un coup d'œil dans le rétroviseur et nous considérait avec curiosité. Il ne comprenait sans doute pas pourquoi nous étions si pressés le soir de Noël. Nous pensait-il en fuite ? Je souris intérieurement et remarquai soudain un léger bourdonnement provenant de mon sac à main. Lorsque j'en sortis mon téléphone, je vis que

Pauline avait déjà essayé plusieurs fois de me joindre, et venait de m'envoyer un message.

> Qu'est-ce qui se passe, petite sœur ? Mais réponds ! On s'inquiète. Tu t'es calmée ? Tu vas bien ? Où es-tu passée ?

Je réfléchis un moment. Puis je répondis :

> Ne vous inquiétez pas. Je vais très bien. Je dois accomplir une mission importante, et je ne suis pas seule. Nous allons accompagner les cendres d'oncle Albert jusqu'à sa dernière demeure, ça peut durer un peu. Je vous recontacterai pour la nouvelle année. Et je vous présenterai quelqu'un.
> Bisous à tous, Joséphine.

Sans hésiter, j'éteignis mon portable. J'avais une mission importante à mener à bien, et je n'étais pas seule. Maxime Laforêt était assis à côté de moi ; ma famille serait probablement tombée dans les pommes si elle m'avait sue en compagnie du bon vivant, du vaurien qui s'incrustait sur ma péniche. Le taxi s'arrêta brièvement à un feu rouge puis repartit, et nous échangeâmes un regard et un sourire de conspirateurs, tout en fendant la nuit.

Puis le chauffeur mit son clignotant pour tourner place de la Concorde. Il jeta encore un coup d'œil dans le rétroviseur, et il devint alors impossible pour lui de réfréner sa curiosité :

– Dites… C'est une urne que vous avez avec vous ?

– Oui, bien sûr, lâcha Maxime, comme si c'était la chose la plus normale du monde, et je réprimai un gloussement hystérique.

C'était plutôt dingue de se retrouver le soir de Noël dans un taxi, avec une urne, accompagnée d'un homme avec lequel on venait de passer sa première nuit d'amour, avec qui on s'apprêtait à larguer les amarres pour un long voyage – je crois que je n'avais jamais fait chose aussi folle. Mais en même temps, c'était la plus belle et la plus importante de toutes. La plus parfaite.

La vie était un voyage, comme oncle Albert me l'avait écrit. On gardait le même cap la plupart du temps, mais parfois on traversait les années plus vite, parfois plus lentement. Ce qui comptait, c'étaient les bifurcations qu'on décidait de prendre. Les moments qui changeaient une vie.

Je me tournai vers Maxime, qui serrait gentiment ma main et me souriait, et je pensai soudain qu'avec cet homme à ses côtés, on pouvait affronter toutes les aventures et les surprises que l'existence vous réservait.

Et peu de temps après, à notre retour sur la péniche, Maxime Laforêt avait justement une surprise pour moi.

Après que j'eus mis l'urne en sécurité dans la vieille armoire où se trouvaient aussi le coffret avec les souvenirs et les lettres de la princesse, Maxime me barra le passage.

– Avant qu'on y aille, j'ai quelque chose à te dire, annonça-t-il, et je le regardai avec étonnement.

D'un mouvement vif, il entra dans la petite cabine, prit un livre sur l'étagère et me le montra.

– Il se trouve que j'ai une condition, moi aussi.

– Ah oui ? demandai-je en considérant, amusée, le polar de Maurice Forestier que tenait Maxime. *Meurtre dans le potager de Villandry*. Qui peut avoir l'idée d'un titre si épouvantable ? Bon, et qu'est-ce que tu veux ?

Ses yeux étincelaient, et je m'interrogeai : que manigançait-il encore ?

– Je sais que tu n'apprécies pas trop les romans policiers, déclara-t-il lentement, mais je trouve que tu pourrais faire un effort et lire au moins un des miens. Puisque je t'emmène sur les bords de la Loire…

Je le fixais, médusée. Que me racontait-il là ? Sûrement encore une de ses plaisanteries.

– Comment ça… C'est censé être une blague ? Tu prétends être Maurice Forestier, *toi* ? Ça te plairait bien, hein, commentai-je avant de rire. Ha ha. Elle est bien bonne, celle-là !

Et je lui enfonçai plusieurs fois l'index dans le torse.

– Mais tu ne m'auras pas, espèce de vieux baratineur.

Maxime eut un sourire en coin.

– Je ne suis ni vieux, ni un baratineur. Maurice Forestier, c'est mon pseudonyme.

– Quoi ?

– Je pensais que tu comprendrais plus tôt… Maxime Laforêt, Maurice Forestier. Tu n'as vraiment aucun flair, ma chérie, fit-il avec un petit rire. En plus, dès notre première rencontre, je t'ai dit que c'étaient mes livres.

– Oui, mais pas dans le sens où tu les avais *écrits*.

– Non ? Je veux bien te montrer les contrats d'édition, assura-t-il en me faisant signe de quitter la couchette. Il faut toujours que tu voies tout noir sur blanc avant de me croire. Suis-moi, je les ai ici, sur mon ordinateur.

Il me précéda et ouvrit la commode.

– Mais, mais…

Je pâlis. Et alors, je réalisai que Maxime disait bien la vérité.

– Hé, espèce de monstre, attends ! m'écriai-je en lui courant après. Tu écris des *livres* ? Et pendant tout ce temps, tu m'as laissée croire que tu étais un… un…

– Un escroc et un imposteur, compléta-t-il avec satisfaction.

– Oui, exactement ! Enfin, non… répondis-je avec un certain embarras.

– Je t'avais pourtant dit que tu regretterais un jour tes paroles, chère Joséphine, tu te souviens ?

Bien sûr que je me rappelais notre discussion dans le bar de la place Sainte-Marthe, lorsque je m'étais vantée de mon excellente connaissance de l'âme humaine. Ce qui n'avait pas empêché ce lascar de me mener tout du long par le bout du nez.

– Et pendant la fête sur le *Rosa sur Seine*… Tu n'étais pas du tout… Je veux dire… bredouillai-je en repensant aux mots que je lui avais jetés à la figure, lui reprochant de surtout vouloir manger et boire à l'œil.

– J'étais invité en ma qualité d'auteur… Pas parce qu'il y avait du champagne gratis. Même s'il était vraiment excellent.

– Oh… soufflai-je en rougissant. Et cette femme blonde…

– Mon éditrice, expliqua-t-il avec un large sourire. Mais ne t'en fais pas…

– Vous n'êtes pas ensemble, fis-je avec vivacité.

– Non, ce n'est pas ce que je voulais dire.

– Ah non ? demandai-je, inquiète. Il y a quelque chose entre vous ?

Il éclata de rire.

– Joséphine, ma relation avec Mme Besier est purement professionnelle. Ce que je voulais t'expliquer, c'est qu'il ne faut pas te faire de souci : je ne suis pas un de ces auteurs de polars qui, je te cite, mènent une vie ennuyeuse.

– Je l'avais déjà remarqué.

Si quelqu'un n'avait rien d'ennuyeux, c'était bien Maxime Laforêt. Ces dernières semaines, il avait occasionné pas mal de remue-ménage dans mon existence.

– En fait, je suis paysagiste.

– Aha, déclarai-je en hochant la tête.

Au moins, mon impression selon laquelle cet homme passait beaucoup de temps au grand air se révélait juste.

– J'ai souvent travaillé dans les jardins des châteaux de la Loire, mais aussi à Versailles. Et c'est au château de Villandry qu'en plus de rencontrer Albert, j'ai bel et bien trouvé un beau jour un cadavre dans le potager. Couché très paisiblement au milieu des choux.

– Mais non!

– Si! Une mort naturelle, en fin de compte. La concierge qui y avait rendu son dernier soupir avait tout simplement été victime d'un infarctus, mais des policiers et un inspecteur avaient quand même rappliqué. Ça m'a donné l'idée de ces polars en bord de Loire qui fonctionnent pas trop mal, ma foi, précisa-t-il, une lueur de malice dans les yeux. Tu seras peut-être heureuse d'apprendre que j'ai une maison à Rueil-Malmaison… Tout près du château de Malmaison d'ailleurs, où, je le sais parfaitement, a jadis vécu celle à qui tu dois ton prénom, Joséphine de Beauharnais. *L'impératrice.*

Il esquissa une révérence.

– Je ne suis pas tout à fait l'ignare que tu crois, et le jardin des roses anciennes y est vraiment magnifique.

– Je sais, murmurai-je, au bord de l'évanouissement. J'y suis allée une fois… J'étais étudiante…

Je repensai à l'excursion que mes parents avaient entreprise avec moi, et au joli coussin orné de roses que ma mère m'avait alors offert – *Les roses de l'impératrice Joséphine*, tels étaient les mots brodés dessus. Maman serait enthousiaste de découvrir le tour inattendu que prenait ma vie…

– Quel dommage qu'on ne se soit pas rencontrés à l'époque, poursuivit Maxime. Ça nous aurait sûrement évité pas mal d'ennuis et d'emportements.

Il porta galamment ma main à ses lèvres, la retourna pour embrasser ma paume.

– Tu veux vraiment qu'on parte cette nuit, ma chérie?

J'opinai du chef, muette. J'étais encore en train de tout mettre en ordre dans ma tête.

– Mais alors, pourquoi avoir besoin de ma péniche? Pourquoi as-tu refusé de déménager avec autant de véhémence? Je pensais que tu n'avais nulle part où aller.

– Peut-être simplement parce que je voulais rester en contact avec toi? En tant que locataire, expliqua-t-il en me faisant un clin d'œil. Si je t'avais laissée vendre le bateau, on ne se serait sans doute jamais revus. Sans compter que je passe souvent la nuit ici, quand j'ai à faire à Paris. Et quand je veux écrire un nouveau polar, j'y emménage et on part, Filou et moi, on jette l'ancre où ça nous chante et je laisse les lieux m'inspirer. Voilà pourquoi je suis si content de pouvoir continuer à loger ici. Il n'empêche, mon intention d'acheter peut-être un jour la péniche n'est pas si irréaliste que tu l'as toujours pensé. Qui sait, tu pourrais m'en vendre la moitié, elle nous appartiendrait à tous les deux.

Je remarquai que la cabine commençait à tourner autour de moi. Je vacillai un peu, et Maxime me retint.

– Qu'est-ce qu'il y a? s'enquit-il en écartant une mèche de cheveux de mon visage, le geste tendre. Trop de vin? Ou trop de surprises?

– Les deux, déclarai-je en me redressant pour lui adresser un regard de reproche. Mais… Mais… Pourquoi ne jamais m'avoir dit tout ça? Pourquoi m'avoir laissée croire que tu étais un pauvre type? Sans oublier que tu t'es comporté la plupart du temps comme un mufle…

Ses yeux marron étincelaient.

– Ah, tu sais, mon cœur, tu étais si délicieusement arrogante, j'ai eu envie de relever le défi, en quelque sorte. Nos petites joutes oratoires m'ont amusé, et puis… Ma foi, après j'ai tout simplement voulu voir si une femme portant le prénom d'une impératrice oserait coucher avec un vagabond comme moi.

– Aaah, c'est vraiment… Tu es vraiment la dernière des fripouilles, Maxime Laforêt ! Je te déteste ! m'exclamai-je en levant le bras pour le frapper, mais il l'attrapa en riant.

– Je sais. Mais tu dois me pardonner, parce que… commença-t-il d'un ton brusquement sérieux.

– Parce que ?

– Je t'aime.

Il m'attira contre lui et me donna un baiser qui me coupa le souffle.

– Allez… Maintenant, avoue que je ne suis pas ennuyeux. Et on larguera les amarres.

Nous nous précipitâmes en riant sur le pont, enivrés par toutes ces choses nouvelles qui venaient de débuter, par toutes les aventures qui nous attendaient, par tous les moments que nous garderions en mémoire jusqu'à la fin. Et tandis que nous glissions sur la Seine au beau milieu de la nuit, passant devant les mille et une lumières de la ville, devant la tour Eiffel qui scintillait et étincelait toutes les heures comme un cierge magique ; tandis que nous laissions derrière nous le pont de

Bir-Hakeim puis le pont Mirabeau, l'un des tout derniers de Paris, je m'aperçus soudain qu'un petit flocon blanc venait d'atterrir sans bruit sur mon manteau, telle une plume, suivi d'un autre et d'un autre encore.

– Il neige !

Comme une enfant, je poussai un cri et pris Maxime par la main, ravie du miracle qui m'était arrivé aujourd'hui de manière si inattendue, ravie de voir les flocons se déposer partout, comme de tendres pétales. Sur mes cheveux, les cils sombres de Maxime, nos mains étroitement nouées, notre péniche qui quittait Paris avec lenteur. Sur toute la ville.

Je me pelotonnai contre l'homme qui se tenait à la barre, à mes côtés, je renversai la nuque en arrière et contemplai le ciel, d'où tombaient en tourbillonnant des millions de petits points lumineux, véritable poussière d'étoile filante.

– Joyeux Noël ! m'écriai-je, mon cœur se dilatant de bonheur.

Et en cet instant merveilleux, je n'aurais su dire si je m'adressais à Maxime, à moi-même, ou à l'univers tout entier.

Conception graphique et réalisation
Anne-Marie Bourgeois/m87design

Achevé d'imprimer
sur Roto-Page
par l'Imprimerie Floch à Mayenne,
en septembre 2023

Dépôt légal
octobre 2023
Numéro d'imprimeur : 103335

Édition n°1